草婴译著全集

第二十一卷

草婴译作集外文编

上海文艺出版社

2006年5月,俄罗斯作家协会授予草婴名誉会员。
2003年,俄大使亲自致信俄罗斯驻沪领事馆为草婴庆贺八十大寿。

不同版本的《团的儿子》。

目 录

一张关于英勇的南斯拉夫人民的影片……瑞列淑夫 /001

十月革命与戏剧……姆列青 /007

昨天和今天的俄罗斯演员……姆列青 /013

略谈苏维埃乌克兰的影片……哈 文 /019

1947年的苏联戏剧……卡拉希尼珂夫 /021

我们是流动展览画家!……巴克谢耶夫 /025

俄罗斯绘画的优秀传统……基拉西莫夫 /029

论陀思妥耶夫斯基创作中的反动思想……叶尔米洛夫 /037

保卫苏维埃电影艺术……贝利叶夫 /059

苏联大百科全书……伐维洛夫　兹伏磊金　/065

普希金作品的出版概况……奥西米宁　/073

《伊凡·巴甫洛夫院士》……裴柯夫　/077

高尔基——苏维埃文化的骄傲……A.米亚斯尼柯夫　/085

肖洛霍夫谈文学……高尔基　/093

列夫·托尔斯泰是改革的镜子……伊里亚·康斯坦京诺夫斯基　/097

肖洛霍夫会见选民……佚　名　/113

托尔斯泰玄孙访谈录……谢尔盖·华尔沙夫奇克　/115

苏联战后五年计划的成功……叶文珂　/119

1945年度斯大林奖金的女性得奖者……诺维珂娃　/133

肖洛霍夫在静静的顿河边上……索科洛夫　/137

普希金诗(诗歌)　/145

共同的语言(小说)……肖洛霍夫　/153

粮食委员(小说)……肖洛霍夫　/161

团的儿子(小说)……卡达耶夫　/169

一张关于英勇的南斯拉夫人民的影片

瑞列淑夫

看这部描写南斯拉夫勇敢的人民,以及他们为自由而进行英勇斗争的影片,你会受到极大的感动。

影片是在南斯拉夫的人民解放军跟法西斯掠夺者发生过历史性战役的地方实地摄制而成的。苏联的电影工作人员还在战争时期就到了南斯拉夫,目的是认识当地的情况,同时把果敢的人民复仇者的事迹刻画在影片里。这一伙人员完成了一件巨大的工作,他们总共是四个苏联的艺人:贝尔赛聂夫,齐士聂娃,莫尔达维诺夫,萨拉耶夫。而在他们的周围还聚集了几个南斯拉夫的戏剧演员。俄罗斯和南斯拉夫电影工作人员的联合工作,成功地结束了——完成了一部动人的影片。

1941年6月22日,法西斯德国开始对苏联作战。德国飞机轰炸基辅、明斯克、季托米尔和别的城市。"胜利!胜利!"——法西斯的无线电扩音机在为他们所占领的贝尔格勒城里嘶叫着。突然在贝尔格勒的街上,响起了枪声来作回答。不知名的一个小伙子,枪杀了一个德国将军——城防副司令。

"胜利!"法西斯的广播员狂吠着。可是在深深的地下却聚集着一批南斯拉夫的爱国分子。约斯普·勃劳士·蒂托也在其中。他们在无线电里听到了斯大林的话。游击队总部派出骑手到全国各处去。"置法西斯主义于死地!为我们祖国的自由奋斗!"在这个口号下,勇敢的爱国者组织了游击战争。

刻画在影片上的南斯拉夫的大自然,雄壮而秀丽——峻峭的林木,繁茂的山,巍峨的巨石,湍急的瀑布。疯狂的使者,来到了波斯尼亚一个平和的村庄的小山顶上。他问农民史拉夫珂·巴比乞说:

史拉夫珂!您同意发动山村的居民起义吗?当然,史拉夫珂同意这么办。但从什么地方去弄武器吗?法西斯分子是全副武装起来的。到什么地方去弄,在战斗中从敌人的手里去抢,会有人动摇。逃避到树林里去不更好吗?也许,敌人会赶不到那儿去的?谁逃避斗争,人民就称他是卑鄙的懦夫。一小伙勇敢的游击队,第一次跟跑来劫掠农民田地的意大利军队冲突,游击队就获得胜利。现在他们的手里有了各种武器——步枪,手枪,机关枪。这些武器立刻就拿来应用。

史拉夫珂·巴比乞成了游击队的领导人。他从蒂托那里获得一件任务——以游击队的主力来拦阻经过山领归返后方的德军的道路。这样,一小伙大胆的人守在山路上一个有利的阵地,阻滞了德国人好多天。法西斯分子疯狂地突进,可是史拉夫珂的几百支机枪却把他们截断了。法西斯分子跑不过去。然而,这样还不够——不该让他们活着回去。在他们后退的路上有着埋伏——一队乞达尼克军。但在紧急关头乞达尼克军叛变了,他们放弃了战斗的地区逃跑了。他们给德国人开放了后退的路。但是这是怎么一回事呢?有人在用机关枪扫射后退中的法西斯分子。难道敌人自己发生了内斗吗?不是的,事实是这样:

两个从德国俘虏营里逃出来的红军兵士,在路上遇到了德国的机关枪手。这两个红军兵士杀死了他们之后,就把机关枪拉转来,对付敌人。其中一个战士在战斗中阵亡了,山村的居民郑重地埋葬这位俄罗斯战士,自己的战友。游击队打了胜仗。最初的成功强化了作战技术和对于自己力量的确信,并且巩固了斗争的意志。

换了一批人马。在银幕上出现了卑鄙的叛国者恩德·巴维里奇。德国人安置了以霍尔华基为首的自己可靠的老走狗。在塞尔维亚——是另外一头巨狼:德拉士·米哈洛维奇。他残酷地镇压人民的起义。米哈洛维奇的乞达尼克军抓住了史拉夫珂的妻子米里莎。他们建议史拉夫珂到贝尔格勒去,允许给他和他的妻子以自由。如果史拉夫珂不去,那么米里莎就会被绞死。苦难的考验落在史拉夫珂的身上。怎么办呢?他缓慢地,非常痛苦地撕破了寄来的通行证。法西斯野人和他们忠实的刽子手——乞达尼克和乌斯泰希的任何恐怖,都不能吓退爱好自由的人民。

斗争蔓延开来。德国人无力镇压果敢的人民。那时德国的法西斯党徒派罗美尔元帅到南斯拉夫去,以便用各种手段来消灭蒂托的军队。瞧!蒂托的军队被压缩到一个可怕的圈子里去了,看来它是逃不出这个圈套的了。这位德国元帅高兴地搓着手。一切都如他所推想——游击队自己闯进陷阱里去。可是敌人的计划却被蒂托破坏了。他以假装的动作瞒骗了德国人,而自己却跑向他们料不到的方向——跑向米哈洛维奇的乞达尼克军去。他迎头把他们打散,逃出包围,向山上跑去。罗美尔气疯了。

蒂托军队在山上的道路是艰难的。他们在冰天雪地之中行进着,手里抬着伤病的伙伴。就在这种艰苦的行军中,传来了一个令人快乐的消息:一支优秀的德军在斯大林格勒城下被击败了,他们投降被俘了!俄罗斯人的胜利,给艰苦行军的战士们灌输了新鲜的力量,并且鼓舞他们去创造新的勋绩。

瞧!蒂托的军队已经冲进了罗美尔司令部曾经驻扎过的那个城市。在罗美尔的寓邸里,蒂托把椅子上的骰子挥到地板上去——这些骰子曾经给迷信的法西斯旅客预言过胜利。

影片的结尾是贝尔格勒的人民解散军。人民的解放者跟解放贝尔格勒的红军一起冲入自己的首都。街上是狂欢的人民。居民用欢呼和鲜花来迎接解放军。就在这里:在已经胜利之后,勇敢的史拉夫珂·巴比乞牺牲了。当他正在环视他的米里莎被绞杀的地方时,他中了叛徒的子弹。

史拉夫珂·巴比乞———一个真正的历史性的人物,南斯拉夫游击队最光荣的领导之一,是影片的中心人物。他这个角色是由莫尔达维诺夫饰演的,这位演员的那种辉煌的演技,使人想起了一个骄矜、勇敢、爱好自由的人民先驱者的形象。史拉夫珂·巴比奇在典型上,跟熟悉的夏伯阳的形象有共通的地方。莫尔达维诺夫清楚地显示出,史拉夫珂怎样克服自己"游击"的作风,以及不愿服从严谨的纪律。这里蒂托的使者——一个在西班牙获得作战经验的政治委员跑来帮助史拉夫珂。政治委员老练地跑近史拉夫珂,改正他的错误。俄罗斯政治委员富曼诺夫的经验,对于兄弟之邦的人民,成了宝贵的遗产。

贝尔赛聂夫饰演蒂托一角。在几处蒂托出现的画面里,他传达了南斯拉夫人民英雄优秀的人物形象。在演出里萨拉耶夫酷似一个俄罗斯的红军兵士阿廖沙;南斯拉夫的几个演员也演得非常出色。只有一点刺眼:罗美尔看上去过分年轻。在摄制上还应该指出一个缺点:导演滥用陪衬的手法。由影子的陪衬显现在普通画面的背景上的蒂托和史拉夫珂·巴比乞的脸,不能创造出象征性,这显然是导演的疏忽,同时这种画面还打断了观看这部好片子的印象。

十月革命与戏剧

姆列青

戏剧家们把莫斯科称为"戏剧界的麦加"。然而不仅莫斯科,不仅列宁格勒和各苏维埃共和国的首都以拥有第一流的剧场而闻名;事实上,在苏联,差不多每一个城市都有常驻的剧团,每年在剧场里做十个月到十一个月的演出。

苏联的戏剧已达到高度繁荣的阶段。世界上没有一个国家,拥有着如此众多而组织完美,和作着经常演出的戏剧团体。

戏剧事业在苏联的这种繁荣,该用什么来解释呢?

苏联最负盛名的一位作家——康斯坦丁·西蒙诺夫,不久之前从美国作了长期旅行归来,他对于美国和苏联戏剧的主要差别,作了一个如下的比较:在美国,戏院是种只要花一些钱,就可以供给任何人使用的场所。在苏联,戏院首先是根据一定的创造原则而工作的人们的团体。在美国,戏剧是一种商业性的事业,它一定要有利润,否则它就不能存在。在苏联,戏剧是一种国家的艺术事业,它的任务是用最好的方式来为观众服务。

在美国，戏院的老板，不是资本家，就是制片商，或者是剧团资本家。整个剧场首先是着眼于有钱的观众，着眼于资产阶级。因此，剧场在规定自己的工作时，就不能不考虑到那些有优先权到戏院里来找寻娱乐的资产阶级观众的口味。在苏联，戏院是属于国家的，演员们的薪金是有保证的，他们完全用不着关心戏院的收入如何，而观众呢——那就是工人、职员和知识分子。

1918年，在苏维埃政权成立之后不久，人民委员会公布了一道戏院国营的通令。这就奠立了戏院的新的经济基础，使得戏剧事业从生意眼的顾虑上解放出来，使它不用再担心明天的日子和各种不同阶层的富商与鉴赏家们的任何影响。

到戏院里来的，是新的观众。莫斯科艺术剧场的组织者、领导人——康斯坦丁·斯坦尼斯拉夫斯基在那本名著《我的艺术生涯》里，曾讲到这种新的观众，他这样写道："随着革命的到来，许多不同阶层的人民都在戏院里经过：有一个时期是来自俄罗斯各地的军事代表，继而是青年，最后则是工人以及一切还不曾跟文化接触过的观众……这批观众是非常爱好戏剧的：他们跑进戏院里来不是路过，而是带着一颗激动的心和对于某种重要而不曾见过的东西的期待的心情……"

斯坦尼斯拉夫斯基又继续讲道："……当我们演出时，场子里挤满观众。他们的注意力达到紧张的程度，而在表演终结时，则喝彩声喧天。一个俄国人，要比任何人都更容易感染观剧的热情。剧情愈是激动和抓住人的心灵，那么它就愈有吸引力。凡是能够逗人哭泣，提到生活的哲理和听到聪明的字句的戏剧，比起那些使人在看了之后一无所得的放肆的闹剧来，是更为一般的俄国观众所爱好的。"

事情的本质就在这里。新的观众严肃地看着演剧,他们想在戏剧里面搜寻到那些关于生活、斗争和建设等动人的问题的答案。

事实上,这里非常明显地说明了对于戏剧的态度——对于作为文化生活的中心和社会教育机关的剧场的态度。远在革命以前,这种态度早就为俄罗斯知识分子中的进步阶层所持有。伟大的俄罗斯诗人普希金,曾这样讲到戏剧的人民性:"戏剧诞生于广场"。他又惋惜地说道,随着时间的演变,戏剧"遗弃了广场"而移进了"宫廷",那就是说它移到皇宫里面去;它在那儿退化了,变成为人民所不了解的东西。另外一位伟大的俄罗斯作家尼古拉·果戈理——不朽的喜剧《巡按》的作者,也曾多方强调戏剧的教育意义。

这些前进的意识,在 19 世纪优秀的俄罗斯剧场——莫斯科小剧场的有才能的工作者之中找到了拥护者。在 19 世纪的后半叶,有人说莫斯科有两所大学,其中一所就是指小剧场,这并不是偶然的。

不过,在 19 世纪,甚至在 20 世纪初叶,俄罗斯只有个别的剧场,拥有着崇高的社会目的。

在革命之后,情形就完全改变了。

在苏维埃政权建立的最初阶段,剧场的建设在苏联采取了非常的规模。年轻的苏维埃共和国,虽然受到由于战争封锁和帝国主义的武装干涉所造成的严重的困难,但是剧场依然是获得国家最广泛的援助的。列宁和斯大林本人,对于戏剧工作者就表示了极大的关切。

苏维埃国家当局对于剧场,不论在过去和现在,始终都是特别注意的,这原因是由于他们把戏剧与观众的思想教育及文化发展的整个制度相配合起来了。

在苏联,剧场并不是一种卖艺的营利事业,而是一种由国家经营的对观众施行思想和美学教育的机关。斯坦尼斯拉夫斯基在他去世不久之前,曾对他的学生们说过:"舞台——这是一个大讲坛,你们的任务是在这个大讲坛上推行伟大的思想。你们应该把艺术带给大众……你们不应该仅是演员或歌手,同时还应该是陶冶和教育人民的人。"

在苏联戏剧发展的过程中,革命所带给全部苏维埃文化以及戏剧的新思想的刺激,是起着决定性的作用的。革命以前的俄罗斯戏剧,显然是在向堕落的途径行进。当时只有伟大的俄罗斯作家马克西姆·高尔基的刚毅的声音在孤独地响着,呼吁人民为更好的未来和劳动人民的理想进行斗争。但是高尔基的大部分的剧本,都被沙皇检查官所禁止。戏院的舞台,全被那些无聊的滑稽与粗鲁的闹剧,幼稚的杂耍或者是逗人流泪的小市民的戏剧所糟蹋了。

十月革命之后,战争里的节目就改变了。新的观众贪婪地倾心于戏剧,他们以历代文化的真正承继人的姿态出现了。他们非常有兴趣地注视着莎士比亚的主人公,倾听席勒的火焰似的呼喊,吸收格里鲍耶陀夫的嘲讽性的激情,同时因为听到果戈理的讽刺而发笑。俄国和外国的古典戏剧的作品,直到现在,依旧跟苏联剧作家的作品拥有同样重要的地位。

在苏维埃政权时代,产生了大批有才能的作家和剧作家,他们的作品在戏院里上演时获得极大的成功。除了高尔基的杰出的广博的戏剧作品和阿历克谢·托尔斯泰的才华的作品之外,戏院里热烈地演出比尔·贝洛采尔科夫斯基的充满革命的激情的戏剧,尤其是他的《暴风雨》;传奇式的夏伯阳的战友,早年夭折的苏联作家德米特里·富曼诺夫小说的脚本;以及特莱聂夫,特别是他的《柳波夫·雅洛凡亚》,以及李翁尼德·李翁诺夫和符谢伏洛德·伊凡诺夫等人的剧本。艺术剧场曾上演伊凡诺夫的《装甲列车》，获得非常的成就。在20世纪30年代就有更年轻一代的代表人物，紧跟着这些作家而起来了，其中值得一提的就有尼古拉·鲍戈廷、有才能的乌克兰剧作家亚历山大·柯尔纳楚克、符谢伏洛德·维斯辽夫斯基。在战前康斯坦丁·西蒙诺夫写成了他第一批戏剧。他是那本关于斯大林格勒小说的作者，苏联最有才能的作家之一，他的剧本现在风行全国。

苏联剧作家的作品，是以它的生命力而吸引观众的。在这些作品里，反映出苏联国内所发生的各种事件。这些剧本里主人公的感情和思想，以及所提到的事件，是跟观众很接近的，这些观众积极参加苏联人民的全部斗争，同时也努力参加苏联人民为了重建新生活所进行的各种劳动工作。剧本愈是接近生活，愈是忠实地反映生活的过程，它愈是深刻地揭露一个苏维埃人的心理上和性格上的新特点，那么这样的戏剧就愈成功，上演它的戏院就也愈多。这就是那些在跟希特勒掠夺者与日本帝国主义者作战的时期中所写成的剧本，曾经在几百家苏联的戏院里上演的原因。在这些剧本里，有西蒙诺夫的《俄罗斯人》——在这个剧本里显示了普通的俄罗斯人民的英雄主义；就有柯尔纳楚克的剧本《前线》和李翁诺夫的剧本《侵略》，后者的名称告诉我们，这个剧本是讲苏联人民所进行的反对法西斯占领的斗争的。

在苏维埃政权建立之前，俄罗斯的戏院总共不到二百家，而且其中多数都是流动性的剧团，只演出一个季节。现在苏联有八百多家戏院在工作。这些戏院都获得了另外一种性质。这是些固定的机关，它们拥有自己的剧场，常驻的剧团，在这些剧团里的人们整年在一起工作，为艺术的演出的一致而奋斗。戏院的票价，是容许每一个工人，每一个职员都能够走进戏剧。

这种对于戏剧需要的注意,就鼓励了它的工作人员,只想到自己的艺术,只想到怎样更好地为观众服务。许多演员都获得荣誉演员、苏维埃各加盟共和国和苏联的人民艺人的尊称,由于在戏剧方面杰出的成就,演员们获得斯大林奖金。正像全体苏联公民一样,演员们也直接参加国家和社会的生活。其中有不少是地方苏维埃、各加盟共和国的最高苏维埃和苏联最高苏维埃的代表。

这就是促使戏剧在苏联繁荣的主要条件。

昨天和今天的俄罗斯演员

姆列青

优秀的俄罗斯人民，一向把剧场看作是前进的社会思想的中心，看作是用来教育人民的文化机关。百年之前，伟大的俄罗斯作家尼古拉·果戈理说过："剧场绝不是什么无聊的场所，戏剧也不是什么空洞的东西……这是一所可以向世界讲述很多善良事情的讲坛。"在另外一个地方，果戈理又重复说："剧场——这是一所负有伟大使命的伟大学校：它一次给整个人，给千百个人，诵读一篇生动而有益的功课。"这个观点是为上世纪全体民主分子所支持的。

俄罗斯人民自古以来就爱好戏剧。他们不是把剧场看为娱乐的场所，而是看作一个产生关于生活的新思想和崇高的感情的机关。莫斯科艺术剧场的创立者康斯坦丁·斯坦尼斯拉夫斯基在他那本名著《我的艺术生涯》里写道："一个俄国人，要比任何人都更容易感染观剧的热情。剧情愈是激动和抓住人的心灵，那么它就愈有吸引力。凡是能够逗人哭泣、提到生活的哲理和听到聪明的字句的戏剧，比起那些使人在看了之后一无所得的放肆的闹剧来，是更为一般的俄国观众所爱好的。"

人民和俄罗斯智识阶层中的进步分子这种对于戏剧的态度，说明了为什么在不幸的沙皇制度条件之下，俄罗斯能够建立莫斯科小剧场、大剧场和莫斯科艺术剧场那样无与伦比的戏剧文化中心。

不过这些出色的艺术生活的中心，并不能规定革命以前俄罗斯戏剧的全部制度，正像在所有别的资本主义国家里那样，当时俄罗斯的剧场都是掌握在剧团老板的手里。在剧团老板之中，有不少人由于在剧场内附设菜馆和食堂而致富的。这些先生对于战战兢兢的梅尔潺美娜和嘻嘻哈哈的泰丽雅的共同态度是什么呢？剧团老板对于戏剧的看法，正和现代美国"演出者"的看法一样——着眼在"赚钱"上面。大多数的剧场都是"季节性"的，戏剧季一结束就垮台了，这正像现在美国那些由"演出者"为了获得优厚的利润而组立剧团以演出剧本一样，时常要解散的。因此，在美国没有真正有创造性的剧场，同样的缘故，凡是能够给戏剧演出者和戏院老板带来利益的剧本就可以一连演出三百次以上，虽则大家都知道，这样的工作是在把一个演员转变成为一架自动机器。

俄罗斯古典文学以迷人的艺术手法，反映了革命之前演员的卑微和不安定的地位。俄罗斯伟大的剧作家亚历山大·奥斯特罗夫斯基曾经创造了上世纪演员们的难忘的形象。在那些把艺人看作雇员、女伶和情妇的，没有灵魂的贵族和商贾社会的代表们的背景上，演员们自己——就连其中较坏的也在内——显得是一样高贵和有灵魂的人们。他们为了艺术而生活，在演剧方面富有才干，而且在他们之间还具有甘苦共当的感情。他们蔑视阶级的偏见，同时合乎人情地反抗生活现象，这是跟他们那些冷静地作着算计或是老爷式的淡漠的"崇拜者"不同的。社会和公众的不平等在当时是难以铲除的,而"社会上"总是把演员看作一种低贱的人物。演员们的经济情况实在是暗淡的;曾经有几年,这种情况是灾难性的。在革命以前的全俄舞台工作人员大会上,曾经提到"在演员之中有人在挨饿"。

十月革命之后,剧场和演员的情况彻底改变了。剧场的数目比以前增加五倍以上,这样,在苏联自然就没有演员失业的现象。而且相反地感到演员不足。因此在新五年计划里规定扩展剧场网和增设专门成批训练新演员的学校。

不过,问题并不仅仅在于扩展剧场网。剧场的本质,它的性能、组织和创造的制度也改变了。

苏维埃的戏剧,是一项国家事业。因此演员就完全用不着再担心自己的物质生活,他可以获得一定数目的薪酬,薪金的多少则由他的才力和经验来作决定。除了专为乡村地区服务的剧团之外,所有的剧场都是固定性的。在苏联,演员用不着为了找寻工作,从一个城市迁移到另一个城市里去。演员的调换工作地点,完全是自发的。他绝对不受剧场盈亏的影响。

剧场的组织和创造工作也根本改变了。甚至在规模较大的剧场里,某些剧本只排演了两三次——演员们没有经过任何的准备就在舞台上一个月上演三十场,而没有休息这样的时期已经过去了。在苏联的剧场里,这种情形都是绝对不可能的。剧本事先一定要经过全体演员的共同讨论。即使在规模最小的剧场里,新上演的剧本至少也要准备两个月。在每一个剧场里一定有自己的导演团,而且通常还有自己的艺术家——不是普通的布景装置者,而是跟导演合作创造未来演出之用的舞台模型和设计布景的艺术家。

在舞台上排演以前，一部剧本通常总要经过一番审慎的"桌旁"的准备工作，那就是说演员跟导演一起探究剧本的基本性质和其中形象的特质，讨论登场人物行动的配合，换句话说，就是审慎地和多方面地准备剧本的演出。

苏联的社会人士热心地、留意地注视戏剧生活。每一场初次上演的剧本都在报纸上被讨论着，此外，演员和观众——当地的知识分子也时常举行专门的讨论会。

这种讨论通常总是由全俄戏剧协会的本地支会所主办的，这个团体的工作是团结演员、导演、艺术家和批判家于一起。全俄戏剧协会拥有一大批专家，这些专家可以帮助剧场解答各种咨询，供给各种材料。在协会的许多研究室里搜集有表现任何作家、任何时代与国家的文献和人像书的材料。在每次准备新的演出之前，导演和演员们先审慎地研究上演的作品，以及剧本里各种事件发生时代的特性。如果上演的作品是现代的苏维埃的，那么演出者和演员一定要熟悉横在剧本基础上的那些材料：假使作品是描写生活的，他们就得认识这个作品和它的特征；假使剧本里的事件是发生在乡村里的，他们就到农村地区里去，所有这些都促使表现具有经过审慎考虑和准备的特点，同时忠实地反映出在不断地运动和发展之中的生活。

很显然的，演员的社会地位是彻底改变了。戏剧方面的优秀巨匠，都获得荣誉的称号。这类称号共分四种：共和国功勋艺人、功勋艺术家、共和国人民艺人和苏联人民艺人。前三种由各苏维埃共和国的最高苏维埃批准，最后一种由苏联最高苏维埃主席团批准。

对于演员个别的出色成就则奖励斯大林奖金，该项奖金每年评定一次。斯大林奖金也可以发给青年艺人，如果他本年内在戏剧方面完成了出色的成就。在去年(1946年)获得斯大林奖金的艺人之中,就有莫斯科裴莫洛娃剧场的青年演员。

演员——这是苏维埃社会拥有平等权利,被召请来参加国家全部工作的一个成员。正像其他各种职业的公民——工人、工程师、集体农民和学者一样,他在许多职业性的公共和国家机关里工作。有许多演员是地方苏维埃的代表,有许多参加加盟共和国最高苏维埃和自治共和国最高苏维埃的机构。还有不少演员被选入国家最高管理组织,以及苏联最高苏维埃。其中如:白俄罗斯著名歌手,苏联人民艺人拉丽莎·亚历山达罗夫斯卡雅,亚美尼亚歌手、苏联人民艺人阿伊康努希·达尼爱良,土克曼话剧场艺术领导亚曼·库尔玛密道夫,乔治亚著名演员、苏联人民艺人阿卡基·霍拉凡,拉特维亚著名演员爱尔弗里达·巴库里等。

在苏维埃联邦,演员是一个光荣和受尊敬并在物质方面有保障的人。为了这个缘故,他可以毫无顾忌地整个献身于艺术。

略谈苏维埃乌克兰的影片

哈 文

在沉浸于花园和公园的绿荫丛中的基辅的郊外,矗立着艺术电影摄制厂的美丽建筑物。建筑物还没有完全恢复(德国人搬走了内部所有的设备,并且炸毁了几座房子),不过新影片的摄制工作,已经在那边以全速率进行着。电影摄制厂在过去两年中间,已经发行了几部乌克兰影片,它们都博得了苏联观众的好评。

制片厂的艺术领导人阿姆弗罗西·布乞玛在跟我所作的谈话里说道:

"在战争几年里,制片厂的工作人员在土克曼共和国首都阿希哈巴达工作。在那边根据荣膺斯大林奖金的女作家纹黛·华希列夫斯卡雅的同名小说完成了影片《虹》。这部影片反映出处在德军占领区里苏维埃人们的生活和斗争。著名的乌克兰女演员娜泰丽雅·乌士维辉煌地扮演了片中的女英雄,一个平凡的女农民一角。

《虹》在世界许多国家上映,获得极大的成功。基辅电影摄制厂因为《虹》曾获得美国制片者协会的金像奖。它认为是 1944 年最优秀的电影作品。

基辅的电影工作人员在归返故城之后,不待建筑物完全恢复,就着手摄制新片。还在战时就出有根据波里斯·戈尔巴朵夫的同名小说《不屈的人们》而摄制的影片。这部片子曾经在苏联十六届共和国的银幕上开映过。

不久之后,又发行了一部显示乌克兰的绚烂和独特的声乐与舞蹈艺术的片子——《乌克兰的旋律》。

在今年,基辅电影摄制厂发行了两张影片:《齐格蒙·珂洛索夫斯基》和《远航》。前一张片子是我们送给友好的波兰人民的礼物。这张影片是叙述跟德军进行斗争的波兰游击队的故事的。它同时用俄文、乌克兰文和波兰文发行。

《远航》是根据著名的俄罗斯作家史泰尼珂维奇的几个关于海洋的小说制成的。这张影片是由卓越的苏联海洋电影的导演符拉第米尔·勃朗摄制。现在弗拉基米尔·勃朗正在准备摄制一部关于苏联商船队水手生活的影片。制片厂不久将完成一部喜剧性的新片:《众矢之的》。这是讲苏联足球队员的生活的。

不久之前,基辅电影摄制厂着手摄制一部关于战时苏联侦察员活动的冒险片《未知的功绩》。导演是巴尔尼。目前还在准备摄制一部关于乌克兰游击队的英雄主义的片子,这将是根据著名的游击队将军、苏联英雄彼得·维尔希戈拉的同名小说《良心洁白的人们》而摄制。彼得·维尔希戈拉在战前原是一个电影工作者,曾经在基辅电影摄制厂里当导演。

1947年的苏联戏剧①

卡拉希尼珂夫

艺术在苏维埃国家里达到了大规模的发展。因为这个缘故,艺术工作是由苏联部长会议的艺术委员会来领导和调节的。这个委员会,是由几个负责各种不同形式的艺术部门的专门管理处所组成,其中也包括戏剧工作管理处。这个管理处的主任,是著名的戏剧家兼《戏剧》杂志(*Teamp*)的编辑犹里·卡拉希尼珂夫。

对于怎样建立1947年苏联剧场的上演材料,以及它基本的主题方向是怎样的问题,犹里·卡拉希尼珂夫回答说:

"在教育人民这件事上,我们非常重视艺术,特别是戏剧。"我们在致力创造现代性主题的新剧本——这些主题表现出今天的苏维埃国家,表现出苏维埃人民的崇高劳动,以及苏维埃人的高度道德品质。为了加速推动莫斯科、列宁格勒和各个苏维埃共和国首都的三十家大剧场演出新剧本的工作,还组织了一种特别的《苏联戏剧实验室》。

---

① 按:本文原为苏联部长会议直辖艺术委员会戏剧工作总管理处主任犹里·卡拉希尼珂夫的谈话。

在跟剧作家保持紧密的联系下,它们开始积极进行创造新剧本的工作。最著名的苏联作家和剧作家都被聘为剧场演出的助理艺术指导。李翁尼德·李翁诺夫受聘为莫斯科小剧场的助理艺术指导,符肖伏洛德·维希涅夫斯基——卡美尼剧场,康斯坦丁·西蒙诺夫——列宁主义青年团剧场,鲍里斯·戈尔巴托夫——话剧剧场,谢尔盖·米哈尔柯夫——中央儿童剧场,鲍里斯·契尔斯珂夫——列宁格勒普希金剧场。剧场已经跟剧作家们订立了九十份创作新剧本的合同。重新返回到戏剧部门工作的有符肖伏洛德·伊凡诺夫、列夫·尼古林、李第亚·绥甫林娜、尼古拉·尼基金以及近来在专门从事美文学的其他作家。

有几部需要加以一番修改但却是非常有趣的剧本并不是由文学家们写成的,而是各种不同职业的知识分子所完成的。工程师格拉且夫斯基提供给莫斯科话剧剧场一个剧本:《时间不等人》,建筑师法扬斯把自己所写的剧本交给莫斯科苏维埃剧场,年轻的史学家安东诺夫写成了剧本《骄矜》,工程师罗辛的剧本使莫斯科艺术剧场感到极大的兴趣,列宁格勒的工程师卡特珂夫把自己所写的剧本《变形》交给普希金剧场……剧场里所有这些具有才能的人们一起进行最热烈的工作,竭力帮助剧作家,以便在他们的脚本之中,获得适合演出的珍贵作品。

目前剧作家所写的剧本,大部分的主题都是讲卫国战争的。卡拉希尼珂夫强调说:"这很重要,不过,单只限于这种主题是不可以的。我们必须从舞台上大声讲出苏维埃人民伟大的劳动事迹,讲出目前苏联人民所进行的重大的经济和文化的复兴工作,讲出集体化农村的生活情形。"

"具体些说,请问作为苏联剧场冬季演出之用的有哪几个剧本?"

"这种剧本将近有二十个。这是已经在某些剧场里上演着的新剧本,鲍里斯·契尔斯珂夫的《胜利者》,鲍里斯·拉甫来涅夫的《为了那些海上的人们》,弗拉基米尔·索洛维育夫的《胜利之路》等等。西蒙诺夫根据旅美印象所写成的一个剧本:《俄罗斯问题》无疑是一个非常有趣的剧本。西蒙诺夫擎起艺术的武器,来反对新的军事冒险的世界反动势力。在尖锐而近乎政论式的形式里,他暴露了以美国反动出版界的人物为代表的世界反动分子的帝国主义的本质。西蒙诺夫还向剧场建议演出他根据那部描写保卫斯大林格勒的小说《日日夜夜》而改编的第二部剧本。鲍里斯·戈尔巴朵夫写了一部剧本《冬营规律》——描写崇高和刚毅的苏维埃人们怎样征服北极,伊凡·波波夫写了一部关于列宁的青年时代的剧本《家》,亚历山大·克朗写了一个描写苏维埃人们的崇高的道德面容的剧本:《第二次呼吸》,犹里·盖尔门写了一个关于杰出的苏联政府要人吉尔仁斯基的剧本,女诗人玛尔格丽泰·阿利盖尔则提出一部叙述卫国战争时期在敌后进行地下工作的青年英雄们的剧本。三位剧本家——罗玛索夫、潘诺娃和乌吉夫斯基,他们在自己的剧本里描写出苏联学者们怎样进行英勇的科学实验工作。

"苏联剧场对于现代性的题材感到极大的兴趣。关于这点,下列的事实就是最好的证明:八十八家剧场演出拉甫莱涅夫的《为了那些海上的人们》,八十三家剧场演出马留金的描写苏联青年友情的剧本《老朋友》,六十家剧场演苏维夫的叙述战时大后方人们劳动事迹的剧本《远离斯大林格勒》……。

"我们非常重视现代剧的品质高的舞台装置和演出。最优秀的导演和最出色的演员都参加演出。演员们对于自己工作的责任感是大大地提高了，他们竭力更深刻、更鲜明地揭发出剧中主人公的形象，创造出可以吸引和激动观众的表演。为了帮助讨论已经准备就绪了的表演，创造成功的意义和揭发缺点起见，艺术委员会和全俄戏剧协会拥有二十五名莫斯科最出色的批评家，从事这项工作。"

"我们确实相信，"卡拉希尼珂夫结束他的谈话时说道，"苏联的戏剧和整个艺术胜利地在人民之前执行自己的责任，新的品质高的艺术作品和表演将陆续创造出来。"

我们是流动展览画家!

巴克谢耶夫①

一个令人称羡的命运落在我的身上——我可以跟俄罗斯绘画界的巨人雷宾、列维坦和波仑诺夫,手挽手地一起工作。我带着骄矜说:"我们是流动展览画家!"

流动展览画派——这是绘画艺术里一个杰出的流派,流动展览画家用自己的创作来号召跟旧生活的黑暗而进行斗争,同时企图唤起对人民的爱和同情。

流动展览画派的任务——把艺术带给人民——是崇高的,受人感激的。他们的展览,从这一个城市搬到另一个城市,跑遍了整个俄罗斯。借着他们的努力,几千个新人进入了艺术之门。

流动展览画家作品的成功不仅因为作者们都是有才能的,也是因为他们仔细地观察和研究周围的生活,并且心怀爱恋地和正确地把它

---

① 今年是俄国流动展览画派成立的七十五周年,苏联画家协会举行了一次流动展览画家作品的展览会以示纪念。本文作者是这个画派的会员之一,现荣膺有苏俄艺术荣誉工作者称号,并且还得过斯大林文艺奖金。

反映出来。

我记起1893年复活节时的情形来。在刚结束的莫斯科业余艺术家协会的比赛中,我由于《故乡》一画而获得首奖。这幅画写一个假期返乡的大学生。大学生坐在台阶上,他的祖母在做手势给他看:"瞧,你从前是这么小!"

我早就倾向于流动展览画家。我决定把自己的作品送到彼得堡去,送到流动展览同志会里去。

艺术家杜波夫斯基从彼得堡寄来了回信,他说我的画已经被采用了,陈列在展览会里,并且附来一张短信,大略地说明了同志会的宗旨。在信里还说,展览会接受生活风俗画、风景画和肖像画,而"静物和花卉是不收的"。

对于我的绘画的出现,伊里亚·叶菲莫维奇·雷宾作了反应。"我恭喜你"——他写道。

我跑到了彼得堡,碰巧有一场展览会在开幕,那是在一家漂亮的饭店里举行传统性的晚会。

以后不止一次地参加过这种动人的晚会。除了艺术家之外,与会的还有绘画的爱好者,如孟杰列耶夫、孔尼等人。在干杯和演说之后,弗拉基米尔·叶戈里奇·玛柯夫斯基有时弹吉他琴,同时用宏亮的男中音唱《我的黄昏星》,以后又弹奏恰伊柯夫斯基的谣曲,或是开一个由玛柯夫斯基、米亚索耶陀夫、勃留洛夫和孟契柯夫所组成的四部合奏的小音乐会。

关于玛柯夫斯基的歌唱,波仑诺夫这样批评说:"当我听到他那非凡的、魅人的歌声时,我饶恕了弗拉基米尔·叶戈里奇的一切。"

彼得堡的生活是热闹的;玛柯夫斯基的家里有"星期四"晚会,雷宾的家里有"星期三"晚会,杜波夫斯基的家里有"星期二"晚会。大家聚集在他们的地方,争论,争论,争论……

在莫斯科我们过得比较冷静些。不过每逢星期四,流动展览画家也举行晚会。我第一次出席"星期四"晚会,是应波仑诺夫的邀请。笼罩在会场里的欢乐、友谊与和谐的空气,以及对每一件陈列在展览会里作品的坦白和忠实的批判,使我感到高兴和惊奇。对于批评,谁也不感到侮辱,而且相反,他们都倾听朋友们的忠告。

有时,享有盛名的绘画家,包括列维坦在内,听从同志们的意见,收回所作的图画,拿到画室里去重新加以补充和修改。他们的要求是很高的。在这种优美环境的印象之下,在同志会存在的许多年里,我一直留在那边。

顺便来谈一谈列维坦……这是一个非常虚心的劳动者,自律极严。我记得:我们一行艺术家,包括伊萨克·伊里奇,居住在普略斯。时间是 1895 年。有一次黄昏,我作了画归来,跟列维坦相遇。我问他:"伊萨克·伊里奇,你今天怎样?"他回答我说:"你瞧,什么也没有画成!"我怀疑地望着他,同时想着:这样一位巨匠怎么会什么也画不成呢?客气!可是列维坦却继续说:"我所看到的是我所体验和感觉到的——可是我却不能把它们传达出来。"

瞧!他怎样要求自己,而尊重自然!

对自己要求甚严的还有跟我很友好的玛柯夫斯基、波仑诺夫、和塞尔盖伊·珂罗文。想起同志会里的朋友们,我不能不记起塞尔盖伊·珂罗文,这个艺术方面的实诚的工作者和不倦的探求者的良言来。我认为他那幅《祈祷者》是俄罗斯绘画中的真正杰作。

流动展览画家们之间的友谊是密切的。他们忠实而无私地为人民服务。彼罗夫是流动展览画派的奠基人之一。我们全部深深地尊敬他,仔细地保藏着关于这位杰出人物和绘画家的一切回忆。记得列莫赫曾经从彼得堡写信给我:

"我向你提出一项请求:你能不能想法儿打听一下彼罗夫寡妻的境况?她穷吗?不过这要做得非常有技巧;请你奔走一下吧。"

援助过世的艺术家的家庭,成了当时流行的风气。

流动展览画派的历史已经满了75年了,不过,对于现代的苏维埃人,它还是非常亲近的。

我记起一件事来(这发生在1924年):在特列杰耶柯夫画廊里,陈列着未来派画家的作品,当时正跑来了一队三山纺织厂的工人游览团。他们看了看未来派的作品,其中有一个工人大声说道:

"还是去看我们的艺术家,去看雷宾、列维坦和玛柯夫斯基的作品去吧?"

俄罗斯绘画的优秀传统

基拉西莫夫

　　流动展览画家——这是从19世纪60年代起直到20世纪初为止的俄罗斯绘画界全部最优秀的贡献。这些杰出的油画作者,就是彼罗夫和克拉姆斯柯伊、米亚索耶陀夫和聂甫莱夫、玛柯夫斯基和萨维茨基、玛克西莫夫和普略尼希尼柯夫、萨甫拉索夫和席希金、华西里耶夫和古英琪、华斯聂卓夫和葛、卡萨特金和亚罗申科、科罗文和伊凡诺夫、雷宾和苏里柯夫、绥罗夫和列维坦,以及许多别的画家。

　　作为俄罗斯艺术文化发展上一个最重要分界的第一次流动画展,是在距今七十五年之前举行的。

　　由于流动展览同志会的建立,前进的俄罗斯艺术家为确立新艺术而进行斗争所获得的结果,就受到了保障。艺术家的团结,意味着在争取民主的、现实的、民族的艺术的斗争里,进入一个新阶段。这个以彼罗夫和他的同道们的创作开始的孤立性的运动,从组织同志会起就转变成为一个强有力的群众性的艺术运动。这个运动在俄罗斯艺术更进一步的发展上烙下了自己的印记,并且在将近五十年的时期里团结了俄罗斯艺术方面所有最生动和最前进的力量。

革命的民主运动对于流动展览画家的世界观,起了非常巨大的影响。靠着60年代革命启蒙者的思想,成长了组成流动展览画家同志会的一代新艺术家。

在俄罗斯的绘画史上,艺术家们第一次坚决和公开地谈起艺术的社会作用,谈起艺术为人民服务,以及艺术家对社会所负的高度精神上的责任。

人民的生活在流动画家的绘画里获得了广泛和多面性的反映;艺术家不仅反映出自己周围所看到的一切,而且还给俄罗斯社会现实的现象作了评价与判定。

他们以自己的创作号召跟当时生活的黑暗面进行斗争。同时企图唤起对人民的同感、同情和爱。从这个时候起,绘画就跟伟大的俄罗斯文学步伐一致,执行着巨大的社会使命,并且为进步的思想服务。

流动展览画家的创作,可以视为是19世纪世界艺术里的现实主义发展上一个新的重要的阶段。

流动展览画家为着过去以及当时的世界与俄国文化的优秀成就,能够使得艺术为广泛的人民大众——为千百万的俄罗斯农民与当时初生的俄罗斯无产阶级的利益服务。他们把艺术跟社会思想的进步倾向联系在一起,非凡地提高了艺术家的社会作用。

流动展览画家为艺术的广泛民主化,为建立不论在主题和题材、形式和语言上都能为人民了解,为人民领会的作品而斗争。他们能够运用艺术家所处理的全部手法——从绘制草图起直到最后几笔的着色为止——能够活生生地表现激动民众的那种思想。这样的艺术只能诞生在俄罗斯——在那边争取解放的革命斗争从来不曾停止过,而且这个斗争最后又引向伟大的十月社会主义革命。

在流动展览画家的作品里，人民的主题首先被按照它的巨大的增长和它的深度与重要性表现出来。人民在图画里的表现不是侧面的，不是像同情者所能看到的那样，而是来自人民之中的人们所知道的那样，人民第一次在流动画家的画布上，宣布出自己的贫困、苦痛和质问，成了大艺术里的主要英雄。流动展览画家反映出了日常的生活里的人民，没有任何粉饰和理想化，也没有什么润色，一切都是绝对的坦白和严格的真实的。在绘画里占中心地位的，是普通的劳动者的形象，是贫农、手艺人、苦力、城市底层——"被侮辱与被损害者的"人们的形象，是受专制和农奴制残酷剥削与压迫的人们的形象。

生活的写真——是流动展览画家的主要题裁，其中充满广大的社会内容，并且把握着正确的思想方向。这种生活风俗画的新的战斗意义，远超出以前对于这个名词的了解——因为在过去是描绘舒服的内室里的生活的。生活写真的图画似乎转变成为了历史的文件，正因为它们的内容变得非常重要，又因为当时最重要的社会问题在那些绘画里被深刻地提出来和获得了解决。

流动展览的艺术家们是将生活的全部矛盾和冲突都描写出来的。他们的作品——这是批判的现实主义的作品，但这自然并不是说，他们就没有描绘正面的题材。他们反映黑暗的统治时，就断定人民应该享有更好的生活的权利，号召人们跟阴暗的现实进行积极的斗争。

流动展览的文化和教育意义是非常大的。它们不仅使人民认识了新的俄罗斯绘画的优秀模范，发展人民的美学的趣味，而且也唤醒了社会思想，起着革命性的作用。

如果把流动展览画家的艺术看成为千篇一律的东西，认为它的每一件个别的作品都没有鲜明的创作个性,也不能区别笔迹和手法的特征——这样的看法是不正确的。

流动展览画派——这是一个为确立新的、民族的、民主的、现实主义的艺术而进行斗争的一般广泛的思想和艺术的场地。但显然地,就是每个参加同志会的艺术家所具有的共通思想,又获得单独的、个人的具体的样式和表现。流动展览画派的力量、生气和历史意义也就在这里,它为团结力量建立了一个广泛的基础,它容许当代差不多全部杰出的艺术家不改变自己,不放弃创作中的"我",不违背自己而加入同志会的行列,并且利用自己的手法为公司的事业——为建立伟大的民族的人民艺术而斗争。

流动展览画家的历史性的贡献,是在于绘制民族的现实主义的生活的图画,人像,历史和战斗的构图,以及风景画。

这里我们可以举出几种这类非常真实的作品,即如:彼罗夫的《农民的葬仪》和《梅基希的茶馆》,雷宾的《伏尔加河上的纤夫》《意外的归来》《库尔斯克省的宗教行列》《宣传家的被捕》,米亚索耶陀夫的《地方议会的午餐》,玛克西莫夫的《分家》,萨维茨基的《修理铁路》,玛柯夫斯基的《银行的倒闭》和《小晚会》,阿尔希波夫的《洗衣妇》和《奥卡河上》,卡萨特金的《炭坑夫》和《换班》,亚罗申科的《火夫》。

此外,像苏里科夫的《枪兵受刑的早晨》《大贵族夫人莫罗淑娃》和《征服西比利亚》,雷宾的《伊凡大帝和他的儿子伊凡》和《柴波罗伊茨人》,华斯聂卓夫的《勇士》,葛的《彼得大帝和阿列克赛》——这些历史性的绘画,没有一个人不知道,也没有一个人不受感动的。

我们应该感激流动展览画家们,因为他们为俄罗斯文化界的杰出人物绘制了精彩的画像。

我们可以在萨甫拉索夫、席希金、古英琪、华斯聂卓夫、波仑诺夫、莱维坦和奥斯特罗乌霍夫的风景画里,看到对于俄罗斯大自然的美丽、深刻与诗意的描绘。

我们可以很骄矜地说,不论肖像画、历史画,不论风景画和生活风俗画,流动展览画家都获得俄罗斯前辈和世界绘画界所未曾达到的新成就。他们的艺术的全世界与历史性的意义,就在于它明白而清楚地传达了俄罗斯社会发展中的那些伟大的历史过程。这些过程酝酿了俄罗斯的革命。

流动展览画家作品的显著特征,除了它的崇高的思想性之外,就是它充满绝顶的人性、人道主义和鼓励的意味。

我们可以大胆地肯定说,在发掘俄罗斯人民的精神宝藏方面,流动展览画家整个所做的并不比俄罗斯文学少。俄罗斯的绘画也正像俄罗斯文学和俄罗斯音乐一样,沿着自己独立的道路前进,它确定了俄罗斯民族和俄罗斯人民的伟大,后者为了自身的解放,踏进了革命斗争的战场,成了前进人类的先锋。

流动展览画派可以比作为一条有力的河流,它在自己的激流里吸收 19 世纪后半叶俄罗斯艺术里最有力、最鲜明、最富有生机的前进的因素。

我们的艺术史家不能不惭愧地承认,俄罗斯绘画的这一强大的运动,还没有被作过深刻和严肃的研究,也没有被作过科学的调查和理论的综合。

颓废派的批评家们竭力企图歪曲流动展览画家的历史任务,千方百计地抹煞和削弱观念的现实主义在俄罗斯艺术史上的意义,流动展览画派的历史直到现在还时常被歪曲。这个运动没有获得应有的评价,就在今天也依旧可以听到可怜的颓废派的理论家关于流动展览派的反响。

自然,流动展览画派的艺术有着自身的限制性,这种限制性是他们工作的那个时代的矛盾的反映。这也是他们在自己的作品里所宣传的后期启蒙主义的美学的限制性。他们没有清楚地了解本国历史发展的道路,不曾把工人阶级看作革命领导者。在19世纪90年代就开始了流动展览画派的危机、低落和思想上的贫乏,这并不是偶然的。他们依然忠于自己以前的启蒙理想,可是却落在历史的后面。不过,这却丝毫也不曾减弱流动展览画派在当时俄罗斯艺术方面所起的巨大的进步作用。

流动展览画家的艺术是俄罗斯绘画遗产里最宝贵的一部分。日丹诺夫在关于《星》与《列宁格勒》两杂志的报告里,谈到遗产问题时说道:"……苏联文学最优秀的传统,是19世纪俄国文学优秀传统的继续,这些传统是由我们伟大的革命民主主义者——柏林斯基、杜布罗留波夫、契尔尼谢夫斯基、莎梯科夫·谢德林所创造,由普列哈诺夫所继续,再由列宁和斯大林加以科学地改造和创立的。"

在造型艺术的领域里,流动展览画家的艺术对于我们就是革命民主主义者的遗产,就是"最优秀的传统"。他们的传统对于我们应该是神圣的。批判地改造这份出色的遗产,我们应该继续他们所创始的光荣事业。

真的,不论今天我们采用怎样的手法,如果我们不拥有流动展览画家所赐给我们的那些成就,我们就连一步也跨不向前。

谈到深入研究流动展览画家遗产的必要,我们并不号召大家去模仿和恢复,我们并不主张单纯地追随他们的一切手法。事情却在于我们艺术上更重要、更严肃的问题。这里所谈到的,是我们要更深刻地把握流动展览画家的经验,提高他们的艺术精神,我们要向前发展,并且以他们那种艺术贯彻的力量、理想、信心与热情来确立苏维埃的现实,和苏维埃人的形象。

流动展览画家的传统活在我们最优秀的绘画创作里。他们艺术上的人民性和思想性,他们对祖国的过去、现在和未来的深切关心,对祖国一切的爱,他们在绘画方面为真理、为大主题所进行的斗争,他们在室内主题方面的技巧——这一切都是我们所应该接受和应该研究的。流动展览画家应该成为我们宝贵的模范,应该激发我们创作上的胆量,号召我们建立伟大的新艺术——社会主义的现实主义的艺术,以及创造苏维埃的名作品。

论陀思妥耶夫斯基创作中的反动思想

叶尔米洛夫

现代反动的资产阶级文学动员了自己的全部力量,来玷污、亵渎和歪曲人的一切,证明人性的虚无、怯弱和卑微。从本质上说,人是卑劣和污秽的——这就是帝国主义反动派的文学代理人千方百计地发挥着的卑鄙命题,他们把整个人类描绘成残酷、讨厌的褴褛汉的渊薮,其中每一个人身上都怀藏着一只凶恶的蜘蛛。

看任何一个现代反动派的时髦作家,譬如美国的亨利·米勒或者法国的萨特,您就会相信在企图暗示那种把人看做怯弱的、肮脏的动物,它在本质上除了被消灭之外就别无他用的不可思议的思想方面,他们——不论他们诽谤的手法是怎样不同——全都是一样的令人垂头丧气。

所有这些为银行和辛迪加①里的人类的憎恶者们的不变利益而效忠的华尔街的文学代理人都怀着一个目的:亵渎人的灵魂,用道德和

---

① 指垄断组织。

政治的失败主义的毒素来毒害他们,摧毁劳动者们的斗争意志,为资产阶级集团统治人民的野蛮暴行辩护。

今天泛滥在外国书报市场里的无数作品,在内容和性质上,是跟20世纪30年代中期所出版的、并且在当时就有俄文译本的鲁易·赛林讨厌的长篇小说《子夜旅行》相呼应的。

鲁易·赛林这部小说断定:人类是在极端的黑暗中活动,因此,照赛林的意思,人是卑微的、丑恶的、有罪的,他只能在自己的罪上进步。那是一本能够欺骗读者的狡猾的书。在我们的读者和批评家之中也有一部分人,他们把它看做是现代野蛮的资产阶级社会狰狞面目的忠实暴露。这些读者和批评家没有听到书里被绝望的号泣所掩盖着的奸刁的冷笑音调。不过,这个音调却让那赋有敏锐的道德听觉的高尔基听到了。高尔基当时说,从鲁易·赛林的绝望到法西斯主义总共只有一步路。《子夜旅行》是走向法西斯主义的旅行。

赛林在自己的长篇小说里"暴露"了"一切人们"——从资产阶级到工人,从教授到农民,从老太婆到年轻的姑娘。他"暴露"全人类。

在第二次世界大战之前不久,赛林对某杂志所提出的关于法西斯主义和跟法西斯斗争的可能性问题回答说:"跟法西斯主义作斗争吗?小姐,您是怎么啦!我们只好跟怪物一起死在它的肚子里。"结果,他以希特勒屠杀理论和像《劫掠琐记》那种发臭的小书作者的资格,跟维琪的领袖们一起,相当舒服地在这个肚子里安身下来了。

诽谤人,证明人性是不变和有罪的——这永远是反动派手中的工具。在我们的日子里,它更变成了法西斯帝国主义宣传方式之一,无可避免地跟法西斯主义融合在一起。因此,美国帝国主义之所以特别起劲地利用这个憎恶人类的宣传方式,是不足为奇的了。

人在本质上是讨厌和有罪的,必须用任何手段来"镇压"他!人类需要束缚!这就是构成现代外国全部反动文学内容的那种对人的恶意诽谤的意义。

在现代世界里,在进步和反动文学之间正在进行着顽强的、势不两立的为人的斗争。在这个斗争当中,反动势力以美国帝国主义文学为首,而苏联文学则领导着进步势力——这也是同样自然的现象。苏联文学在全世界面前,用自己作品的全部风貌证明,那句永存不朽的话:"人——这个字听起来多么值得骄傲啊!"并没有黯然无光。

陀思妥耶夫斯基的创作在今天这场斗争里扮演着怎样的角色呢?陀思妥耶夫斯基在现代是置身在哪一个阵营里呢?对于这个问题我们的批评界必须作一个明白的、不是模棱两可的回答。

正像他在世时一样,陀思妥耶夫斯基在现代也始终是反动派的先锋。他的创作,在华尔街思想从仆们所主持的对人的愤怒进军中,被广泛和多方面地利用着。而这也是完全可以理解的,因为陀思妥耶夫斯基是浪费了自己的全部才力,以证明人性的怯弱、罪孽和犯罪的倾向。

高尔基关于陀思妥耶夫斯基写道:"他觉得他仿佛是某种黑暗的、与人敌对的力量的宣布者,他经常指出人的破坏倾向,认为人主要是在寻找完全的个人自由,要求人家公认他享有使用一切、享受一切、而不受任何东西管束的权利。"高尔基指出:"读陀思妥耶夫斯基,你会感觉到他那种面对自己灵魂的黑暗深处而产生的无法摆脱的恐怖。"

陀思妥耶夫斯基宣布人性的"绝对法则",而首先是人对残忍和嫌恶的永恒倾向的"法则"——照陀思妥耶夫斯基的意思,这种倾向是跟善与美的向往一起根深蒂固地潜藏在人的身上的。

米嘉·卡拉马佐夫是陀思妥耶夫斯基心爱的主人公之一,照这个形象的创造者看来,是对于任何诱惑(包括最使人嫌恶的)毫无抵抗能力的人性的最典型、最富"群众性"的代表,他表达作者本人的思想,对人的本质说出下面的观点:"让我被诅咒,让我堕落和下沉吧,但是也让我吻吻我主所穿的那件法衣的边缘,同时让我跑去追随魔鬼吧,不过,主啊,我到底是你的儿子,而且我爱你,我感到喜悦,没有他人是不能站立和生存的……"米嘉的情妇格露辛卡同意米嘉对于他自己的意见:"我知道,你即使是一头野兽,也是崇高的。"

照陀思妥耶夫斯基的看法,人是懦弱的,他无法抵抗向恶和犯罪的引力。米嘉·卡拉马佐夫关于自己说:"我曾经爱过荒淫,也曾经爱过荒淫的耻辱;难道我不是臭虫,不是可恶的昆虫吗?"

值得注意的是作为陀思妥耶夫斯基的主人公们特征的回头。米嘉不说他原来是残忍的:不,他只说,他曾经爱过残忍。例如,他对于欺侮一个少女感到快乐,只不过因为她很骄傲和美丽。

什么样正常的人会把对人的欺侮和凌辱——仅仅由于爱好受难和残忍与凌辱的念头当作一种满足的快乐?然而,从陀思妥耶夫斯基的观点看来,对于这种"快乐"的倾向是人性的绝对法则。《被损害与被侮辱的》里的阿廖沙——这个跟米嘉比起来是无辜的羔羊——被杜勃罗留波夫称为"发臭的甲虫",那么他又能用什么字来形容米嘉·卡拉马佐夫呢?真的,米嘉自己也不饶恕自己,常常形容自己是"残忍的昆虫"之类。不过这并不妨碍他自认是一个正直的人:"虽然是一个下流人,但却是正直的。"整个本质就在这里,人全都是这样的——这就是陀思妥耶夫斯基的思想。

每一个人都应该有一个主导的因素。陀思妥耶夫斯基的主人公们,没有这种主导的因素。陀思妥耶夫斯基也像他的主人公们一样,因为两种现象同时存在、因为两个因素("善"与"恶",美与丑)"势均力敌",而觉得受了威胁与引诱。"要是头脑代表丑,那么心就代表美。"同是那个米嘉·卡拉马佐夫说。检察官在审判米嘉·卡拉马佐夫的案件时指出:"两个深渊,陪审官先生们,请你们记住,卡拉马佐夫能够看出两个深渊,而且一下子就看出了两个!"

米嘉·卡拉马佐夫给自己关于人性的议论赋予了庄重、积极和漂亮的形式,不过,照事情的本质说来,他在自己的"忏悔"里所说的一切,正表示着对人的诽谤。米嘉·卡拉马佐夫宣布他自己所具备的人格的两重性是人类灵魂的不变特征。不仅如此,他认为"极大多数人"天生倾向"索多玛"①,那就是说,倾向罪孽、丑恶、邪恶和恶德;"人太广泛了——必须把他压缩"——镇压、束缚。照陀思妥耶夫斯基的意思,每一个人的身内都居住着一只由激情赋予的侮辱和亵渎的恶昆虫,对于人,要是任其自由,要是给他"行动自由",他就会"侮辱"和玷污——灵魂上和实际上——他自己,以及凡是落在他手头的一切人,正像米嘉·卡拉马佐夫所做的那样。一切人在本质上都是无政府主义者,都是破坏者——这就是陀思妥耶夫斯基企图向读者所作的暗示。

与此有关的是对于人的理智的怀疑。假使给人的理智以自由——陀思妥耶夫斯基暗示——那么他就要无可避免地证实卡拉马佐夫的"一切都许可!"——以后德国的极端反动者尼采,法西斯主义的直接先驱,就是在这个"原则"上建立起自己的"超人"理论的。因为这个缘故,陀思妥耶夫斯基说,就需要最高的权威——宗教。没有"对上帝的

---

① 索多玛(Sodom),城市名,位于今日的死海边,《圣经》中谓该城居民罪孽深重,故降天火烧尽之云。

敬畏"，没有宗教的拘束，人类的生活在陀思妥耶夫斯基看来是不可能的。为了要向读者暗示这个思想，陀思妥耶夫斯基尽他的能力做了一切——不过他的艺术表现力是伟大的——以建立那种似乎一切人都宿命地赋有折磨、破坏和残忍倾向的理论。陀思妥耶夫斯基的主人公们，正像米嘉·卡拉马佐夫所承认的那样，就爱好罪恶、残忍、折磨，没有这他们就不能生活。他们不可制止地被引向犯罪，引向暴行。没有办法，人就是这样的！——陀思妥耶夫斯基借了自己作品的一切人物的嘴说着，更确切地说，他是在声嘶力竭地嚷着。因为这个缘故必须用宗教、苦痛、顺从、镇压来抑制人。只有在苦痛中，人才可以"洗清自己"。这也就是陀思妥耶夫斯基的主要思想，他的全部重要著作都是献给这个理论的。

萨尔蒂珂夫·谢德林认为陀思妥耶夫斯基首先就是个相信人必须被抑制的狂信者。在《好心话》的序言里，伟大的讽刺家便针对着陀思妥耶夫斯基，并且跟他争辩着说到"抑制者"的典型："那些相信人需要抑制的空想家都是些忠实的说谎者，在他们面前就连现代惯于撒谎的现实也要感到战栗。这是一些丑八怪，他们说谎不是为了想把人引入迷途，而是为了不愿知道历史的例证，也不愿知道现代的例证，他们即使看到事实，也不承认它是事实，而说是人类固执的任性……这是一些忧郁的人们，从来不舍弃由他们的想象而建立起来的蜃楼，并且用百折不挠的毅力想把这座蜃楼变成现实。"

高尔基肯定了这个评价，他强调说，把陀思妥耶夫斯基看作一个惩罚人们永恒罪孽的审判官，是非常确当的。

没有拘束，人就会变得残忍和懦弱！——陀思妥耶夫斯基这么证明。同时照他看来，"拘束"是宗教性的，也是政治性的，因为"抑制"人应该由教堂跟沙皇爷、警察和专制的整个暴行机构共同来执行。陀思妥耶夫斯基之成为波别陀诺斯采夫——极端主义和反动派最可恶的代表之一,无耻的伪君子、伪圣人、残酷和顽固的"镇压者"和刽子手,俄罗斯文化和自由的死敌——的私友,并不是没有缘故的。

人在自己的"本质上"是迫害者——陀思妥耶夫斯基要使读者相信——他"爱"摧残孩子,迫害弱者,因为这个缘故他必须生活在谦卑之中,服从一切,"忍受"一切,在一切活着的和死去的人们面前,永远感觉自己的"罪过"。关于这点他在自己的《作家日记》里说:"……很明白的……恶深深地隐藏在人类中间,比社会主义医生所猜测的隐藏得更深,不论在什么社会组织里恶是无法避免的,人的灵魂永远是畸形和罪孽的源泉。"

高尔基在《谈技艺》里讲到从事写作的最初几年的情形:"我认为反派角色是不值得文学去描写的,我知道俗语说:'自己脸歪,倒怪镜子不平。'而我当时就认定:'脸歪'并不是因为人愿意它歪,而是由于生活中存在着某种使一切人和一切东西变成畸形的力量,因此必须'反映'这种力量,而不是反映被它歪曲了的脸孔。"

要是应用高尔基所用过的术语,那么就得承认,陀思妥耶夫斯基正是企图用自己的作品和政论来证明高尔基所反对的东西:陀思妥耶夫斯基企图用全力证明"脸歪"正是因为他们自己愿意变歪。从陀思妥耶夫斯基和他的主人公们的观点看来,"索多玛"——罪孽和丑恶是绝大多数人的理想。而这——仿佛就是"人类灵魂"的根本特征。

陀思妥耶夫斯基把他自己描写了极多的折磨、残酷和人的畸形的事实,跟那种"在生活中起着作用,并且使一切人和一切东西变成畸形的"力量割离开来。他把这些事实不解释成为畸形的社会现实的结果,而解释成为跟社会条件无关的、不变的人性的永恒特征。跟这有联带关系的是他那种脱离现实主义传统、并为后来的颓废派(高举陀思妥耶夫斯基的名字作"盾牌"的颓废派)扫清道路的主观主义的、心理学主义的、形而上学的创作方法。

陀思妥耶夫斯基常常把卖唱者称为"被损害与被侮辱的"。是的,他同情渺小的人们,他"同受"他们的苦难和人类的苦难。不过,当他号召人类谦卑和顺从的时候,事实上他却在压迫被损害和被侮辱的人。陀思妥耶夫斯基在自己的创作中抹杀俄罗斯人民的民族特征,他向俄罗斯人宣告,并使他们相信谦卑和顺从是通向全人类"高洁"的唯一道路。把伟大的俄罗斯民族,以及它对自由的不可征服、不可击败的志向,把一个永远无法使它屈膝的民族,描写成为渴望谦卑和顺从的羔羊——这意味着舍弃优秀的俄罗斯民族传统,舍弃爱好自由的俄罗斯文学和社会思想的传统。

在陀思妥耶夫斯基的作品里,对于人类苦难的"人道的"同情,是跟对苦难顺从和妥协的说教、跟苦难的理想化交织着的。而这却意味着人道主义的叛变。从这个观点看来,米嘉·卡拉马佐夫的梦是意味深长的,米嘉在梦里听到孩子们的哭声,看到赤贫的乡村、农妇的悲哀,同时因为"孩子"在世界上受欺而忧愁。米嘉热烈地追求着,想马上用"无法抑制的卡拉马佐夫的方法"使宇宙的"孩子"永远不再哭泣。看来,这里甚至可以听到陀思妥耶夫斯基发出的暴动的声音。然而——呜呼!——这却是陀思妥耶夫斯基的常用手法:大声地喊出违反他陀思妥耶夫斯基本意的暴动和革命的声音,以便就地把它消灭、推翻、"证明"它的不正确和"有害"。米嘉关于"孩子"在世界上受欺的忧虑,把米嘉引向他的主要结论,引向陀思妥耶夫斯基所有主人公们的主要思想——必须妥协,跟世界"同钉十字架",为宇宙的"孩子"而受难,浴身在全人类的苦痛中。这种虚伪和畸形的思想,事实上,正是对僵死的基督道德的陈腐、伪善和白痴式的曲解——肯定和批准那种使"孩子"受苦的全部生活秩序。"卡拉马佐夫兄弟"全部小说的主要思想,就在于说明每一个人在大家面前是有罪的,同时一切人在每一个人面前也都是有罪的,因为,仿佛有一种永恒的、原始的罪孽在整个人类头上巡行着。所以,一切人都应该永远在彼此面前忏悔,"共苦难",歌颂苦难,好像歌颂至高的"美"的伦理观念,"清除"一切丑恶和诱惑的伦理观念。米嘉·卡拉马佐夫之杀死或不杀死他的父亲费多巴尔·巴弗洛维奇,这是无所谓的:总之他可能把他杀死(因为照陀思妥耶夫斯基的意思,每一个人都可能犯罪);不过,既然如此,米嘉·卡拉马佐夫总是有罪的。就让法庭在自己的审判上犯错误吧,就让世俗的法官判他无罪吧,然而"上帝的审判"却是公正的,而米嘉·卡拉马佐夫也就高高兴兴地接受惩罚,欢欢喜喜地同意"受苦",以便为受辱的"孩子"和全人类的一切苦难,稍稍救赎自己的罪过。这种解除社会不公正的责任,宥免那些侮辱和损害人的关于苦难问题的处理方式,正是对于被侮辱和被损害的人们的背叛。

这样,对人、对他的自由理智和意志的不信任,就跟需要宗教和政治束缚的说教联系着了。

陀思妥耶夫斯基创作中的病态特征以及脱离现实主义流派(或者像柏林斯基和车尔尼雪夫斯基时代所说的、俄罗斯文学中异常深刻的"自然"流派)的传统,早就被我们革命民主派批评界看出了。柏林斯基在《转生儿》——继《穷人》之后出现的短篇小说,它表现青年作家对于人的深深的不信任——里感觉到了这一点,而杜勃罗留波夫则是在长篇小说《被侮辱与被损害的》里感觉到的。

  杜勃罗留波夫认为这部长篇小说的核心并不在于人道主义，也不在于陀思妥耶夫斯基对于被侮辱和被损害者的无庸置疑的同情，而是在于罪恶典型的描写。杜勃罗留波夫觉得小说里真正的中心人物是伐尔柯夫斯基公爵的形象，陀思妥耶夫斯基以后所写的更复杂的恶人的典型，就是从这个形象发展出来的。杜勃罗留波夫写道："小说的基础，它的核心，正是由这位公爵性格的复写构成的。不过，如果您细心观察一下这个性格的描写，您就会发现带着爱心而描绘出来的全部丑恶，最可恶的和犬儒主义的特征的集合……因此您既不会对这个人物感到怜悯，也不会以那种不是专对个人，而是对那种典型、对某种现象而发的最高憎恨去恨他了……是什么和怎样使公爵变得这样的呢？……如果他已经完全心神沮丧，那么这个有趣的过程是怎样和在什么条件之下发生的呢？……例如，我们都知道乞乞科夫和泼留希金①的性格是怎样造成的，甚至我们也部分地知道伊里亚·伊里奇·奥勃洛摩夫②是怎样变得懒惰的……可是陀思妥耶夫斯基却完全忽视了这种要求。"（着重点系本文作者所加）。

  所以，杜勃罗留波夫指出陀思妥耶夫斯基完全忽视了现实主义的基本要求，即解释典型与现象的社会根源，而这种解释正是果戈理、冈察洛夫和其他俄罗斯现实主义作家的创作特征。因此陀思妥耶夫斯基并没有写出社会罪恶的概括性的、现实主义的形象。陀思妥耶夫斯基既然把永恒的、既不受任何现实社会条件限制、也不受任何"在生活中

---

① 乞乞科夫和泼留希金都是《死魂灵》里的人物。
② 《奥勃洛摩夫》的男主角。

起作用的力量"之影响的"人的灵魂"看作一切罪孽和罪恶的本源,他就不能(也不愿)使读者对恶人、伐尔柯夫斯基公爵、"爱好残酷的人"发生那种最高的憎恨,发生那种反对整个阶级、反对压迫者、反对侮辱和损害人的人、反对罪恶的现实和社会原因的憎恨。

在了解陀思妥耶夫斯基方面非常重要的还有杜勃罗留波夫的另外一个睿智的意见——陀思妥耶夫斯基带着爱心描绘丑恶,那就是说他实质上是爱好恶的。要是对恶的倾向是人们共通的特性,那么,事实上,又何必引起对伐尔柯夫斯基公爵的特殊憎恨呢?陀思妥耶夫斯基对于自己作品里所描写的一切无赖、一切侮辱者都很客气:照他的意思,他们全都是人们心里恶的倾向的牺牲者。他创作中的这一特征,反动的批评家斯特拉霍夫就曾经高高兴兴地指出过,斯氏认为陀思妥耶夫斯基的特殊功劳,就在于他并没有把任何人物(包括折磨者、罪犯、彻头彻尾的无赖在内)"放在非人的地位"。因此陀思妥耶夫斯基怀着极大的温暖描写了寄生虫和类似斯维德利盖洛夫之流的无赖。

杜勃罗留波夫在关于《被侮辱与被损害的》的非常深刻和尖锐的论文里,预言了陀思妥耶夫斯基创作中的主要过失——这种过失在《地下室手记》和以后的作品里又以特殊的力量发展着。伐尔柯夫斯基公爵的形象变得更复杂了:伐尔柯夫斯基变成了斯塔夫罗庚、斯维德利盖洛夫、魏尔西洛夫。对于这些迫害狂者、浪荡子、教会的煽动者,陀思妥耶夫斯基也像描写伐尔柯夫斯基似的,是带着显而易见的、特殊的爱心描写的,正如他在自己的手记里所写的那样,他自觉地企图使这些人物典型对于读者"又讨厌,又可爱"。原来,照陀思妥耶夫斯基的观点看来,一切被虐待者都可以变成施虐者,同样地,一切虐待者也都可能转变成为用受苦来救赎自己罪孽的受难者;因此,在虐待者的身上也有"可爱之处"。

由那没有固定宗旨的自由主义的"人道主义"这薄粥喂养起来的浅薄批评家,爱用对人们"同情"和"爱"的红粉来粉饰一切苦难、损害、侮辱和虐待的艺术描写。然而,绝不是一切苦痛和折磨的图画都是合乎人道的:它也可能是反人道的,如果在图画里把苦难诗意化和理想化了,或者鸣响着虐待的诱惑性音调,还有,如果恐怖、苦痛、损害的主题是被用来恫吓人们,作妥协的说教,以及用来确定人的罪孽和虚无的思想。高尔基在自己的作品里深深地憎恨并暴露两种典型"说教者":像路卡①之流的"安慰者"、骗子,和为了向人们暗示使他们意志和理智麻痹的恐怖,对于人类灵魂黑暗的"秘密"的恐怖,而拿溃疡、痛苦和孩子的眼泪作投机的、迷信基督的"暴露者"。

然而,某些苏维埃的文艺科学家,在柏林斯基、杜勃罗留波夫、谢德林和高尔基等人对陀思妥耶夫斯基发表了著名的意见之后,依旧像自由主义者似的歌颂陀思妥耶夫斯基的"人道主义",歌颂他"对人的信任",企图证明陀思妥耶夫斯基也是像普希金、果戈理、托尔斯泰一样的现实主义艺术家,证明他是在"社会性地确定"自己主人公们的体验、行为和性格。不仅如此:他们还要使我们相信,陀思妥耶夫斯基直到自己的末日始终是一个"社会主义者",他幻想着社会主义理想在地面上的实现。1947年年底问世的三部著作——吉尔波丁教授的《陀思妥耶夫斯基》和《青年陀思妥耶夫斯基》,以及陀里宁的《在陀思妥耶夫斯基的创作实验室里》——的构思正是由此而产生的。为了使大家相信某些把陀思妥耶夫斯基理想化的苏维埃研究家离开开明的、革命民

---

① 路卡,是剧本《底层》(即《夜店》)里的人物。

主主义的批评家有多远,只要把我在上面引述过了的杜勃罗留波夫关于《被侮辱与被损害的》一书的意见,跟吉尔波丁关于同书的议论作一个对照就行了。他说:"陀思妥耶夫斯基在被判苦役时所碰见的残酷、粗野和罪恶的画面,促使他更留神地观察人的本性,但是,它们并没有动摇他对人性的信仰。兽性化——不是本质,而是人性的歪曲。在19世纪40年代的意识形态的气氛里生长和巩固起来的陀思妥耶夫斯基的人道主义,经受了苦役的考验……《被侮辱与被损害的》还有值得注意的是它那种辛辣的反资本主义的情绪。在这部小说里"恶"化身为伐尔柯夫斯基的形象,而控制伐尔柯夫斯基、把他推向残酷和犯罪的魔鬼的,则是金钱……对于人世间社会紊乱的那种道义上的责任的自觉,从他小说的字里行间流露着……陀思妥耶夫斯基引起怜悯,可是结果却唤醒了愤怨。《被侮辱与被损害的》是由悲哀之神产生的,可是却令人感觉像'悲哀和复仇之神'的作品……"

我们看到两种观点的显著矛盾。杜勃罗留波夫说,在《被侮辱与被损害的》一书里,没有"恶"的社会性的概括和社会原因,而有对"恶"的欣赏,对"丑"的品味。吉尔波丁则在《陀思妥耶夫斯基》一书里,确定陀思妥耶夫斯基拿伐尔柯夫斯基的形象来作恶的化身,是具有鲜明的社会解释的。杜勃罗留波夫指出这部小说并不能引起对于作为社会紊乱根源的"恶"的高度憎恨,可是吉尔波丁却要使我们相信:小说里所描写的"恶"引起了反抗"社会紊乱"的怒火。杜勃罗留波夫批评陀思妥耶夫斯基"完全忽视"了现实主义的主要定律——解释现象的社会根源,可是吉尔波丁却宣称"陀思妥耶夫斯基一直到死都是一个现实主义者"。

这样地把陀思妥耶夫斯基理想化,跟科学的马列主义对于作家创作的研究,是没有什么共通之处的。

在陀思妥耶夫斯基的作品里,强和弱的两方面是这样密切的共生着,互相交织着,若要把它们分割开来,就非作最缜密、最细心的科学分析不可。

陀思妥耶夫斯基,毫无疑问的,表示了家长制度下的、落后的、反动的小市民对于资本主义及其新的、公然掠夺的生活法则在俄罗斯作胜利进军的恐怖。家长制的俄罗斯崩溃了,沿着整个裂缝破裂了。人——陀思妥耶夫斯基是代表他说话的——在新的、为他所不理解的、可怕的现实里,完全交托给了自己。小官吏,被抛入资本主义的漩涡并体味着阶级没落的整个灾难的憔悴贵族,远离人民生活、远离人民理想的平民①——这个陀思妥耶夫斯基作品里的主人公在双重负担之下压弯了腰:他受着农奴制度、跋扈的"长官"以及新的资本主义关系的压迫。新的生活规律的兽性本质暴露在他的面前,而民主主义的胜利、工人阶级的任务和意义、资本主义发展道路的相对进步性——那就是说一切模糊不清和不连贯的、但却始终呈现在革命民主派阵营中目光最锐利的代表们之前的未来远景里的一切现象——这一切却只有使陀思妥耶夫斯基的主人公和他自己感到恐怖。

"无产阶级的溃疡"在陀思妥耶夫斯基看来也跟资本主义本身一样可怕。"无产阶级"联系着破产、家长制道德、"美"和永久制度的丧失——换句话说,"无产阶级"联系着陀思妥耶夫斯基和他的主人公们意识中的资本主义本身和资产阶级所联系着的一切东西。陀思妥耶夫

---

① 指19世纪50至70年代俄罗斯的一个社会阶层,其构成分子为各种小资产阶级集团,如僧侣、商人、小市民等。

斯基对资产阶级的憎恨——荒诞无稽、逻辑歪曲的怪论——是跟对"第四阶级"的恐惧、跟对工人阶级革命性的憎恨不可分割地交织着的。陀思妥耶夫斯基的"反资本主义情绪"在加强着,但就连这也是由于对未来的无产阶级革命的恐惧而引起的。观察西欧的生活,陀思妥耶夫斯基很清楚地了解:资本主义孕育着无产阶级革命,而他对资产阶级的憎恨,以及在资本主义掠夺和野蛮的资产阶级个人"任性"的恐怖和诱惑之前的恐惧,是跟对工人阶级革命性的憎恨、对社会主义的憎恨、和害怕无产阶级的革命同时俱存的。因此,在反映——虽然也是歪曲的——真实的历史过程和矛盾时,在反映资本主义的现实恐怖时,陀思妥耶夫斯基同时也在诽谤一切前进的、忠实的、革命的事物,诽谤着构成时代的主要的和真正的内容,诽谤着人类的现在和未来。

如果说柏林斯基看到了资本主义道路的相对进步性,那么,陀思妥耶夫斯基就在自己对社会变革、阶级斗争洪流的"兔子似的"、天真的恐惧里,叛变了柏林斯基的阵营,踏上了反动的反资本主义乌托邦的道路。他变成"兔子似的"——借用葛列勃·乌斯宾斯基的话来说——生活方式的热烈拥护者了。他企图倒转历史的车轮,变成三位一体的公式——"正教、专制、民粹"的热情拥护者了。陀思妥耶夫斯基把国内生活中一切迂缓和落后的东西理想化了,他赞扬农民的反动偏见、对沙皇和神的信仰,并以此来对抗革命知识分子的"傲慢"。由此产生了他的"土壤说",以及他的信仰:俄罗斯在放弃资本主义道路之后,会把世界从无产阶级革命之中"拯救"出来。

陀思妥耶夫斯基这种反资本主义、同时又是反无产阶级、反社会主义、反革命、反民主的立场,也就决定了他创作中的强弱两方面不可分割的交错性,而且,强的方面在他的作品里是跟他创作中主要的、基本的和反动的基础奇妙地交织着而产生的。我们不能、也不打算抛弃和忽视陀思妥耶夫斯基作品里对资本主义的批判,正如我们并不抛弃、也不忽视站在"右"的反资本主义立场的、反动的封建贵族政论家、历史学家、经济学家和哲学家们作品里对于资本主义的批判。

陀思妥耶夫斯基的主人公们苦痛地"选择"两种可能中的一种:做一个刽子手,或者做一个牺牲者,专制地统治别人,成为拿破仑、罗特西德(例如:拉斯柯里尼柯夫、波德罗斯托克),或者柔顺地服从拿破仑和罗特西德,吻着侮辱者和损害者的手(阿廖沙·卡拉马佐夫·梅施金公爵和各色各样老者们的说教)。刽子手或者牺牲者,奴隶主或者奴隶——脱离跟资本主义世界可诅咒的法律的搏斗的陀思妥耶夫斯基的主人公是不知道第三条道路的。在陀思妥耶夫斯基作品的这一课题里,我们不能不看到现实的著名反映——陀思妥耶夫斯基在《关于夏天印象的冬日手记》一文里所表露的思想也是如此。陀思妥耶夫斯基在那篇文章里批判资产阶级的"自由"说:"什么叫 liberte? 自由。怎样的自由? 在法律范围内容许一切人做要做的一切的同样的自由。什么时候可以做一切要做的呢? 当你有了百万财富的时候。自由是不是给每个人百万财富呢? 不。没有百万财富的人是什么呢? 没有百万财富的人,不是要做什么就可以做什么的人,而是别人可以叫他做什么就做什么的人。"

拉斯柯里尼柯夫——陀思妥耶夫斯基最重要作品的主人公——想成为一个"要做什么就可以做什么"的人,他期望尼采的哲学和道德。拉斯柯里尼柯夫"理论"的最重要之点是在于他认为"一切人……可以分为'平凡的人'和'不平凡的人'两种。平凡的人应该过顺从的生活,他们没有权利跨越法律,因为他们是平凡的。而不平凡的人却享有各种作恶犯罪的权利,并且可以跨越法律,唯一的理由是他们是不平凡的"。法庭检察官波尔菲利就这样叙述拉斯柯里尼柯夫的"意识",而后者也断定关于他的意识的这个叙述"完全正确",是针对着他的主要思想的。"它正是如此构成的,"拉斯柯里尼柯夫说,"根据自然法则,人在大体上可以分成两个范畴:分成低级的(平凡的人)——那就是说,只是为了繁殖自己同类而存在的材料——和真正的人……"拉斯柯里尼柯夫所做的那个"实验",也组成了问题的答案:他自己是什么人?放高利贷老妇的被杀应该给拉斯柯里尼柯夫这一问题的回答:他,拉斯柯里尼柯夫能够"超越原则"吗?他是不是一个能够违犯任何种罪行而不受丝毫良心责备的"超人"?他是不是也由造成真正"统治者"、"拿破仑"的那种材料做成的呢?

毫无疑问,这一切都是社会现实的反映。资产阶级社会根据自己的本质产生类似拉斯柯里尼柯夫的"意识",以及类似拉斯柯里尼柯夫的叛徒。不过陀思妥耶夫斯基作品里的每一件现实都是被粗鲁地歪曲了的,是跟谎言交织着的。在描写如拉斯柯里尼柯夫、伊凡·卡拉马佐夫之类的资产阶级叛徒的时候,陀思妥耶夫斯基企图——事实上是违反"历史的例证,现代的例证",违反事实和健全的思想——拿他们来代表"拿破仑",以革命家、无神论者和"虚无主义者"的面目来代表资产阶级的"超人"。陀思妥耶夫斯基以自己的专长对革命家作了最丑恶的诽谤,他企图把革命的阵营描写成为拉斯柯里尼柯夫们,伊凡·卡拉马佐夫们和别的"恶魔们"的集合之所。

资产阶级的掠夺、专横、残酷不仅威吓着陀思妥耶夫斯基和他的主人公们,而且也不可抑制地吸引了他们。由此而产生他那种犯罪的尝试、精神堕落和各种堕落的尝试、最可恶的肮脏、叛变和煽动的尝试。

这种可以为所欲为的"超人"的意识，迷住了陀思妥耶夫斯基和他那些游移不定的、缺乏道德标准的主人公（旧的家长制度的崩溃反映在这些远离人民的人们的空虚的灵魂里，结果就破坏了原有的道德标准）。拉斯柯里尼柯夫"意识"的诱惑，犯罪的引诱非常清楚地反映在小说里，但是陀思妥耶夫斯基却没法把什么同它们对峙起来。从《罪与罚》的作者学到许多东西的尼采，把陀思妥耶夫斯基称为自己的"伟大的教师"，也就不是没有缘故的了。《两个深渊》——对恶的恐惧和无法阻止向恶的倾向，替叛逆的辩解创造理由的心理两重性——这就是陀思妥耶夫斯基自身和他的主人公们人格的主要特征之一。

由于受了乌托邦社会主义的引诱而开始自己文学之路的陀思妥耶夫斯基，彼特拉歇夫斯基革命团体的参加者，就转变成为最积极的反动观念论者了。

"1848年的革命给一切……喧哗的、形形色色的、叫嚣的马克思之前的社会主义的形式以致命的打击。革命以行动显示全世界各国不同的社会阶级。1848年6月共和主义的资产阶级在巴黎枪毙工人这件事，最后确定了只有无产阶级才能具有社会主义性。"大转变的1848年，彻底地打击了陀思妥耶夫斯基之醉心马克思以前的社会主义形式之一。工人阶级的革命性使他感到害怕。专制看来是不可动摇的。苦役终于吹散了他那反映在青年时代的处女作——"穷人"里的不坚固的、感伤的对人的信心。这一切准备好了他的转入反动阵营。作为这个转变的宣言和公式的，就是贯穿着对一切前进的、进步的事物的猛烈憎恨的《地下室手记》。

然而，把陀思妥耶夫斯基理想化的批评家们，却要使我们相信：似乎他一生都是同情社会主义，甚至是同情未来的无产阶级革命的。

我们知道陀思妥耶夫斯基为俄罗斯准备了特殊的"使命"——用"沙皇和人民一致"的方法,摆脱无产阶级革命和资本主义的恐怖的危险。陀思妥耶夫斯基在自己论普希金的言辞里也说出了这个思想,他向革命的知识分子号召道:"屈服吧,骄傲的人!"吉尔波丁断言陀思妥耶夫斯基的关于"俄罗斯人民尽全世界教师的使命"的"预言",是含有革命性质的。"从我们所体验过的历史经验看来,"吉尔波丁写道,"我们不能不承认,陀思妥耶夫斯基的'预言'照它的合理内容看来,是复述着柏林斯基的预言,它是我国成为争取社会主义斗争中心的模糊的预感,是俄罗斯在社会友好和民族友好的道路上领导其他民族的模糊的预见。"

把柏林斯基关于领导进步人类的革命的、民主的和社会主义的俄罗斯的骄傲梦想,来跟陀思妥耶夫斯基反动的和乌托邦式的希望(希望俄罗斯不仅会把"世界"从资本主义"拯救"出来)等量齐观——这是比最浅薄的自由主义批评家们更进一步地贬低柏林斯基、更进一步地把陀思妥耶夫斯基抬高和理想化。

在他的《青年陀思妥耶夫斯基》这整本书里面,吉尔波丁教授简直打算证明柏林斯基和陀思妥耶夫斯基的观点直到19世纪40年代末尾都是相同的,他并不重视《转生儿》在柏林斯基心里所引起的那种悲哀的失望,然而失望这一事实却反驳了吉尔波丁的说法:柏林斯基和陀思妥耶夫斯基在40年代是同志。吉尔波丁以补充、更正与缓和的语气承认在《转生儿》里表现着陀思妥耶夫斯基对人的态度的"动摇"。不过这一半已经承认了:《转生儿》无疑地表现了陀思妥耶夫斯基对人的怀疑。吉尔波丁在自己的著作里用高墙重壁把青年陀思妥耶夫斯基跟第二期与第三期的陀思服耶夫斯基隔离开来。然而,后来的变节却早已起源于《转生儿》《女房东》和《聂托奇卡·聂兹伐诺娃雅》里了。

陀里宁的《在陀思妥耶夫斯基的创作实验室里》一书是一份精密的辩护。以解释陀思妥耶夫斯基对革命的敌意为掩饰,陀里宁事实上却是比在自己以前几部作品里更精巧地发挥着关于陀思妥耶夫斯基是革命家和社会主义者的神话。在自己的新书里陀里宁率直引证自己以前的作品,例如他曾引用了《陀思妥耶夫斯基,资料和研究》这本集子的绪论。不过,在这篇文章里陀里宁对陀思妥耶夫斯基应用了列宁对托尔斯泰的评价,并且把陀思妥耶夫斯基说成了比托尔斯泰更富革命性的小资产阶级观念论者。在这部新作里,陀里宁竟把陀思妥耶夫斯基描写成……巴黎公社的拥护者!陀里宁毫无根据地宣称:陀思妥耶夫斯基"因为'在地上建立水晶王国'的实验,以那样多的牺牲为代价而未能成功,感到深深的悲哀"。同时,正跟自己的肯定成悲喜剧式的矛盾,他引用了陀思妥耶夫斯基的笔记——他未完成的作品的草稿:"狂想式的史诗兼长篇小说。未来的社会,公社,巴黎的起义,胜利,二万万人,可怕的溃疡、淫乱、艺术和藏书的破灭,受苦的婴孩。吵嘴,不法。死亡。"

我们看到在陀思妥耶夫斯基的心里形成了怎样卑污的打算:如果巴黎公社胜利了,那么,又会发生些什么事情呢?照陀里宁说来,陀思妥耶夫斯基是"深深的悲哀"……究竟悲哀什么呢?是悲哀这些远景没有获得实现吗?难道还可能有更粗鲁的虚伪吗?事实是:可能的!

陀里宁重述和引证陀思妥耶夫斯基对长篇小说《波德罗斯托克》的笔记,同时用如下的方式说明陀思妥耶夫斯基的思想和情绪:"革命像命运一样接近和扰人,它不可避免地等待着人类。革命必定将以第四阶级的胜利而结束:'已经看到了序曲'——自然,是指巴黎公社。"

"你们,"他(魏尔西洛夫)对波德罗斯托克说,"你们青年人必须准备好,因为你们将要成为参加者;时候近在门外了,这正是百万大军和爆裂的炸弹坚强有力的时候。"

"百万大军,爆裂的炸弹,"陀里宁评述道,"什么也不能挽回旧的制度。这已经不是抽象的理论的话句,而是存在于尖锐的阶级斗争里的现实的话句。"再进一步——在小说里就会出现"社会主义的"主题,正如它在当时俄国社会生活条件下所想象和表现的那样。

陀里宁不了解或是不愿了解,陀思妥耶夫斯基以无产阶级革命的远景来恫吓读者,怨恨和嘲笑无法反抗无产阶级革命的资本主义社会的脆弱,同时他将自己的理想也跟这个脆弱的社会相对立。他的理想是一方面避免资本主义,同时也避免那带着沙皇爷、正教教会、波别陀诺斯采夫党人,和其他一切宠爱之物的,"平静的"家长制俄罗斯的革命!可是苏联的研究家陀里宁却宣布陀思妥耶夫斯基说了革命的"阶级斗争的语言",并且要使人家相信,仿佛"再进一步"——陀思妥耶夫斯基就可以高居当时俄罗斯社会思想最前进的位置了。

为了要"提高"陀思妥耶夫斯基,陀里宁不惜贬损前进的俄罗斯革命民主派作家之一的赫尔岑——而也正像吉尔波丁把柏林斯基的革命梦想贬低到陀思妥耶夫斯基反动的乌托邦式梦想的地位,陀里宁要使我们相信:巴黎公社的崩溃对于陀思妥耶夫斯基,"是跟1848年事件对于赫尔岑同样感到悲剧性的。"

我们看到1848年的事件终究把陀思妥耶夫斯基投入到反动的阵营,但是对于赫尔岑这次事件却起了完全相反的作用。赫尔岑,他辛酸地经受了"超阶级的"资产阶级民主主义迷梦的幻灭,赫尔岑,他那种悲剧式的遭遇,正如列宁所解释的,是一种转向庄严的、百折不挠的无产阶级和阶级斗争的过渡形式;陀思妥耶夫斯基,他在1848年事件之后躲入了反动的阵营,他揶揄跟巴黎公社有联系的事件——这是两个完全不能相提并论或互相比拟的现象,可是在陀里宁的笔下他们却是同等的!

我们所有从事陀思妥耶夫斯基创作研究的人们,必须多多重新审查自己所作的评价,舍弃自由主义的糖精,以便更进一步用马列主义的观点研究这位复杂的、矛盾的大作家。这位作家曾经提出不少尖锐的社会问题,包括资本主义城市的"角落"、贫民窟和溃疡的问题,不过是在虚伪的、反动的意识形态的基础上、不正确地提出这些问题来的。

在我所作的《高尔基和陀思妥耶夫斯基》(见《红色处女地》杂志1939年四、五、六期)一文里,我也发挥了本文所叙述的那种观点。不过在1939年的那篇文章中,我过分夸大了陀思妥耶夫斯基作品里所包含的现实的客观反映。这个夸大在我对于小说《波德罗斯托克》的分析里,说得尤其强烈。不过,如果说《高尔基和陀思妥耶夫斯基》一文的立场是正确的话,那么,1942年刊载在《文学和艺术》报里的我的一篇文章,应该认为是根本错误的。在那篇文章里,我把陀思妥耶夫斯基的创作理想化了,强调他的"人道主义的"动机。

我们的批评界应该客观地研究陀思妥耶夫斯基的创作,不抹杀他的长处,但是应该记住,整个说来陀思妥耶夫斯基对于世界进步文学发展的影响是有害的。这个影响贬低人的地位,使人脱离为人类的光明未来、为人类理智的胜利以及为人类向自由和幸福的意志所作的斗争。

保卫苏维埃电影艺术

贝利叶夫

最近在所有的艺术和文学部门里,都在进行着广泛的清算运动,清算反爱国主义者,冷眼旁观者,洁身自好者,清算那漠视和轻蔑一切人民、民族和苏维埃制度的人们。帮要求我们的艺术不倦地向前行进,可是资产阶级的世界主义者们却在妨碍这个运动,阻滞它的行进。

在电影方面,也像在戏剧方面一样,存在着对艺术作敌意说教的、自称为批评家的世界主义者们。凡是真正的人民作品,是永远不会鼓舞这种"批评家们"的。当他们阅读一个优秀的脚本或是看了一部漂亮的苏联影片之后,他们并不因为祖国艺术的成就和作者的成功,而感到高兴。什么也不能使他们感动:影片里动人的地方不会感动他们,有趣的笑话不能逗他们发笑,主人公的悲欢也不能使他们感到激动。他们甚至并不把跟观众一起到塔冈卡或是克腊斯那亚·普烈斯娜去观看影片,看作自己的分内事,从来不跟人民谈论影片,即使是从电影院里出来的时候。为什么?!他们就这样一切都弄清楚了!对于一大帮人以集体劳动创作而成的艺术作品,他们就写些毫无感情的、枯燥乏味的、半带嘲弄的批评文章——这样的文章，不论对艺术家，不论对观众，都没有说出什么来，而且是毫无裨益的。而在家里，在志同道合的伙伴之间，他们对于影片就说些跟自己刚才所写的正巧相反的话，并且拿它跟不久之前所看到的美国电影作着比较——叹息着苏联的电影大落在西方之后了。苏狄陵们，奥兰们和跟他们一起的人们就是这么做的。

尤淑夫斯基们、波尔夏戈夫斯基们、列文们、玛柳金们等人，在苏联的艺术界里工作了有不少年，他们或者是制片厂脚本部的编辑、编辑委员、电影部艺术委员会的会员，或者是编剧者，然而他们却从来不曾发表过谈论苏联电影，尤其是对某部影片的批评文章。

在最近十年间他们有意忽视和讳言苏联电影的成就和胜利，不注意它的力量，它的巨大意义，它的战斗党性和真正的人民性。

列宁格勒电影界的世界主义者，在苏联艺术的劲敌特拉乌柏格的领导之下，特别积极地展开了自己的活动。这些可悲的理论家认为苏联电影的祖宗就是充满强盗、冒险、胡闹和荒唐的美国影片和美国电影业。他们断定说，整个苏联电影，就是在这些美国影片的基础上成长，并找到自己的道路的。

电影艺术，比起其他各种艺术形式来，是最年轻的。在苏联电影史上讲来，到现在我们还没有优秀的马克思主义作品。狡猾的形式主义者利用这一点，想独霸他们无权占有的东西。如果相信他们的牛皮，那么，可以说在所谓"偏心演员工厂"[1]产生之前，我们是并没有任何电影的。在自己的谈吐和文章里，他们竭力嘲笑、并且千方百计地诽谤革命初期的苏联电影——当时正在奠立日后苏联电影艺术发展的基础。

---

[1] 列宁格勒的一个不健全的组织，由柯静采夫和特拉乌柏格主持。

我们不是数典忘祖的世界主义者,我们记得这一切,我们知道这一切,而且不容任何人歪曲苏联电影的真实历史。

我们并不打算贬损爱森斯坦在苏联电影发展上的作用。《装甲舰波丹姆金号》——这是苏联艺术的杰作。不过,那些或是抹煞这部影片之后的一切作品,或是肯定说在《装甲舰波丹姆金号》之后的一切作品都要无力得多的"理论家",带来了许多害处。我们的形式主义者们,以类似的"意见",完全跟资产阶级的理论家们打成一片——后者企图中伤我们的现代电影艺术,贬损它的成就,并且也叫嚣着自《装甲舰波丹姆金号》以来苏联电影艺术的危机。

不论《装甲舰波丹姆金号》一片是怎样伟大,它只是苏联电影发展上的一个阶段——一个在多方面孕育它,而已经过去了的阶段。

毫无疑问,今日的苏联电影,比较《装甲舰波丹姆金号》的时期来,在思想和艺术方面是要高级得多了。凡是把我们往后拉,不注意今日电影艺术的巨大成就的,不论他们有意或是无意,都是跟我们的敌人联接着的。

只有伪君子和世界主义者,才会想出这种反爱国主义的概念,说苏维埃民族电影是在美国或德国资产阶级电影的影响基础之上诞生和发展的。

在苏联电影的发展史上,是没有外国父亲和母亲的。我们,俄罗斯的苏维埃艺术家,不论过去或现在都永远走着自己独立的道路。

1943年在讨论苏联电影剧的任务时,我曾经说过这样的话:

"我们有陀夫任柯光荣代表的乌克兰民族电影。有多才多艺的匠人企阿乌烈里作品所充分表现的乔治亚民族电影,有以作品富有民族性的阿莫·别克·那扎罗夫为首的阿美尼亚民族电影。有俄罗斯民族电影。像《夏伯阳》这样的影片,就是整个苏联电影的骄傲,同时它也是一部深度的俄罗斯民族作品。"

过了一年,在1944年6月的创作会议上,曾经举行一次讨论,讨论社会主义时代俄罗斯电影民族原则的意义问题。发言者中的一个表示意见说,民族形式的意义只是跟仿古主义的现象相联系的。他归结说,民族形式的名词就会丧失它的意义,当我们谈到现代文化、科学、艺术的现象时。不过,这个声明被别的同志们正确地回答了,他们说民族特征首先必须从我们今日的生活和我们苏维埃的现实所带来的新事物里面去找求。争论归结到一点上:近年来在那几部苏联电影里,可以看到俄罗斯民族性格、特征、俄罗斯风土、生活等最鲜明和彻底的反映。提出了这样的问题:像《波罗的海的代表》《列宁在十月》等片,是不是最鲜明地反映俄罗斯民族性格的影片。回答是肯定和正确的:"是的,这些影片是苏联和俄罗斯电影的骄矜。"

不过,检阅苏联电影发展的道路,我们却不能说在各人所有的作品里,大家都同样明白了解和彻底表现俄罗斯人的民族特征。在这里我们不应该忘记,我们的许多巨匠曾经(其中一部分直到现在还是如此)当了美国电影的俘虏。正因为这个缘故,我们这里的一部分导演直到现在还不容易制成一部深刻和正确地表现我们平凡的俄罗斯人和他们的伟大劳动事业的影片。也许,这些巨匠并不十分了解现代俄罗斯人的性格和心理,而他们,作为艺术家们,也没有讲述我们的人们的内心需要。

也许,还有什么别的原因。其中一个原因,列宁格勒电影界的世界主义者团体的主动人,特拉乌柏格曾经坦白地说过。

"现在,在我们的艺术里,"他在自己的一次演讲里说,"产生了民族的和爱国主义的倾向,包括对于过去的屈服,自然,这些倾向是必须矫正的。"

值得记取杰出的巨匠爱森斯坦的一部失败影片《总路线》。在这部影片里导演在自己面前提出了一个崇高的任务——表现农业集体化的最初几年,以及集体化对于国家和人民的伟大意义。不过,在解决这项任务时,他采用了"动人的剪接"的旧形式主义的方法,以致因此而歪曲了俄罗斯人们的现实和性格。

伟大的《装甲舰》的作者,在《总路线》里犯了错误;自然,并不是恶意地想歪曲俄罗斯人的性格,而是由于不了解现代的真相和现代人民的生活。因为这个缘故,他失败了。

要创造深刻动人的正确艺术作品,必须体会跟自己人民不可分离的血缘关系。艺术愈接近生活,愈真实,它的民族特征就愈有力和鲜明。

我们俄罗斯文学之所以伟大,因为它是俄罗斯的、独立的和民族的。而世界主义不论过去和未来,对于艺术是致命的。俄罗斯艺术的天才作品,固定了全世界和全人类的意义,正是因为在民族的特殊形式里,它们表现了自己最前进和民主的意识。民族形式和社会主义内容的苏维埃艺术,承载着俄罗斯艺术的优秀传统。

《夏伯阳》这个出色的民族作品的全人类意义,就在于它向全世界揭示了俄罗斯人民怎样为了自己光明的未来,进行伟大的忘我斗争。夏伯阳自身就是一个深刻的民族形象。他的一切,从他的外表风貌,到他思想和感情的内心世界,都是纯粹俄罗斯的。

在现代艺术之前存在着一项任务——显示现实的壮美和伟大。由于这种现实的基础是劳动和劳动的人,我们在这里就必须找寻可以使我们的影片成为人民的和全人类的新和美的东西。我们应该在自己的作品里,表现新的社会主义时代人性的民族特征。

斯大林同志为伟大的俄罗斯民族干杯时说:"我举杯敬祝俄罗斯人民的健康,不仅因为它是一个领导世界的民族,更因为它具有聪明智慧、坚毅的性格和耐性。"

每一个居住和工作于苏联境内的苏维埃艺术家的神圣义务——彻底击溃数典忘祖的世界主义,努力创造良好的作品——在这些作品里,斯大林同志所说的那种俄罗斯人性格的优美特征、他的光荣事业,必须在鲜明的民族形式里表现出来。还有,在自己的表现力方面,在人的感情的深刻和正确方面,这些作品应该跟俄罗斯大艺术家的优秀作品并驾齐驱。

苏联大百科全书

伐维洛夫　兹伏磊金

不久之前，苏联部长会议通过关于再版苏联大百科全书的决议。苏联大百科全书的发行，是苏联学者、政论家、文学家、艺术家和其他文化战线上工作人员面前的一项重要科学和政治任务。

苏联大百科全书再版的目的，是在于广泛地显示社会主义在苏联所获得的决定性胜利：苏联在经济、文化、学术和艺术各方面的成就。它必须证据确凿和包罗完备地表现社会主义文化超越资本主义腐朽文化的地方。苏联大百科全书应该根据马列主义的理论，暴露帝国主义的压迫，并以党的立场，在学术、技术和文化各种不同部门，对现代反动的资产阶级思潮加以批判。

在过去二十一年间（1926—1947年）所发行的初版苏联大百科全书，在许多方面不能达到应有的水准，并且不能满足苏联人民对这一类出版物的要求。

初版大百科全书的许多条目已经陈旧，不能适合现阶段的苏维埃学术和文化，同时它还包含许多荒谬的理论上和政治上的错误，并且不能反映苏联和外国生活上的重大改变。

初版苏联大百科全书开始于这样的环境：当时刚结束了复兴阶段，全国正处于斯大林五年计划的开端。再版苏联大百科全书开始于社会主义建设已告结束、苏维埃联邦正由社会主义逐渐过渡到共产主义的阶段。苏联社会主义的胜利，意味着剥削阶级的彻底被肃清和工人、农民、知识分子的团结，苏维埃社会政治思想统一的建立和巩固，以及苏联各族人民友谊的巩固。

苏联人民反抗希特勒德国和日本帝国主义的伟大卫国战争，向全世界显示了苏联社会和国家制度的巨大优点。

在初版苏联大百科全书出版之后的几年之间，学术有着非常惊人的发展。

马列主义的理论，在斯大林同志的天才著作里，提高到了一个新的阶段。斯大林同志发展了列宁的社会主义革命理论，他具体化了社会主义可以在一国建立的理论，并且获得结论说，共产主义可以在苏联建立，即使在资本主义的包围还依旧存在时；他更因此用建立共产主义社会实际斗争的伟大纲领，来武装党和全体苏联人民。

斯大林同志建立了关于社会主义国家的完整学说。

随着斯大林那部《联共（布）党史简明教程》的问世，我们获得了一件新的、强有力的思想斗争的武器，一部马列主义知识方面的真正百科全书。斯大林同志把社会科学提高到新的高度水准，指出怎样在马列分析历史事件的基础上，可以预见这些事件，并且去控制它们。

在初版百科全书开头几卷问世之后的几年间，自然科学和技术，解决了许多根本的问题。在这一时期所造成的发现，在重要的本质上，整个改变了全世界的学术图书。

深刻的变化发生在关于物质构成的现象方面。发现了跟原子核有关的过程的巨大知识。关于物质元素的学说也有了重大的改变。

在理论物理方面的工作,较前大为深入,同时更抛弃了和推翻了在解释物理的新成就上的观念论的曲解。跟电气化、电讯联络和无线电的实践,以及苏联技术的其他部门有密切联系的物理学家们的工作,阐明了许多原来在理论上不能了解的现象,同时也给了技术以新的刺激。最近二十年间物理学方面的演进是这么伟大,以致20世纪20年代的记述现在看来已是大为陈旧了。

天文学上关于宇宙的无边际性、螺旋状的星云,关于星球的内部构造,关于太阳系的发生等知识,都大为丰富了。近几年来,苏联的天文学家,在这一门科学里作了非常重大的贡献。

苏联的地质学家,正在确定着关于构成地壳物质的一般学说。最新的理论地质学和地质化学,揭发了在利用地壳的自然富藏上具有头等重要性的规律。

在过去几年间,在苏联的化学,尤其是物理化学和有机化学方面,都发生了深刻的和多方面的变化。这广泛而有效地说明了苏联化学工业的发展。有机合成方面的研究和结果,可以说是现代化学方面的最重大成就。有机化学跟生物问题接近起来。苏联的生物化学家顺利地研究着生命现象的化学性,并且在许多场合,规定基于新陈代谢之上的化学过程。他们的成就,在许多场合,可以实际控制上述的各种过程。

有机世界发展的基本命题,在苏联农业生物学家工作的结果里,获得顺利的解决。米丘林指出有生物的变异和遗传的规律,发展了达尔文的学说。他从生物学的活动本质里得出结论说:"我们不能期待自然的恩惠;取得它就是我们的任务。"

在初版苏联大百科全书开头几卷问世之后的时期里,雷先柯的杰出工作,在基本上有了极大的进展。米丘林主义者们的工作,彻底打破了魏斯曼、孟德尔和毛根的形而上学和观念论的学说,并在苏联摧毁了这些学说的失败后裔。

在初版苏联大百科全书开头几卷问世之后的几年间,由巴甫洛夫在真正科学的基础上所规定的高级神经活动的学说,有了重大的发展。苏维埃国家为发展学术而建立的条件,使巴甫洛夫和他的学生们可以发展有关交感作用学说的新章目。

最新的前进自然科学,以及苏联自然科学发现的基本特征,是在于克服了那竖立于资产阶级各部门知识之间的形而上学的壁垒。苏联的地质化学家们,发现了新的物理和化学规律,并且把宇宙发生和理化观念,跟矿物学上的知识联结起来。在苏联的自然科学方面,出现了消除化学和物理现象之间分裂的化学物理和理化分析理论,苏联的生物化学家,对发生于生物身上的特种现象,采用了准确的化学实验。

在那个时候,当苏维埃科学给宇宙的创造以科学的解释,并且以快速的节拍、扩展那控制自然现象的能力时,资产阶级社会的反动科学,愈益显示出了自身深度的思想崩落和虚脱。寄生于独占资本身上的资产阶级学者,不得不歪曲科学的结论,放弃对新事件作合理的解释,脱离科学,为了僧侣阶级、神秘主义和观念论而把科学出卖了。科学的实践结论,被用来达到侵略和破坏的目的。

编制苏联大百科全书,是苏联学术界的崇高光荣和神圣义务。这部百科全书包罗技术、科学和文化的所有部门,以及完全基于马列主义立场的哲学、社会政治、历史和经济的所有问题,这部百科全书,在自己的深度和思想方针上,是完全符合我们这个伟大的时代,和苏联人民的要求的。

狄德罗和达伦贝尔的百科全书,团结了当时——当资产阶级还是以一种进步的力量而跟封建主义进行斗争时——资产阶级的启蒙学者。然而,资产阶级思想家们的限制性,在这座18世纪后半期的重要文化纪念碑上,烙下了自己的印记。现代资产阶级的百科全书,丧失了过去进步的传统,现在直接成了反科学的反动派的武器;它们的编撰者在为最反动的资产阶级集团效劳。

根据联共(布)党和苏联政府的决议而编制的苏联大百科全书,应该反映发生在历史和科学发展上的、伟大的革命飞升。它应该是科学总和的反映,"这种科学不跟人民互相隔离,不远离人民,而是随时准备为人民服务,随时准备把科学的全部成果转交给人民,它为人民服务,不是由于强迫,而是由于自愿,是心甘意愿的。"(斯大林)

苏联人民对于苏联大百科全书有些什么要求呢?

苏联大百科全书应该贯穿着布尔什维克的党性。从事苏联大百科全书编制工作的学者们和社会活动家,在自己的工作里,必须受推动一切科学和实践部门的马列主义学说的领导。

在叙述和综合科学的知识时,大百科全书应该促进这种知识的更远大的发展。它应该针对着去反对反动的学者们——他们把科学向后倒拖,企图回返早已被推翻了的陈旧观点,停留在某种凝固不动的世界图书之上,拒绝接受最新的科学发现。

在再版苏联大百科全书里,所有的报道必须正确可靠到无可非议的程度。在社会科学方面固然应该这样,在自然科学方面也应该如此。必须恢复被资产阶级的世界主义们所歪曲的历史真理——这些世界主义者们否认苏联人民在科学、技术、文化和艺术发展上的前进作用。

在社会政治方面,苏联大百科全书应该广泛地照耀在列宁—斯大林党领导之下而获得的苏联社会主义的伟大胜利。必须鲜明地指示苏联在经济、科学、文化和艺术各方面的成就,苏维埃民主的凯旋,同时更应该指出资本主义制度总危机的愈益深刻化,以及资产阶级民主的破产。

在哲学、历史和法律问题的条目方面,必须叙述马列哲学的世界观——辩证唯物论和历史唯物论,哲学思想史必须提出科学的世界史观,指出俄罗斯民族和苏联其他各族人民在人类史上的卓越地位,叙述列宁—斯大林关于苏维埃国家和法律的理论。

在经济问题的条目方面,必须说明社会主义政治经济的要点,指出社会主义经济制度的优点,使读者们获得社会主义经济发展规律的知识,提供苏维埃国家在工业、运输、和农业上成绩的统计。关于技术方面的条目,应该说明技术思想的最新成就,特别是在关于建立共产主义物质技术的基础一点上。

在大百科全书的材料里,必需包括党对于现代反动的资产阶级哲学、经济、历史、和法律思潮的批判,拿前进的马列世界观,来对抗垂死的资本主义的伪科学。在文艺条目方面,必须指出社会主义文化、音乐、绘画、雕刻和建筑的伟大成就。

大百科全书应该指出现代自然科学的成就,并反映数学、物理、天文、化学、地质、生物和其他各种科学成功的实际意义。

苏联大百科全书应该指出苏维埃军事学的前进性质,从法西斯桎梏下,拯救全世界各民族的苏军的伟大解放使命,强调苏联人民在伟大的卫国战争中获胜的全世界规模的历史性意义。

在再版的苏联大百科全书里,必须比以前更完备地记载杰出的历史伟人——苏联社会、文化、科学、技术和艺术各部门的前进人物的传记。

在自己的思想和理论水准方面,再版苏联大百科全书应该配得上我们这个伟大的社会主义时代。苏联大百科全书应该成为全世界最优秀的一部百科全书。

普希金作品的出版概况

奥西米宁

1949年6月6日是俄罗斯最伟大的诗人亚历山大·塞尔格耶维奇·普希金诞辰的一百五十周年纪念。

普希金被苏联人民热爱着。没有一个作家和诗人的作品能像普希金作品那样地为苏联各族人民所熟知和爱好。

普希金是苏联人民的骄傲。

在苏维埃政权的三十年间,普希金的作品在苏联用七十六种文字出版,总销数达三千五百五十万册。

普希金的著作被译成了苏联各民族的所有文字。

诗人的预言实现了:

我的名声将传遍整个伟大的俄罗斯,
它现存的一切语言,都会构成我的名字……

不管大量的出版和巨额的印行册数,普希金作品的需求量还是在不断地激增着。

为了纪念普希金诞辰的一百五十周年纪念，苏联国家出版局将发行大诗人作品的新版本。

关于本年度普希金作品出版工作的规模，可以用下列数字来说明：苏联所有的出版机关将发行二百五十二种的普希金作品集，而印行总数将达一千一百五十万册。

乌克兰的出版局正在发行几种普希金选集的图书：学校书、儿童书和集体农场书。用白俄罗斯文出版的，有普希金的长诗和童话。乌兹别克的读者们将可以收到诗人作品的两卷集子。喀萨克苏维埃社会主义共和国正在进行一份由普希金的十五种作品所组成的巨大出版计划，其中一部分还是初次译成喀萨克文；此外这里还预备出一部单卷的诗人作品选集。用乔治亚文要出版一本选集和几种单行本——童话。

阿塞拜疆文的普希金全集的第二、第三和第四卷也准备发行。

单卷的普希金选集准备译成立陶宛、拉脱维亚、摩尔达维亚、塔吉克斯坦和吐克曼等苏维埃共和国的民族语文出版。普希金的作品还将用吉尔吉斯文发行。

普希金的诗集——《上尉的女儿》和《杜勃罗夫斯基》将在卡累利阿—芬兰共和国出版。《叶甫盖尼·奥涅金》正在用亚美尼亚文发行。某些散文作品和童话将用爱沙尼亚文发行。

将分别用俄罗斯联邦各民族文字发行的普希金作品译文计有：鞑靼文、巴斯基尔文、布略特·蒙古文、达吉斯坦文、摩尔陀夫文、楚伐什文、北奥赛金文、亚库斯克自治共和国文，和许多自治州的语文。

在1949年用苏联各民族文字发行的有一百零六种版本，印行总数为一百三十万册。

大诗人的作品将用俄文大量出版,印行册数非常惊人。

国家艺术文学出版局为了纪念诗人诞辰的令节,将印行十五万本包括许多苏联优秀艺术家插画的单卷普希金作品集。该出版局还准备出版一本用最薄的"圣经纸"印行的普希金作品集,这样几乎可以把诗人的全部作品收在一卷里。在本年内还要出版一部印数达二十万册的普希金作品六卷集;第一和第二两卷读者可以在令节之前收到。用巨额印数出版的作品计有:《波利斯·戈都诺夫》《杜勃罗夫斯基》《叶甫盖尼·奥涅金》《上尉的女儿》《别尔金小说集》等。

插画丰富、装帧漂亮的令节特刊有:《抒情诗选》《波尔泰瓦》《童话集》和《诗与长诗》。普希金的书信将以单行本出版。此外,国家出版局将在令节之前发行几本苏联文学家论普希金的书。

苏联科学院出版局将在本年内发行五卷本的科学院版的普希金全集。分装十卷的新普希金全集也要出版,所有十卷都将在1949年内出齐。

共青团中央委员会附设的儿童文学出版局也制订了巨大的出版计划。

用俄文发行的总共有一百三十四种,印数将达一千万册。

苏联的出版局和最大的印刷所目下正在热烈地进行纪念令节出版物的准备工作。

出版局工作人员的光荣工作是细心地、科学地准备普希金作品的原稿,准备插画,在适当时间交出手稿。由苏联列宁图书馆稀有书籍部所主持的普希金出版物展览会,清楚地显示在革命之前诗人的创作,怎样为许多艺术家所曲解。这个展览会对于我们现代的艺术家们是具有教育意义的,它指出为了真正在插画上揭发诗人作品的生命力和人民性,还必须做许多工作。

为了保证千百万本普希金作品的出版能够达到高度的艺术水准起见,不仅需要出版者和印刷者的加倍努力,同时,森林和造纸工业部的工作人员也需要完尽忠实的工作——在最短期内生产纪念节出版物专用的品质优良的纸张。轻工业部应该适时地准备装帧用的精美的布料。化学工业部应该采取适当的措置,供给各种印刷用的颜料,使插画能够符合原作的色彩。

苏联全国将热烈庆祝人民热爱的诗人的一百五十周的诞辰佳节。苏联的出版者和印刷者应该合时地大量供给读者以天才普希金的作品——俄罗斯民族文化的骄傲。

《伊凡·巴甫洛夫院士》

裴柯夫

1949年9月是俄罗斯大学者伊凡·彼特诺维奇·巴甫洛夫诞生的百周年纪念。这个伟人的一生,他那沸腾和不竭的创作精力,是完全奉献给前进的科学和自己的祖国的。他那关于高级神经作用的天才的唯物论学说,把观念论和宗教驱逐出他们最后的一个避难之所,同时使他自己的名字千古不朽,并跻身于俄罗斯和世界科学的前进代表们的行列。

巴甫洛夫是跟苏联人民和全体进步人类接近和友好的。正因为这个缘故,大家都怀着欢乐和感激的心情,期待着纪念伊凡·彼特诺维奇·巴甫洛夫诞生百周年的艺术影片《伊凡·巴甫洛夫院士》的问世。

《伊凡·巴甫洛夫院士》一片(编剧巴巴娃,导演罗沙里,列宁制片厂出品),是苏联电影的巨大创作胜利。它在观众之前正确而忠实地展示了这个伟大学者、人和公民的多面形象和创作热情。

贯穿和团结成为一个整体的巴甫洛夫生活和创作的插曲、高度的意识性和目的性,给这部影片成为人们爱国教育增加了一个有利因素。

影片开场是伊凡·巴甫洛夫的故乡,阳光明媚,风景优美的利雅扎尼的场景。刚从彼得堡医科大学毕业的青年巴甫洛夫,在跟他的兄弟德米特里散步,他向他泄露了自己的秘密思想,自己未来一生的规划。

"生命只有一次,必须好好地,像人样地来度过它。"——这仿佛就是全片的格言,每一个画面都在动人地叙述着伊凡·彼特诺维奇的"真正的人"的一生。

在影片开始的镜头里,就正确地反映由于受了车尔尼雪夫斯基、杜勃罗留波夫、毕莎廖夫、谢巧诺夫①等人的思想影响而形成的巴甫洛夫的唯物论思想,以及他的性格的基本特征——献身学术到忘我的程度,为达成崇高的宗旨而坚定不移,正确、准时得近乎迂腐。在学生的新年晚会上,德米特利说,他的兄弟伊凡"怀疑像灵魂这种器官的存在"。后来,兹万采夫跟巴甫洛夫之间的思想冲突变得激烈时,后者以自己所有的热情,来反对自己敌人的形而上学的断定。

在这些意见里,就存在着巴甫洛夫思想的全部唯物论的宝藏,以及帮助他通过各种阻碍,建立关于脑子工作的真正科学的世界观。

在自己学术活动的初期,巴甫洛夫从事研究消化方面的工作。影片凸出显示了巴甫洛夫献身学术工作的精神,他的毅力和希望达到目的时的意志。巴甫洛夫好久不能完成"小胃"的解剖。"已经解剖了三小时了。"兹万采夫说。"就是二十四小时我们也要解剖下去!另外再预备一条狗吧。"巴甫洛夫回答说。有几个镜头是非常动人的,例如当他的妻子谢腊菲马·伐西里耶夫娜把他的薪水归还给他,使他可以买

---

① 毕莎廖夫(1840—1868),知名的批评家和政论家。
谢巧诺夫(1829—1905),被称为"俄罗斯生理学之父"的大学者。

狗来进行实验时,还有,当她知道他的实验成功时,对他说:"伐尼雅,我做了祷告,我不好意思说到狗的健康。"

在庆祝会上,大家恭祝巴甫洛夫平安,并且把他称为科学的受难者……巴甫洛夫抗议说:"我并不想安静,诸位先生……你们祝我永远忙碌不安吧……至于说到受难者……也是如此。在学术中,我又算得是一个怎样的受难者呢?没有学术,我倒真的会变成一个受难者了。"

影片以非常明白易解的形式,显示许多有关消化作用的事实,怎样引导巴甫洛夫去研究脑子的生理过程,并获得重大的科学结论。伊凡·彼特诺维奇在多年工作的总结里,确定了脑子活动的基本规律——刺激与抑制、斗争与相互作用。影片里非常成功地表现怎样在一群彼得堡的医生之间,巴甫洛夫进行自己的实验,确定头脑皮层里,刺激和抑制的交感作用。

影片同时也非常正确地表现了当时反动的医学界对于巴甫洛夫和他的工作的反感,以及,在另一方面,青年学生对于这位伟大学者的尊敬和爱慕。

影片里明明白白地揭露了巴甫洛夫研究工作里的一个重要关头,当彼得格勒洪水泛滥的时候,狗都丧失了反射作用。事后巴甫洛夫就制造人为的洪水,反射作用丧失的事实又重现了。产生了巴甫洛夫学说的新部门——实验神经病学,这个部门给心神错乱的真正科学分析和治疗,开辟了广阔无垠的新天地。巴甫洛夫根据重大的实际材料,作出了"梦是内心抑制现象"的科学结论。梦开始被巴甫洛夫用来作为治疗心神错乱的治疗剂。

巴甫洛夫跟病人们会见的场面是动人的,他们感谢他,因为他使他们恢复健康。伊凡·彼特诺维奇从来不曾忘记生理学和医学结合的崇高理想。

巴甫洛夫关于高级神经活动的学说,使人信服地指出生物的统一性和完整性,并且打开了研究有机体的综合方法。1934年在致列宁格勒生理学家协会的信里,巴甫洛夫写道:"是的,我很高兴,我能够跟伊凡·米哈依洛维奇和全体亲爱的同事们一起,在生理的研究方面,发现动物有机体的完整不可分性。而这无可争辩地是我们俄罗斯在世界科学上的功绩,在一般人类思想方面的贡献。"

伊凡·彼特诺维奇热情地保护俄罗斯学术的光荣和价值,影片非常成功地表现了巴甫洛夫在剑桥荣膺英国科学院名誉院士的镜头。当地的外国学者们拘谨地迎接这位伟大的俄罗斯学者。学者谢灵顿(鲍印顿饰)对巴甫洛夫说,有条件的反射作用不能成功,因为它是基于唯物论之上的。巴甫洛夫热烈地反驳道:"……正是,我们可以完全正确地说,它就是唯物论。"

巴甫洛夫在美国出席一个会议。巴甫洛夫从讲坛上对观众说:"无条件反射是神经系对中间物刺激所作的有机回答,有条件反射自然是由生活的条件保持的。这种把新获得的质素遗传给后代的巨大可能性,消灭慢性遗传的学说。遗传是可以变得丰富和活泼的……"巴甫洛夫所说的思想,跟前进的唯物论生理学的思想,是完全相符的。

嘲笑和反驳的疾风向巴甫洛夫身上袭击着。有人向他争辩说:"黑人永不会变成白人。"巴甫洛夫回答说:"废话!在两者之间,我并没有看到任何原则上的差别。这在我们的国家,任何一个小学生都会给您解释。"

一个英国代表微笑着说:"那么,照您的话说来,一个国王和一个矿工之间就没有任何差别了!"巴甫洛夫回答说:"这里是有差别的。

其中之一给人们带来利益。"最后是巴甫洛夫和毛尔根的历史性争论,后者在自己的演辞里断定说:"遗传基因不受媒质反应对有机体的影响",它们沿着自己的道路发展。

巴甫洛夫暴躁而有自信地反驳道:"荒唐!嗯,对不起!既然谁也不能影响你们的质素,你们的遗传基因,那么我们就只好观察观察自然,旁的就不能做什么了!而你们,毛尔根先生,也就不能获得实验室,而只能获得礼拜堂了。但是我们却愿意积极地去干涉自然。而且我们还要这么去做,毛尔根先生,尽管你们反对,也不管什么咖啡的残渣。"这里显露了完整的巴甫洛夫——骁勇善战的唯物论者,幻想着积极改造自然,为祖国的幸福斗争,以及保卫俄罗斯科学光荣的前进学者们。

十月社会主义革命爆发了。彼特利施契夫带着一个外国人来见巴甫洛夫,他们建议他到国外去。巴甫洛夫嚷道:"这样说来,你们现在是在干着买卖祖国的勾当了。"外国人对巴甫洛夫说:"从人类的立场说来,您在什么地方工作这一点是并不重要的。"巴甫洛夫暴躁地回答道:"不,先生,这是很重要的!科学是有祖国的,而且一个学者也必定应该有祖国!我,先生,是一个俄国人,我的祖国就在这里!不管它的遭遇怎样。我不是老鼠。船是不会沉没的!……决不!把慈善家们带去吧!"

巴甫洛夫在苏维埃政权初期的生活,特别有力地显示出来。这也是全片最优美的画面之一。青年共和国为自己的生存而斗争,人民的全部力量、政府和党的全部注意,都集中在前线,集中在跟反革命所进行的斗争上。在实验室里,巴甫洛夫简直就只有他一个人,没有木柴,寒冷,这位生理学家在用冻僵的双手做着工作。

然而,巴甫洛夫却没有被遗忘。苏维埃国家的首领——弗拉基米尔·伊里奇·列宁看到他,并且大大地看重他。

马克西姆·高尔基——列宁的使者——在跟巴甫洛夫作着简单而动人的谈话。观众怀着敬爱的心情,瞧着这两位为了新生活的建设而互相伸出手来的俄罗斯的文化巨匠。

为了巴甫洛夫和他的团体的学术工作,在柯耳土希建筑了生物学实验所。巴甫洛夫碰到基罗夫,谈话在继续着。基罗夫说:"……几千年来,人类总是在找寻着正义之路,而现在我们却把它找到了。这是共产主义。没有别的道路了,伊凡·彼特诺维奇,没有了。"

巴甫洛夫回答说:"是,是,是……老实说,我自己也曾经怀疑过的。是的,正是如此。我不是瞎子,我当然看到的,我看到千万件事实。"

在举行第十五届国际生物学家会议。伊凡·彼特诺维奇主持开会仪式,他严词斥责法西斯的憎人意识形态,同时怀着高度的骄矜感,宣扬自己的国家,苏维埃政府的爱好和平政策,以及苏联人民的真正民主志向。

在莫洛托夫欢宴国际会议代表席上,巴甫洛夫发表了下面那些诚挚的话句:"从前科学脱离生活,和人民绝缘,可是现在我看到的就不同了:科学受到全体人民的尊敬和重视。我举杯恭祝世界上唯一重视科学和热烈支持科学的政府——我国的政府,国运昌隆。"

影片的结尾是将要离开我们的巴甫洛夫对苏联青年所作的指示:

"……我们的祖国在科学工作者面前展开了广大的空间,我们必须献出我们应该献出的一切,科学在我们的国家里被广泛地吸收到生活里去。广泛到无以复加的程度。至于说到我们这里青年学者的地位吗?这里一切都是明明白白的。他可以获得许多,但是人家对他也有许多要求。不论是对于青年,不论是对于我们,诚实问题可以获得我们祖国对学术所抱的重大期待。"

巴甫洛夫院士的一生和全部学说,是号召大家为苏维埃国家的繁荣和幸福进行斗争。正确而鲜明地表演巴甫洛夫院士的形象的影片,使他的科学奇迹,成为千百万人的产业。

在银幕上建立巴甫洛夫的形象,是一项崇高的、但也是艰巨的任务。艺人鲍利索夫显示了高超的艺术演技。他以自己的表演复活了伊凡·彼特诺维奇·巴甫洛夫院士的形象。这个天才艺人表演巴甫洛夫一角之所以能够获得巨大的成就,是由于他深入地研究了跟巴甫洛夫名字有关的一切:他的学说、他的脾气、他的急性子、手势、步态,以及擅用左手工作的能力。出色地执行自己表演任务的还有:彼特利施契夫(艺人施庇盖耳饰)、巴甫洛夫的妻子、兹万采夫(尼基京饰)、伐尔娃腊·安汤诺夫娜(阿里索娃饰)、尼柯箕玛(普洛特尼柯夫饰)。

编剧巴巴娃,导演罗沙里和制片厂全体人员,创作了一部漂亮的影片。

《伊凡·巴甫洛夫院士》一片,是站于社会主义现实主义立场的苏维埃电影艺术的一个巨大章节。

高尔基——苏维埃文化的骄傲

A. 米亚斯尼柯夫

当我们谈到苏维埃文学,谈到社会主义文化,谈到苏联艺术的世界意义时,我们怀着骄傲提出高尔基的名字。全体进步人类公认他是新文化的火炬。高尔基是一位世界性的作家、光芒万丈的政论家、艺术理论家、灵魂巨大的人,列宁和斯大林的朋友,他体现了一个新世界创造者的优秀品质。

作家 A. 托尔斯泰说得很对:一个像高尔基那样的艺术家,在历史上没有两个纪念日——诞生和逝世——而只有一个——诞生的日子。高尔基是不朽的。目前他依旧在我们的队伍里,目前他依旧在战斗,在跟那些保护憎人思想的人们,那些企图把人类卷入新战争深渊的人们,那些威胁文明的人们进行战斗。在共产主义建设者的队伍里,高尔基为列宁—斯大林党伟大思想的凯旋而战斗。

高尔基说:"……我们是命定要灭亡的世界的法官,也是确立真正的人道主义——革命无产阶级的——力的人道主义的人们。这种力,历史用来把全世界劳动者从依赖、贪心、下流、愚笨——几世纪来折磨劳动人们的一切畸形之中解放出来。"

不久之前出版了这位伟大的无产阶级作家、社会主义现实主义文学的奠基的新的作品集的第一和第二卷。苏联政府非常重视高尔基作品遗产传之永世和普遍流行的事业,委托苏联学术院的高尔基世界文学研究院准备出版新的高尔基作品集。编辑和出版工作则委托国家文艺出版局办理。新版的作品集跟过去的作品集有很大的差别。在范围方面它比旧版要扩大许多。首先包括在新版作品集里的有曾经在报纸、杂志和集子里发表过的近一百五十篇的文艺作品,以及政论和文学批评性的文章。其中五卷将收集论文、小品文、评论、演讲和报告。在最后三卷里将搜罗高尔基的书信选。已经问世的第一卷和第二卷包括1892—1896年间的作品。其中可以看到读者所熟悉的作品:《马加尔·周达》《少女和死神》《伊席吉尔婆婆》《鹰之歌》《伐伦卡·奥列索娃》等。

单是在第一卷和第三卷里就已经有五十七篇以前从来不曾收在一个集子里的作品。以前所出版的高尔基作品集只片面地表现他的早期创作,一个单纯的革命和浪漫主义神话或流浪汉故事作者的创作。大量描写人民下层生活的现实主义作品,以及不少暴露资产阶级知识分子和统治阶级代表的小说,却没有受到广大读者的注意。

像《苦命汉巴惠尔》《钟》《吝啬的人们》《非常事件》《小姑娘!》等优美的作品,在新的光线下显示作家的早期创作。在小说《小姑娘!》和《非常事件》里首先现实地表现人民对反专制斗争英雄们的态度。对资产阶级知识分子,对颓废派态度的问题——这一在高尔基以后的全部创作里占显著地位的主题——在初次发表在新的全集的作品里,有广泛的反映。描写这一问题的短篇小说有:《堕落的几分钟》《教师柯尔齐克休息的时间》《烦恼》《诗人》等。

高尔基创造了一所英雄性格的广大陈列馆。斯大林同志在评价高氏最早期作品之一——《少女和死神》时,写道:"这篇东西比哥德的《浮士德》更有力(爱战胜死)。"高尔基在这里就已经确定新人的乐观主义。高尔基的女主人公热爱生活,不怕斗争,并且由于自己对生活公正的信心而得胜。

勇敢的鹰、海燕以及用自己的心的火光给人们照亮道路的唐珂,也都一致歌颂斗争和刚毅的幸福。无产阶级为改造世界而进行的革命斗争的英雄行为,随着高尔基而进入全部世界文学。

这个英雄性的开端,在真正的生活主人——无产阶级革命者的现实主义形象的庄严陈列馆里,获得了更进一步的发展。高尔基剧本《小市民》的主人,机匠尼尔很有灵感地确定说:"我们的力量会胜利!我要把自己全心全意想来的一切方法来满足我闯进生活最深层的愿望……把生产捏成这样,那样,对于那个干涉一下……对于这个帮助一下……生活的愉快便在于这里。"

社会主义新文学的开端,是高尔基在受了列宁和斯大林的直接思想影响下所奠定的。高尔基所创造的革命家的形象充满巨大的迷力和创作性的革命精力——关于这种精力斯大林同志在《俄罗斯社会民主党和它最近的任务》一文里写道:"……伟大的精力只是为了伟大的目的而产生的。"

高尔基所创作的那部世界闻名的长篇小说《母亲》成了全体进步人类案头必备的一本书,并且曾经获得列宁的高度评价。这部小说的主人公,布尔什维克巴惠尔·符拉索夫骄傲地把自己称为"党的人"。他热情地唱着:"我们的党,同志们,我们的精神祖国万岁!"而这些动人的话句，千百万斗争和胜利的劳动人们在随着他再三再四地重复着。

"俄罗斯将成为地面上最鲜明的民主！"——《母亲》里的一个主角所表示的信心，照耀着这位伟大的人道主义家的一生和整个创作活动。

"我的快乐和骄傲——一个新的俄罗斯人，一个新国家的建设者！"——这是高尔基在苏维埃政权成立十周年纪念时所说的话。高尔基的创作帮助这一个新人的诞生和形成。

高尔基在世界艺术里是一个劳动人类的伟大歌手。在世界文学上还不曾有过一个像高尔基那样的艺术家，——他用这样的力量和才能在自己的艺术和政论作品里歌颂着劳动。

社会主义革命第一次在人类史上揭开了空前的创作天地。高尔基非常贤明地形成一个苏维埃劳动者的行为原则："工作得好——就是生活得好。"高尔基革命之后的一个剧本的主人公雅柯夫·鲍格莫洛夫说："我爱工作，工作提高对自己的尊敬——您知道：大地应该用人们的劳动像珠宝一样地装饰起来。我想，那些说创造的苦痛的人们是不对的，必须说创造的快乐。"

高尔基不倦地号召苏联作家应该把建设共产主义社会的劳动者，当做自己书本的主要主人公。我们的文学也正是沿着这条道路而发展的。

高尔基毫不动摇地相信共产主义的凯旋。他认为一个艺术家应该为争取党的崇高理想而献出自己的全部力量，应该不仅看到昨天发生过的和今天存在着的，而且更看到明天将要来到的东西。他那关于社会主义现实主义的主张丰富了人类美学思想的宝库。

高尔基是资本主义世界的一个严厉法官。远在自己的早期作品里，他就指出了资产阶级文化的堕落和虚脱。在世界艺术里，关于命定的资本主义世界的描写,没有比高尔基的作品(《福玛·高捷耶夫》、《敌人》、《华莎·席列士诺娃》、《马特维·柯席米亚金的一生》、《奥古洛夫镇》等)所表现的更正确、更无情的了。

在苏维埃政权时代所写的小说《阿尔泰莫诺夫家的事情》和《克里姆·萨姆金的一生》里,高尔基更深刻地暴露陈腐的资本主义世界。在《阿尔泰莫诺夫家的事情》里高尔基以惊人的力量描绘俄罗斯资本主义的历史,指出它的堕落,它的必然崩溃和新的制度的凯旋。刻画在高尔基的不朽篇页里的,其实不是阿尔泰莫诺夫一家的历史,而是阿尔泰莫诺夫一家"事业"的历史——腐败的、丑恶的资本主义"事业"的历史。

高尔基给资本主义世界的陈腐种族——整个的小市民根性以粉碎性的打击,他无情地暴露资产阶级个人主义的全部腐朽性。在庄严不朽的诗史《克里姆·萨姆金的一生》里,高尔基以巨人的力量刻画资产阶级个人主义的讨厌面容,指出个人主义者的伪善、卑微和贫困。在整个现代艺术文学里,没有一部作品可以跟《克里姆·萨姆金的一生》相比,不论是在所包含的材料的阔度上,不论是在思想的深度上,或者在暴露资产阶级个人主义的力量上。

高尔基在自己光芒万丈的、极度技巧的小册子和政论文章里,雄赳赳地暴露帝国主义反动派。早在1906年在美国的时候,高尔基在寄到俄罗斯去的信里写道:"您可知道我要告诉您什么吗?我们即使在自己不幸的条件下,也要比这个自由的美国进步许多!"这位公然起来革命的俄罗斯工人们的使者,就是在第一次俄国革命的时期里,也完全有权利那么说的。在自己的小册子里,高尔基打破美国"幸福和繁荣"的神话,指出资产阶级美国的真实面目。

高尔基反对"黄色魔鬼城"的正确和尖锐的小册子,赤裸裸地蹂躏周围一切的百万富翁的集体形象,直到现在依旧还保存着自己的尖锐性和正确性。高尔基不相信美国的表面装饰,揭露了美国资产阶级民主的真正本质。他对于矗立在纽约港入口处的庞大的自由神像的描写,是具有深度的象征性的。伟大的作家在其中并没有看到真正的美,真正的自由,因为她站在黄色魔鬼——金钱王国的入口处。铜像手里的火炬没有在燃烧,因为在美国没有真正的自由,她的脸是冷的,她的眼睛是瞎的。有一个侨民把她称为美国的上帝。高尔基取消这一位上帝。他指出这里真正的上帝是非人的,无良心的,兽性的利润的追逐。

"资本家保护自己的金钱,而对于他,金钱永远比人昂贵,不论这是怎样的一个人。"——高尔基在一篇文章的结末写道。

高尔基认为跟资产阶级的反动势力,跟资本的黑暗力量,跟它兽性化的队伍——法西斯主义进行斗争,是自己活动中的最基本任务之一。他又热情又愤怒地提高自己的声音,来反对帝国主义反动派,反对各色各样的帝国主义战争的煽动者。

"您跟谁在一起,'文化技师'?"——高尔基正直的问句响遍全世界。世界分裂为两个阵营:陈腐的资本主义阵营和生长中的社会主义阵营。每一个正直的人应该选择自己的道路。

高尔基促进全世界优秀的进步文化工作者的团结。而这也是这位社会主义国家伟大作家的伟大的世界意义的一方面。

新的高尔基全集的最初两卷的出版,是一件纪念伟大作家的可喜礼物。它们给我们看到作家的整个伟大创作道路的开端,——这道路使他成为世界文化的火炬,成为社会主义现实主义艺术的旗帜。

人民对高尔基的爱是伟大和广泛的,爱的起源是深刻的。在对俄罗斯文学的影响上,高尔基追随着普希金、戈果里、托尔斯泰等巨人之后,他是他们伟大传统的优秀继承者。然而,高尔基艺术话句对我们革命命运的影响,却比我们任何那一个别的作家更直接,更有力。高尔基不论在苏联或全世界劳动者的眼睛里,始终是无产阶级社会主义文学的真正奠基者。

肖洛霍夫谈文学①

高尔基

肖洛霍夫最近在捷克斯洛伐克首都布拉格作了几天的访问。他向"红色权利报"记者发表了谈话。

对于文学要跟人民生活联系的问题，肖洛霍夫回答说，这儿"不论怎样的妥协都挽救不了作家。文学是不能放在玻璃鱼缸里培养的"。作家着重指出，局限在大城市的几个熟人的小圈子里，"搞文学不但缺乏生活的知识，而且也缺乏题材"。有些文学家认为，生活在静静的小河湾里，可以帮他们更深刻地反映变化着的现实。肖洛霍夫认为这是可笑的观点。

在谈话中，肖洛霍夫对于必需召开东西方作家圆桌会议一层，非常重视。"我以个人的名义号召举行世界作家会议，是出于好些动机的。首先我认为，孤零零的一个人，哪怕是一个伟大的权威，也不能解决今天摆在全世界知识分子面前的任务。这儿需要集体的努力。

---

① 这是高尔基的一篇政论的题目，译文见"高尔基政论集"1951年时代版396页。

"会议的程序也应该集体地来准备。虽然各种政治观点不同的人将在会上见面,我相信他们能找到共同的语言,并且对讨论程序达成协议。照我的意见,会议应该讨论创作问题,讨论为保卫正直的不被收买的文学而斗争的问题。

"我指的是,譬如说,反对色情文学,反对形形色色的'黄色连环画',因为那些作品使青年腐化,培养他们的犯罪意识。也应该谴责那些职业电影剧作家,他们创作各种描写强盗、侦探和宣传战争的电影,而那些影片正泛滥在好多国家里。反对沙文主义、种族主义,反对颂扬战争——这也都是些重要的问题。不能说,这些完全不是创作问题。要知道,作家的创作,这首先是道德、道义和人道主义的问题!

"得折断这支黑色的毒箭。把那些阴险的射手解除武装!"

肖洛霍夫继续说:"我知道一个真正才华横溢的欧洲作家,他的作品在他的国内没有获得公正的评价。他受到批评,出版商也不出他的书了。他经受了贫穷。后来他写了一部色情小说,就发财了。我想,这不仅仅是一个人的值得惋惜的遭遇。这不仅仅是作家个人的事。人类失去了一个有才能的艺术家。一个人离开文学,变成一个有才能的职业下毒者了。我认为这样的事是不应该发生的。在作家中间,应该有人向他伸出友谊的手去。在知识分子中间,也应该讨论这一类友好互助的问题。"

在回答记者提出的现在应该怎么办的问题时,肖洛霍夫说:

"我再次号召会见。当不仅西德——那里正在把原子武器送到法西斯分子的手里——而且世界上还有那么一些地方在加速战争准备的时期里,需要集体地来发表意见。文学——这是良心的问题。要是我们不起来大声疾呼反对杀人,下几代的人就不会原谅我们。当读者们听到'文化巨匠,你们跟谁在一起?'①这个问题的回答时,当大家知道什么人拥护什么时,这就会具有重大的心理上的意义。牌就会摊开来了。

"知识分子首先应该对战争说'不要!',而且要比那些说'要!'的人说在前头。"

---

① 这是高尔基一篇政论的题目。

列夫·托尔斯泰是改革的镜子

伊里亚·康斯坦京诺夫斯基

1910年10月,也就是去世前一月,托尔斯泰几乎全部时间都在写作《论社会主义》一文。有一批捷克青年想出版一本收有"社会主义和国民经济"文章的"读物",托尔斯泰是应他们的要求写的。托尔斯泰支持这个要求,决定再次讲述他以前不止一次发表过的他对改造社会途径的想法。他没有完成这篇新文章,但在从雅斯纳雅·波良纳出走后仍关心这篇文章。10月31日,在他得病那天,他写信给契尔特科夫,希望把未完成的手稿寄给他。这份手稿当时没有立刻找到,直到作家去世后才发现。

现代俄国读者事实上并不知道这篇文章,原因很简单,因为它只在1936年科学院版的托尔斯泰文集里发表过一次,而那一版的印数又极其有限。在革命后的七十年岁月里,没有出版过托尔斯泰直接表达他有关生活、人和社会的作品。凡是托尔斯泰遗产的研究者——也不限于他们——都坚持公认的观点,即他是一个伟大的艺术家,但又是一个难以理解的哲学家,就其实质说,就是作为一个道德说教者和布道者,他是有害的。这个观点在很大程度上是以列宁的几篇著名文章为依据的,那里说:"托尔斯泰一方面,是一个天才的艺术家,另一方面,是一个发狂地笃信基督的地主。一方面,他对社会上的谎言和虚伪作了非常有力的直率的真诚的抗议,另一方面,是一个'托尔斯泰主义者',即是一个颓唐的、歇斯底里的可怜虫,所谓俄国的知识分子。一方面,无情地批判了资本主义的剥削;另一方面,鼓吹世界上最卑鄙龌龊的东西之一,即宗教……"在列宁的另一篇文章里说,托尔斯泰作为一个预言者是可笑的。

今天,在这些文章写成已八十余年之后,自然会产生这样的问题:在我们的时代,怎样看待托尔斯泰的"一方面"和"另一方面";通过俄国和全世界近年来所发生的情况来看,托尔斯泰的思想究竟是怎么一回事?托尔斯泰是不是真的是"一个可笑的预言者……"?

在他未完稿的《论社会主义》一文里托尔斯泰在回答捷克青年他认为未来最好的社会经济体制是什么时写道:"你们的愿望我怎么也无法满足,第一,因为我不知道,也无法知道,我想也没有人能知道,各国人民的经济生活是按什么规律改变的,现代社会应该以怎样最良好的经济生活方式组成,这也就是社会主义者和他们的老师们想知道的;第二,因为我要是设想我知道这些规律……就像社会主义改革家,从圣西门、傅立叶、欧文到马克思、恩格斯、伯恩施坦等人那样,我也决不会这样说……因为这些规律都是空想的……不仅不能增进人们的幸福,而且是人类社会混乱的主要原因之一,当代人现在都在吃它的苦。"

在这个论断里,托尔斯泰观点的出发点不仅针对社会主义,而且针对所有其他事先规定的社会形式。认为可以想出人类经济和社会生活最好体制的见解,他称之为庸碌的迷信,多年来他一直不倦地提出要加以警惕,并指出它的危害性。

"一切战争、一切死刑、一切革命、一切不劳动者对劳动者的掠夺、一切社会贫困都建立在这种迷信之上。"

托尔斯泰断定,"……一些人根据他们的意见制定计划,希望怎样和应该怎样建立社会,他们有权和可能根据这个计划安排别人的生活,"他把这种信念称为滑稽的谬误,如果"……它的后果不是十分可怕的话。"

托尔斯泰写道:"因为,第一,你所偏爱的生活体制不可能是绝对正确的(其他人也会有这样的想法);第二,人们想要建立的体制永远不可能实现,而已建立的体制多半正好相反;第三,任何暴力,因为你们认为自己有权使用,绝不能促使任何体制完善而只会起相反的作用;第四,你们此生(每分钟都可能中断)的主要使命绝不在于保持现存的体制,也不在于建立某种社会体制,而只能是执行自己在上帝面前做人的责任,或者对自己良心应负的责任,如果你们不承认上帝的话。"

托尔斯泰去世前一年甚至打算写一部以"庸碌的迷信"为题材的艺术作品,思考着:"最好能形象地表明这样的思想:不仅为别人而且为自己安排生活是有害的,徒劳的……世上所有的恶几乎都由此产生。"

不过,托尔斯泰对社会主义乌托邦的批判不仅限于这一点。多年来,他在文章、日记、书信,有时在自己的艺术作品里不止一次涉及这个问题。在社会主义开始实行之前很久,托尔斯泰在研究社会主义思想时所想到的和发现的,以及现在"第一个胜利的社会主义国家"在我们眼前所发生的一切,我们能不感兴趣?

在托尔斯泰生前就已形成的许多传闻中,有一则至今仍在流传,那就是他在政治经济学和社会学问题上几乎一无所知。革命后,在我们这里写成和发表的托尔斯泰传和研究著作无一例外地以一个调子吹捧列宁的几篇文章,这些文章断定,《战争与和平》的作者"一方面"是个天才,但"另一方面"是个傻子,是宗法制农民思想的表现者,这样的人当然不了解工人阶级的作用,无力批评社会主义在俄国的前途,当然也就不能评价"无产阶级的先进学说",也不能预见劳动群众"今天的"幸福生活。为了他那不准使用暴力的"有害教条"和"良心"学说以及"博爱",托尔斯泰受尽批判。不过这里更有意思的是另一件事。在托尔斯泰尖锐、极端的自我评价中,可以看到他承认自己在科学方面"几乎一无所知"。但要是涉及"科学的社会主义",他可从来没有说过这样的话。相反,他不止一次着重指出,他熟悉社会主义理论。在雅斯纳雅·波良纳的图书室里有许多关于社会主义的书,托尔斯泰在书页边上写有批注。有一次托尔斯泰写信给他的朋友波赛说:"我用心读完了马克思的《资本论》,准备好参加这方面的考试。"另一件事,他曾"以托尔斯泰方式"评论过马克思的理论,使他感到惊讶和不快的是,马克思"把最简单的事说得很复杂,用的是深奥的语言"。这同思想家托尔斯泰的基本原则正好相反,托尔斯泰总是竭力把话说得简单明了,"不说大家都说而谁也不要听的话,而说谁也不说而对大家都很重要和需要的话"。在思考社会主义时,托尔斯泰首先想到的是人和人的本性:"……在社会主义体制下需要管理者。但哪儿去找那种不滥用职权而能通过暴力建立社会主义公正制度的人呢?"

管理者和分配者能不能代替私有者和资本家解决社会问题呢?下面是托尔斯泰有关这一题目的几则议论。

1893年8月16日他在日记里写道:"跟社会民主党人(男女青年)

谈话。他们说：'资本主义体制将移交到工人手里，那时就不会有压迫工人和不公正地分配工资的事了。'我问：'那么谁将来安排工作、管理工作呢？'他们回答说：'那不成问题，工人们自己会安排的。'我说：'要知道资本主义体制之所以建立，就因为需要有有权的管理人员来处理实际事务。有权力，就会有滥用权力，你们所奋斗以求的也是这样。'"

另一次他说得更明确："如果发生马克思所预言的情况，那么只会发生专制易位，原来是资本家掌权，将来则是工人的管理者掌权。"这种预言"可笑吗"？今天关于他有许多话可说，但你决不能说他可笑。

在不同的年代，托尔斯泰在评价建立必然幸福的新社会蓝图时几十次使用简单的常理。他说："要是政府组织劳动，那是好事，但为此它必须是大公无私的，圣洁的。但这样的圣人到哪里去找呢？"……"就算你们达到你们的愿望：推翻现存的政府，建立掌握所有工厂、作坊和土地的新政府。为什么你们认为组成新政府的人（他们将管理工厂和土地）……不会像现在这样设法自己掠取一大份而只把生活最必需的留给愚昧驯顺的人们……凡是只关心个人福利的人总能找到千百种方法来糟蹋人类的体制。"

关于这个题目还有一篇详细的日记，写于1889年9月7日："我一直在想为什么在地球上建立天国绝不能靠现存政府的强权，也绝不能靠革命和政府的社会主义……"

"现在有人说，必须消灭这些统治者，建立主要主管经济事务的另一种政府，它把所有资本和土地宣布为公有财产，管理人们的工作，按照他们的工作或者像另一些人说的按照需要分配世上的财富……即使没有经过试验也可以大胆地说，在人们追求个人财富的情况下，这样的体制是不可能建立的,因为那些主管经济事务的人(这些人为数很多)都追求个人财富,他们还将跟一批同样的人打交道,因此在建立和支持新的经济结构时将不可避免地追求个人利益,就像以前的统治者一样,这样他们将破坏他们所承担的事业的意义。有人说:必须挑选贤人和圣人。但只有贤人和圣人才能挑选贤人和圣人。如果人人都是贤人和圣人,那就不需要任何体制了。"

列宁有关托尔斯泰著作的奠基文章叫《列夫·托尔斯泰是俄国革命的镜子》,其中完全没有提到这面"镜子"最奇妙的本质之一:它不仅反映俄国当时的生活,而且反映俄国的未来。托尔斯泰的作品反映了人的心灵,这种心灵在不同时代存在于不同的人身上,包括过去和未来。在托尔斯泰写作的年代,从他的作品里当然可以看到"农民在俄国革命中的历史活动所处的各种矛盾状况",以及其他许多当时使革命者感兴趣的东西。但是,今天,在过了一百年以后,使托尔斯泰作品的读者激动和震撼的是什么呢?是"东方制度、亚细亚制度的意识形态"吗?托尔斯泰极其正确地预料俄国革命将把国家引导到哪里。他所预言的情况果然出现了。尽管他从未试图展望未来,而且反复说:"要知道过去有过什么,未来将有什么,甚至现在存在什么,我们是无法知道的,但要知道我们应该作什么,这我们不仅可以,而且永远知道,这也正是我们所需要的。"

但列宁的想法正好相反,他总是在文章和讲话里谈到未来。他断言:"奇妙的预言是神话。但科学的预言是事实。"

列宁经常谈到的未来对我们来说早已成为过去。今天还有没有必要引证列宁的科学预言,例如"全社会将成为一个办事处和一座工厂,那里实行同工同酬"?或者:"……苏维埃政权是一种没有官僚、没有警察、没有常备军的新型国家……"？可不可以忘记托尔斯泰在写给革命家蒙基央诺夫信里所作的警告？他说："……不论是您，不论是我，不论是政府，不论是革命者，世界上谁也没有要按照自己方式来组织人类生活的使命，而谁——照他们的意见——干得不好，谁就要受到报复。我们没有这样的使命，因为我们在这方面完全无能为力：我们要做的是一回事，结果却完全是另一回事。"

这话是在离1917年10月不到十年时说的，也就是在那个俄国历史时期的开端，当时特别清楚地显示，我们常常"要做的是一回事，结果却完全是另一回事"。

托尔斯泰是革命的反对者吗？

托尔斯泰是暴力的坚决反对者，他认为暴力就是弥达斯王[①]：不论暴力的目的是什么，它都会立刻消灭目的本身。不论革命的要求是多么公正，只要暴力成为手段，那么达到的就是相反的东西。

托尔斯泰长期地、顽强地、激烈地揭露暴力。他反复研究它的形式和必然结果："暴力之所以具有吸引力，因为它可以免除紧张的注意和理性的思考。解开绳结得花力气，一刀两断就要省力得多。"

"权力本身就是力量的滥用。达尔文定律在这里以另一种意义得到证实。那里是适者生活，这里是强者中最无耻、最蛮横的能生存，因此，哪里有暴力，哪里就有暴力的滥用。"

"不论人们用什么方法来避免暴力，只有一种手段不能达到目的，那就是暴力。"

[①] 希腊神话中的弗里吉亚王，能把接触到的任何东西变成黄金，包括饮食在内，因此使人无法生活。

今天我们阅读托尔斯泰的日记,不由得想:为什么他一再表示我们不能知道未来?而托尔斯泰正是这样想的。他在几乎一百年前《致革命者的信》里写道:"……只要一旦问题用暴力来解决,暴力就无法终止……在用暴力解决问题时,胜利总是不属于优秀的人们,而属于比较自私、狡猾、无耻和残忍的人们。这些自私、无耻和残忍的人决不会因人民的利益而放弃他们已获得和正在享受的利益。"

从革命开始我国的——也不仅限于我国的——全部历史来看,有谁敢说对未来的这种简单看法是错误的?

托尔斯泰预见到那些人的逻辑——他们认为不参加革命暴力就会使人站到压迫者一边——指出:"在所有依靠暴力生活的恶人中间,有一个或少数几个不反抗的善良人,就像在一批酒鬼中有一个不喝酒的人那样,在这种情况下,他还不如同大家一起喝个烂醉的好?这样说是不是错误?这似乎是一个难以回答的问题。"

许多人正是那样行动的。疯狂地陶醉于暴力几乎可说是托尔斯泰之后时代的主要特点。托尔斯泰在世的时候,俄国社会革命党人认为,他们在道义上有权处死沙皇及其奴仆,只要他们准备献出自己的生命。"赤色恐怖"的组织者和古拉格群岛的主管者可就不那么想了。卡里亚耶夫①没向大公的马车扔炸弹,因为看到车上坐着他的几个孩子。当代的恐怖分子已多次绑架儿童做人质,因为儿童比成人更没有自卫能力。托尔斯泰还认为:"为了使人们都能听见,得从各各他说话,用苦难最好用死亡,来铭记真理。"在我们这个技术进步和大众媒介统治

---

① 伊凡·卡里亚耶夫(1877—1905),俄国革命家。1898年起成为彼得堡"斗争同盟"成员。1905年2月4日打死莫斯科总督谢尔盖·亚历山大罗奇大公,被处绞刑。

的时代,大家清楚,只要牺牲别人就行:谁杀人最多,就听谁的。

不过,托尔斯泰尽管断然谴责暴力,他却从未否定非暴力革命的必要,他说:"革命只有先建立新的再破坏旧的,才是有益的……不要黏合创伤,不要把它割掉,而要用活的细胞来取代它。"

在托尔斯泰的理解中"人类的生活就在于时间会不断揭示隐蔽的东西,并说明他们走过的道路正确还是错误。但有的时候,不论在个人的生活中,还是在全社会生活中,过去所犯的错误都会暴露无遗并清楚地看出应纠正错误的真理。这就是革命的时代。"托尔斯泰是不是在说我们的改革呢?

在托尔斯泰去世后的八十年里,俄罗斯和世界面目大变。今天重读托尔斯泰的著作,往往使人觉得它们都是在现代写的。托尔斯泰的艺术作品具有永不凋谢的鲜艳,这倒并不特别费解,因为伟大作家的作品总能使一代又一代的人们深受感动,不过托尔斯泰不是唯一的伟大作家。但是,托尔斯泰所写的"非艺术作品"、他的日记和忏悔录,他的思想一天也没有丧失它的现实意义。在托尔斯泰的日记里常常可以看到他对今天最尖锐问题的思索。当然,要在一篇文章里一一列举是不可能的,这里只谈谈最重要的方面。

托尔斯泰在逝世前不久写道:"'怎么办?'统治者和被统治者、革命家和社会活动家都这样问,但'怎么办?'这个问题总是指拿别人怎么办,而没有人问我该拿我自己怎么办。"

托尔斯泰世界观中最高和说得最透彻的观点,就是不能把自己的意志强加于人。早在反映中年经历的心灵危机的《忏悔录》里,他就带着痛苦和嘲讽回忆自己的青年时代,当时"我得出一个奇怪的结论:为了要使我生活得好,必须改造别人的生活……"托心斯泰回忆说,其实他当时已明白,最简单最正确的结论应该是另一种:必须改善自己的生活,并且过得更好些。"当你每天有东西吃,即使是硬面包干,而有人,老人和儿童,却没有东西落肚时,你也无法生活,并认为自己是正确的。"

然而,托尔斯泰伯爵夫人作为一家的主妇,关心孩子们的未来,对生活和自己的丈夫有她冷静而切实的想法,她怎么也不能同意上述意见。她不能不指摘托尔斯泰的怪癖:因为看到坏事,就认为自己有罪,并为自己虽不奢侈(如许多人所想的那样)但物质优裕的生活而感到羞耻和痛苦。托尔斯泰一直在悔恨,自我纠正。"动辄痛哭流涕",把自己几乎说成是穷凶极恶的坏蛋。这一点托尔斯泰夫人是无法理解的。她一再说,"谁也不了解廖伏奇卡①,只有我了解:他有病,头脑不正常。"甚至劝他:"你得去看病!"沙皇的警察总长普列威完全同意这个意见,打算把托尔斯泰送进疯人院,但亚历山大三世对此不敢轻易作出决定。不过,托尔斯泰的结论也不能使为社会正义而斗争的人士所喜欢。不仅列宁嘲笑托尔斯泰的道德说教,普列汉诺夫也是这样,他引证托尔斯泰一次写的话,说托尔斯泰"有罪、卑鄙和应被蔑视",因为他没有沿着指出的道路走到底。普列汉诺夫就此评论说:"这是一个真正的悲剧,一个忍受了许多痛苦的人,他的笔下竟出来这样的字句。但悲剧的'激情'(别林斯基的说法)在哪里呢?照普列汉诺夫的意见,错的不是托尔斯泰本人,而是"他所走的,或者,更确切地说,他想走的那条路。"屠格涅夫热爱托尔斯泰的艺术才能,但认为他的宗教探索和道德说教是"胡说八道"。而马克思主义者普列汉诺夫则认为,由于托尔

---

① 托尔斯泰名字的爱称。

斯泰的知名度和他在人们中的威信,这种"胡说八道"是危险的和有害的。其实托尔斯泰只是要每个人"改正自己的生活"。从马克思主义者普列汉诺夫的观点看,首先得改造社会。在从事"为人民谋幸福"的革命者身上没有个人悲剧,不论怎么说,他们的激情不是"托尔斯泰式的"。革命者从不揭露自己的弱点和缺点。他们认为注意自己是不虚心的,他们只注意别人,主要是去除同自己想法不一致的人。

托尔斯泰第一个怀疑"争取光明未来"的职业战士,更不用说沙皇的政客和官僚。在评论政客和官僚时,他在日记里用的语气在他的言论里是少见的:"从沙皇的奴仆到工人同志,一再使自己和别人相信,他们是在为人民谋幸福,其实他们关心这事就像母鸡关心造庙宇一样,完全是受卑鄙的利己主义所推动。"

这里不能不提一下,那些不能容忍他的厌恶暴力和宣扬"无为"的解释者,在雅斯纳雅·波良纳的"托尔斯泰主义者"周围堆砌了多少荒谬的话,事实上,托尔斯泰从来不曾作过这样的说教。在谈到勿以暴力抗恶时,他一再说:"人天生要努力行动,而且从不停止行动……"

凡是好的东西,凡是真正的东西,任何真正的生活行为都靠努力来完成,不作努力,随波逐流,你就无法生活……

"我的朋友,我们一定要尽力而为。只有这样才有生活。没有别的办法……"

只要看一看托尔斯泰本人的生活:他做了多少事!这个人过日子进行了多么伟大的"行动",可是竟有人说他宣扬无为。

另一个问题是托尔斯泰主张做什么和怎样做。在我们把几乎整个20世纪都花在不该做的事情之后,回忆一下托尔斯泰在这个可怕的世纪前夜说过的话不是无益的:"不管革命者和社会主义者会多么不高兴,真正基督教的和世界上最有成果的活动在于消极的行为——不做违反上帝和良心的事……"

凡是绝对不容怀疑的戒律,例如不杀人、不偷盗、不撒谎、不通奸,总是消极的。积极的戒律只能是心灵永远自由的行动:爱人,希望于别人的也像希望于自己的一样……

托尔斯泰极其正确地懂得谁不喜欢他的思想。例如,高尔基就这样写过:"作为一个民族作家(从这个名词真正的和无所不包的意义来说),托尔斯泰在他博大的心灵里体现了民族的所有缺点和我们历史所给予我们的全部创伤;他那朦胧的'无为'的说教,'勿抗恶'都是消极的说教。这一切是受蒙古宿命论毒害的旧俄血液病态的骚动,可以说也是对西方的一种化学性敌意……他身上的一切都是民族的,他的全部说教是旧时的反动,是一种返祖现象,这种返祖现象我们已开始摆脱并加以克服。"今天已无需跟高尔基进行争论,哪怕就因为这些话在他的任何一种版本里再也找不到。民族的缺点已经"摆脱",在"后来的斯大林"时期它们已被彻底"克服",当时高尔基的"进步"思想,包括恬不知耻地评论托尔斯泰的"反动说教"已从书本里被删掉。

现在,在改革的影响下许多教条都已重新进行审查,许多束缚我们精神生活的戒律已被废除,使人感到奇怪的是,革命后官方的和强制性的对待托尔斯泰的态度却很少改变。至今在我们这里流行最广的托尔斯泰传是维克多·施克洛夫斯基写的,而在这部传记里却不时可以读到这样的话:"列夫·托尔斯泰幻想过去,相信过去。""他对历史的不承认,认为世界是不动的观点使他变得不幸。""列夫·尼古拉耶维奇断定明天将回到昨天。"这一切是从哪里来的?维克多·施克洛夫斯基重复忠于十月革命前夜俄国革命知识分子的思想,装出一副样子,仿佛以后几年里在俄国什么事也没有发生过。现在是不是到了时候,托尔斯泰专家们应该通过他去世后所发生的情况来观察他的生平和世界观呢?

不过,如果认为施克洛夫斯基和其他苏联研究者的观点只是官方的要求,评价托尔斯泰根据的完全是列宁几篇文章的提纲,那也是错误的。在西方,托尔斯泰传记作者没有受到任何审查,他们对待他,说得确切些,对待他的人格和哲学,同我们这里仍在流行的观点,只有微小的差别。例如,我面前就有意大利人彼耶特罗·契塔基所写关于托尔斯泰的一部严肃著作。他的著作《托尔斯泰》在意大利获得一项权威性的奖,并被译成其他语言。这位意大利作家热爱托尔斯泰的艺术才能。然而,关于他的心灵道路和道德说教契塔里所想的几乎同托尔斯泰夫人一百年前所想的一样,差别只在于这个意大利人熟悉弗洛伊德和现代精神病学。谈到托尔斯泰在创作了《安娜·卡列尼娜》之后出现的特别严重的心灵探索时,契塔基写道:"每个现代精神病医生都能从这些恐惧的发作中诊断出严重的忧郁症,这种忧郁症会逐年加深。"契塔基相信,《疯人日记》《伊凡·伊里奇的死》《魔鬼》《克鲁采奏鸣曲》——这是"一部精神病、死亡、情欲和仇恨的病史"。

也许不值得复述某些欧洲知识分子(他们确信自己对"东方野蛮人""科学"理解的正确性)天真的自信言论,如果以上引证的意见不是同我国有时属于最有教养圈子里的庸夫俗子的箴言不谋而合的话。谈到托尔斯泰的哲学和他道德的"极端主义",往往会听到一些不学无术的亵渎性的话,说他是一个伟大的罪人,或者甚至是一个好色之徒,他不甘心于老年的性功能丧失,因而写了《克鲁采奏鸣曲》。

托尔斯泰如果不懂得常常转变为憎恨的恼怒(这种恼怒是由于他

对许多人和对不同的人的道德要求而引起的），托尔斯泰就不成其为托尔斯泰了。有一次他就这个问题这样说："人们给我种种奉承性的称号：改革家、伟人等等。但同时又不承认我具有最普通的健全思想……我不是改革家，不是哲学家，不是使徒，不过，我至少能记得自己身上的优点是逻辑性的连贯性。"

"你对人家说着简单明了、似乎人人都要听的话，他却只希望你早点结束……这样的不理解使你感到惊讶……怎么会这样呢？因为他觉得，你认为他处境不对的想法损害他比正确思想更宝贵的处境。所以他不理解、也不想理解你所说的话。凡是荒谬的所谓科学的议论只能作这样的解释。这一切都是由于人被分成两类：有一类人是思想支配生活，另一类人正好相反，这就是解释世界之所以疯狂的一把锁匙。"

这也就是理解为什么形形色色的人——沙皇官僚、马克思主义革命者、教堂神职人员和意大利人彼耶特罗·契塔基之类的唯美主义者——仇恨托尔斯泰的一把钥匙。由于托尔斯泰的思想破坏许多理论、思想和教条，每当托尔斯泰的著作不直接批判他们的信仰时，他们就说他是天才，但一旦他作出的结论违反他们的理论，他们就评论托尔斯泰"考虑不周"，说得明确些，就是愚蠢，或者说他"不正常"，说得明确些，就是精神失常。

"我是什么人？"这个问题托尔斯泰自己向自己提出过许多次，他从童年起到生命末日一直提这个问题。这一点从他日记里的大量记录可以作证。

托尔斯泰自己用他漫长而令人惊奇的一生和更加令人惊奇的作品回答了这个问题。不过，尽管有关托尔斯泰的文献资料已可组成一座图书馆，这个问题至今没有得到解答。科学院出版的托尔斯泰文集包括大量资料,记载了托尔斯泰全部著作和异稿的写作历史,甚至标明每一件写作用什么墨水和纸张。但是,托尔斯泰所写的并没有全部发表。甚至这项庞大的集体劳动——九十卷文集——也没有进行到底。连这个版本也遭到审查,更不用说在托尔斯泰的朋友和同志契尔特科夫监督下编定的各卷和在他去世后出版的各卷之间存在很大的差异。托尔斯泰手稿中哪些地方被斯大林"时代"的检查官删掉,托尔斯泰哪些思想他们认为是"不正确的"因而不适宜出版,我们至今还不知道。

现在,我们这里已开始出版 H. 别尔略耶夫、H. 费多罗夫、C. 布尔加科夫和 B. 罗森诺夫的作品。革命后被禁的俄罗斯哲学思想和宗教思想都已迅速恢复名誉。是不是也到了给托尔斯泰"恢复名誉"的时候?因为在他生命最后三十年里所写的东西在我们这里几乎都被禁止。革命后几乎没有人想重版《忏悔灵》或宗教论文《我信仰什么?》托尔斯泰的《日记》一次也没有出版过。事实上,这是托尔斯泰生平主要的书,几乎是他整整一生亲自逐日创作的,是一个人的思想和感情的唯一速记记录。对这个人阿克齐乌斯①的话是完全适用的:"我决定在我心里用理智研究和体验光天化日下所发生的一切,这是上帝给予人的一项艰苦课题,让他们自己折磨自己……"

早该在托尔斯泰的祖国创造一部科学性的传记,正确、公平和完整地明确他的主要特点,彻底摒弃流行的观念,什么"伟大的罪人","道德上的极端主义者","托尔斯泰主义者",后者仿佛号召"纯朴"和"无为"。

托尔斯泰并不是一个"托尔斯泰主义者",他自己说过不止一次:

---

① 阿克齐乌斯(约公元前170—约公元前85),古罗马悲剧作家、语言学家。

"我没有任何学说,过去也不曾有过,我不知道所有别人不知道的东西。"

托尔斯泰当然不是圣人或预言家。他的天才在艺术作品里表现为对人们生活的深刻理解(这一点谁也不否认),比谁都更深入人们心理的秘密(这一点也是人人同意的),赋有最广博的想象力(这一点谁也不反对),像这样一个稀世天才难道会向人提出"难以理解的"、"朦胧的"哲学,不能懂得政治经济学家、社会学家和现代社会改革家十分理解的道理吗?

"探索,一直在探索……"

托尔斯泰探索的其实就是人们一直在探索的东西:生活的意义和目的、坚定的信仰、上帝。托尔斯泰所探索的正是我们现在一直在探索的东西,也是千百万人怀疑他们至今所过的生活是否正确因而所作的探索。托尔斯泰恐怕比任何别的俄国大作家更有可能参加我们今天动人心魄、有时甚至无所顾忌的探索,当然必须结束"两个托尔斯泰"——艺术家和思想家,而且这两个人无法统一,也没有相同的兴趣——观点,并把托尔斯泰的全部作品不作任何删节、省略和保留交还给读者。

肖洛霍夫会见选民

佚 名

3月5日,星期三,在罗斯托夫的"军官之家"里,选民们把个会场挤得水泄不通。聚集在这儿的有工人、职员、大学生、家庭主妇、罗斯托夫警备队的军人、知识分子代表,以及大冈罗格、诺伏契尔卡斯克、巴达依斯克和亚速夫各区劳动者的代表团。

他们都来会见苏联最高苏维埃民族院代表候选人,杰出的苏联作家、科学院院士米哈伊尔·阿历克山德罗维奇·肖洛霍夫。

顿河作家协会代表、戏剧家斯塔尔斯基在他那动人的演说里说:

"我们大家,苏联人民,对于肖洛霍夫的才能表示衷心的钦佩,因为他把《静静的顿河》和《被开垦的处女地》那样不朽的作品,贡献给了人类。我们对于这位当代杰出艺术家的巨人式的劳动,对于他那多方面的文学和社会活动,表示深深的敬意。作为苏联最高苏维埃的代表,肖洛霍夫完全没有辜负人民对他的高度信任——他跟人民保持着紧密的联系。肖洛霍夫的创作,贯穿着伟大的共产党的生气勃勃的理想,具有深度的党性。他的创作充满人民性和爱国主义的热情。"

罗斯托夫农业机器厂、亚速夫区的集体农庄、知识分子等代表先后在会上发言，向作家表示衷心的敬意，祝他身体健康，在文学和社会活动中取得新的成就。

肖洛霍夫走上了讲台。热烈的欢呼声延续了好几分钟。

"你们好啊，亲爱的老乡们，乡亲们！我从来不是个出名的演说家，过去不会，现在也还是不会把话说得长，说得漂亮。大家多半都在这儿称赞我——就像在称赞一个新郎似的。但就是新郎也有各种各样的罪过。因此你们别太相信那些称赞我的人。咱们来谈谈别的事吧。

"咱们的罗斯托夫省进入了一个新的生活阶段。在工业和农业的新高潮方面，摆着巨大的工作要作。对咱们来说，就得把咱们的顿河故乡改造成为花园和葡萄园的地区。你们会说：'你是个作家，干什么要来过问经济、过问事务呀？难道这是你的事吗？'是的，这也是我的事。这是党和人民的事，我可是属于党和人民的，我认为我是党和人民的服务员。

"我还有什么话要对你们说的呢？讲讲我的生平吗？可是你们是知道我的。我全心全意地感谢你们对我的高度信任。我祝大家幸福、健康，在工作和生活上进步！"

到会的选民们宣称，在3月16日选举的那天里，他们将一致投票选举党和非党联盟提出的候选人，杰出的作家和院士，米哈伊尔·阿历克山德罗维奇·肖洛霍夫。

托尔斯泰玄孙访谈录

谢尔盖·华尔沙夫奇克

伊里亚·伊里奇·托尔斯泰是俄国作家托尔斯泰的玄孙,现年四十一岁,《鸟市报》主编,国际托尔斯泰基金会总裁。以下是《星火》杂志记者谢尔盖·华尔沙夫奇克对他的访谈录。

伊·伊:我是作家托尔斯泰第三个儿子伊里亚·里伏维奇的后代。他的儿子弗拉基米尔·伊里奇是我的祖父。伊里亚·弗拉基米罗维奇是我的父亲。列夫·尼古拉耶维奇(作家)共有十三个子女,其中五个幼年就夭折了。托尔斯泰的幼女阿历山德拉·里伏夫娜于1979年去世,享年九十五岁。

记者:你们一家人的流亡生活怎样?

伊·伊:革命后我们一家人分散到世界各地。我的曾祖伊里亚·里伏维奇去了美国,他的儿子后来去了南斯拉夫。我们一家在1945年战争结束后才从南斯拉夫回国,当时父亲已十五岁。

记者:他们不怕被镇压吗?

伊·伊:我的祖父是个天不怕地不怕的人,又是个爱国者,他热爱俄罗斯。他在南斯拉夫念完大学农科，成了农艺师。在德军占领时期，他同儿子奥列格和侄儿尼基塔（尼基塔现是俄罗斯科学院院士）一起参加抵抗运动。当时德国人抓了一些居民关进集中营当人质，遇到有德国士兵死亡，这些人就立即被处决。祖父一度也被关进这种集中营当人质。祖父从未放弃过回国的念头，战后他去苏联驻南斯拉夫大使馆，使馆里一个相当大胆的人对他说："弗拉基米尔·伊里奇，您迈出了丧失理性的一步，您最好的下场是被直接送往西伯利亚。"然而祖父还是决心回国，他写信给莫洛托夫，终于在1945年获得批准。

记者：伊里亚，如今雅斯纳雅·波良纳的情况怎样？

伊·伊：雅斯纳雅·波良纳处境不妙已久。近年来庄院博物馆（托尔斯泰故居）一片荒芜。原来管理处的工作就是编造虚假报告。

记者：那么，现在那里的情况怎么样？

伊·伊：今年（1995年）8月3日我兄弟伏洛嘉任经理正好一年。我认为，他在这一年里做了大量工作。第一，那里正在恢复故居的本来面目。第二，不久将正式确定纪念区的界线，新界线将扩大，纪念区内不准搭建房屋，不准任何与纪念区无关的设施。让我兄弟伏洛嘉当经理，这件事的决定可不简单。他得彻底改变自己原来的生活，放弃许多东西，来到一个陌生的城市，领导一个矛盾重重的集体。同时还得听许多闲话，什么托尔斯泰家的人要攫取雅斯纳雅·波良纳啦，要拿它占为己有啦。

记者：这有什么不可以的？这是你们家的祖业呀。

伊·伊：我们认为我们不该指望得到雅斯纳雅·波良纳，因为托尔斯泰的人格是那么伟大，而这个地方是同他的名字分不开的，它对全人类具有多么大的意义，因此雅斯纳雅·波良纳不应成为任何人的私产。

记者：伊里亚，做著名作家的后代，对你们具有什么意义？再说，从父系来说，你们是贵族还是伯爵呢？

伊·伊：我们一家人总是认为我们不应沾家族的光，每个人都应自食其力。托尔斯泰本人就曾留下遗嘱把重版稿费捐给国家，因此，说实在的，我们家从全世界无数次反复出版的他的著作中没有得到任何好处。但不能否认，巨大的家族提高了我们的声誉，这方面也使我得益。家族使我们承担许多责任，我们也竭力保持同所有托尔斯泰后代的联系：几年前在雅斯纳雅·波良纳举行过一次托尔斯泰家人聚会。目前托尔斯泰后人已超过二百人。现在，我们打算再组织一次聚会，规模比上次更大，要把托尔斯泰所有的后代都集合起来。

苏联战后五年计划的成功

叶文珂

友好的苏联各民族的大家庭,在不朽的列宁主义思想感应和列宁—斯大林党的领导之下,充满信心地进行和平的经济和文化建设,在战争结束之后已经是第五年了。战后复兴和发展国民经济的斯大林五年计划,成了苏联人民争取社会主义经济和文化大力高涨的斗争旗帜。当在资本主义国家,首先是在美国,发生着新的经济危机的时候,伟大的苏维埃国家却正在沿着国民经济各部门不断上升、劳动者物质和文化生活水准继续提高的道路前进着。

在过去的战后几年之中,苏联人民在执行战后五年计划的基本任务上,获得了卓越的成功。战后五年计划的基本任务在于复兴全国受难的地区,恢复战前的工业和农业水准,然后在相当的规模中超过这一水准。

苏联国民经济的战前水准,早就在五年计划的第四年里被大大地超过了。例如,1949年全国收入的总数按照实际的价值算来,比1940年已经超出了36％,而根据五年计划的规定,它到1950年也只要超过38%。

在执行战后五年计划上,苏联人民在布尔什维克党的天才领导之下,在建立共产主义社会的物质基础方面,在巩固社会主义国家经济和军事威力方面。跨进了一大步。

苏联在建设共产主义社会上的成功,对于欧洲和亚洲人民民主国家的劳动群众是一个榜样,而对于全世界一切看到了苏联是社会主义、人民民主和持久和平的坚固支柱的普通人,也是一个实际的例子。

工业的飞快上升

1949年国民经济发展的最重大成果,是生产大大地超过战前水准,以及强大的社会主义工业上升的新资料的发现。在提高利用生产威力水准和节省原料、燃料和材料消耗的基础上,在决定性的工业部门里发现了内部的补充资料。结果,去年的工业生产比1948年增加了20%。

特别高的生产速率,是工业生产战后发展的一个特征。它们不仅超过战前的速率,而且也超过五年计划所规定的速率。例如,1948年工业生产扩大的规模,差不多比战前(1938—1940年)增加一倍。到去年年底,工业方面的总生产量超过了五年计划规定的1950年的标准,而比起战前的1940年的水准来,则提高了一倍半以上。

在战时曾受敌人占领的地区里,工业生产以飞快的高速度增加着。在乌克兰苏维埃社会主义共和国里,工业生产在战后五年计划的头三年间就增长了2.7倍,而在1949年间增加了31%。在白俄罗斯共和国里工业生产在1949年间增加了38%。整个的说来,在所有这些地区里,还在1949年9月里就已经达到了战前的工业生产水准。

加速度的工业高涨,以及随之而起的所有国民经济部门的高涨,是苏维埃经济坚固基础的重工业顺利发展的结果。燃料、电能、冶金、化学和机器制造等工业部门总生产量的超过战前水准,要比整个工业的超过量,规模大许多。在五年计划的前四年中,钢铁的生产提高了1.9倍,路轨——2.1倍。在这几年里,煤的开采量增加了1.6倍,煤油——1.7倍,电能的产量也增加了1.7倍以上。

在战时受到严重损害的苏联南方的煤和金属基地,完全恢复过来了。顿巴斯煤的开采量在1949年达到了战前的水准。在短时期里恢复工作的有规模宏大的"扎波罗日炼钢公司"、"亚速夫炼钢公司"、农业机器制造厂"罗斯特赛尔马施"、哈科夫曳引机厂和南方别的许多庞大的企业。聂泊河的列宁水力发电站是苏联人民的骄傲,也已经从废墟中复兴了。

以非常高度的速率发展着的还有苏联的机器制造业——苏联整个国民经济技术重新武装的军器库,重工业的核心。苏联的机器制造者,生产了大量完全苏联设计的机器。单是在1949年里,苏联的工业创造了三百种有高度生产威力的、最重要的新式机器。在生产品的花色繁多和品质优秀上,苏联的机器制造者远超过了战前最好几年的水准。

在五年计划的头四年中,运货汽车和公共汽车的生产提高了3.3倍。轻型客车和曳引机的生产不仅恢复了战前的水准,而且大规模地扩展了。单是在1949年里轻型客车的产量增加了2.3倍,而曳引机则增加了1.5倍。新式的运货汽车、轻型客车、机器脚踏车和脚踏车在大量生产着。

铁路运输由新式的火车头、行李车和客车不断地充实着。动力机器制造业大大地增加了蒸汽涡轮和水力涡轮的产量。创造了新式的蒸汽涡轮和高压锅炉。

在机器制造生长的基础上,在国民经济的所有部门里都获得了采用和发展新技术、新机械化的重大成功。1949年生产了新式高生产力联合采煤机,包括"顿巴斯"型的联合机在内。这一切使苏联采煤的机械化程度能够超过战前的水准。

建筑业方面也有了非常精美的机器。这种机器使土木工程方面的机械化程度大为扩大。建筑业大规模地利用各种蒸汽掘凿机。乌拉尔的机器制造厂造成了苏联第一架强大的活动蒸汽活动掘凿机,它的容量达14立方公尺。为了装卸工作的机械化起见,出产了各种改良的输送机器,包括各种新式的起重机、自动卸货机和装货机。

采林业不断地由各种新式的机器和设备充实着,其中包括威力强大的曳引机、汽车上的蒸汽起重机和电力起重机、特种运输汽车等。在许多工业和运输业方面,近年来正在采用完全自动化的生产过程。苏联人民顺利地解决着技术过程自动化和繁重工作机械化的任务,他们正在创造世界上最高度的,共产主义的生产文化。这个极端关心生产力继续繁荣的伟大社会主义国家,全面地利用科学和技术思想的前进成就,来进行和平的建设工作。

消费品的生产,尤其是食品和轻工业的生产,在用高速度生长着。在五年计划的头四年中,棉织品的产量增加了2.2倍,毛织品增加了2.6倍。在1949年里轻工业在计划之外出产了一亿公尺的各种织物,二百万双以上的鞋子。

商品的种类愈来愈多,它们的品质也在改善着。在纺织工业里,上等织物的比重增加了。人民广泛需要的单底鞋和双底鞋的生产量增加了。

在农业大力高涨的基础上,食品工业的生产量也大大地上升了,单是在战后五年计划的头三年中,复兴和新建的食品企业在六百个以上。

广泛展开的社会主义竞赛,促使超额完成利用设备、原料、燃料的计划任务。单是在1948年间,苏联埃国家就由于减低工业生产的成本,而获得了六十亿卢布的超计划节约。在1949年间工业生产的成本按等值价格说来,比1948年又减低了7.3%。劳动生产率方面的五年计划任务在顺利地执行着。工业方面工人的劳动生产率比1948年增加13%,并且超过了战前水准。

苏联青年也跟全体人民一起积极参加争取提前完成战后五年计划的斗争。他们受着建设共产主义社会这个伟大和光明目的的感应,以勇敢的革新者的姿态参加争取提前完成战后斯大林五年计划的社会主义竞赛。库士聂茨基冶金厂的青年炼钢工人亚历山大・沙施柯夫在五年计划的头四年中,炼成了比计划规定多一万吨的钢。斯大林格勒"红十月"厂的炼钢工人、共青团员尼古拉・西台尔尼柯夫的前进工作队,提前完成了全年计划,比计划多炼了一千吨的金属。共青团员伏伊托夫斯基——莫斯科"无产阶级之路"厂的一名优秀工人——在五年计划的开头就完成了十倍的全年定额。

社会主义积累的高速度和空前的建设工程的规模,是战后时期的特点。在五年计划的第三年里,大规模的工程比1947年增加了23%,而在1949年里,国民经济里大规模工程的数量又比1948年增加了20%。在1946至1949年间建筑了、恢复了五千二百个国家的工业机关,而小规模的国家和合作社企业还不算在内。这样的建设规模和速度是历史上空前未有的。在一望无际的苏维埃国家的地面上——在乌拉尔和远东、在乔沿亚和阿塞尔拜疆、在西比利亚和中亚细亚正在扩展和建造新的冶金工厂。在乌克兰、在白俄罗斯、在乔治亚正在建立汽车工厂。在建造中的新的曳引机工厂有弗拉基米尔斯基、李彼茨基和明斯克。在恢复和建筑中的有几百座面包厂、制糖厂、酒精厂、罐头厂、屠宰场、冷藏库、纺织厂、制革厂和制鞋厂。

在库士巴斯、中亚细亚、乌拉尔、彼巧磊盆地、乌克兰和远东,都有新开发的煤矿。开始经营的大煤气管有萨拉托夫——莫斯科、达沙伐——基辅、柯赫特拉亚尔维——列宁格勒。机械化的煤焦油开采在以高速度发展着。在乌拉尔和伏尔加之间的地区里,开发了一个新的强有力的石油工业区,这个工业已经被称为"巴库第二"。在伏尔加、卡玛、库拉和其他河流上正在建造着庞大的水力发电站。广泛地展开了为集体农场电气化而建筑的地方性的水力发电站。大规模地建设着新的铁道、公路、海港和码头,开辟着新的航空线。

国民经济各部门生产威力的不断上升,保证着扩大的社会主义再生产,以及苏联经济和文化发展的空前速率。

社会主义农业的高涨

社会主义农业不顾在战时所遭受的庞大损失和 1946 年的严重旱荒,很有把握地沿着高涨的道路进行,显示出集体农业制度不可克服的力量和生气。根据 1947 年联共(布)中央委员会二月会议历史性决议所规定的复兴和全面发展社会主义农业的斯大林纲领的基础,集体农业制度在短时期内获得了辉煌的胜利。大大地提高了集体农场的文化,更进一步地在组织上和经济上巩固了集体农场、国营农场和农业机器站,增加了农业和牧畜业的生产量。单是在最近两年里耕地的面积就扩大了二千万公顷。在采用农业的牧草制上也获得了重大的成功。

1948年谷类的收获总量达七十亿普特,达到了战前的1940年的水准,而谷类每一公顷的平均收获量则超过了战前的水准。在1949年谷类收获总量达七十六亿普特,这不仅超过了战前1940年的水准,而且差不多达到五年计划所规定的1950年的水准。由于顺利解决谷类问题的结果,为不断提高工业用作物的收获和发展牧畜业创造了各项条件。在1949年里,工业用作物——棉、麻、向日葵和马铃薯——的收获量大大地超过了1940年的水准。

国家不断地拟订各种新的办法,来发展农业的技术基础,减轻劳动和提高集体农民的劳动生产率。在1949年里,集体农场所获得的曳引机、汽车和农业机器比1940年多三四倍。如果说战前在集体农场里,采用机械化主要是在翻松土壤、播种和收获谷粒上,那么现在丰富和最最多样性的技术就使许多别的生产过程可以应用机械化。在集体农场和国营农场的田地上,出现了自动的收割甜菜的联合机、采棉联合机、种植马铃薯和收获马铃薯的机器、自动割草机和许多别种机器。

作为国家发展农业的最重要杠杆的农业机器站,在不断地改善着自己的工作。在去年一年里农业机器站为集体农场比战前的1940年多耕了四千万公顷的土地,并且大大地减少了期限,改善了工作的性质。

农业工作的电气化也获得广大的规模。1949年集体农场的电气化比1940年扩大了十倍。农业的机械化和电气化使农业劳动变成一种变相的工业,促进城乡之间对立的消除——而这正是逐渐进入共产主义的一个基本条件。目前在农业耕种上已经有82%以上的工作机械化了，差不多有半数以上的谷物用联合机收割。

谷物问题的顺利解决为肃清公共牧畜业的落后现象——进一步提高农业的中心任务——创造了有利的条件。1949年在执行党和政府所通过的发展公共牧畜业的三年计划上，获得了重大的成就。组织了近十二万的新的牛、羊、猪和家禽的集体畜养场。集体农场里牛羊的总数已经超过了战前的水准。

在战后的五年计划里，社会主义农业进入保证稳固的高度收获的巨大改造自然的阶段。种植护田林、采用牧草轮种制、在苏联欧洲部分草原地区建筑人工湖和蓄水池的斯大林天才计划，是在整个过去和现在农业科学成就的基础上拟订的。在实行这项改造自然的计划上，已经进行了庞大的工作。1949年集体农场和国营农场的植林计划已经加倍完成了。在苏联欧洲部分的草原地区里，在五十九万公顷广的地区里种植了防风林，并且准备了八十万公顷土地作为未来的植林之用。在栽培多年果树上也进行了巨大的工作。

集体农民争取顺利完成战后五年计划的斗争，加入了全民的社会主义的浪潮。集体农场里的前进人们，在达到高度的收获、发展牲畜的产量和提高劳动生产率上，显示许多奇迹。有十一万名农业工作者获得了勋章和奖牌，其中有四千多人获得了社会主义劳动英雄的崇高称号。

坦吉克苏维埃社会主义共和国的女集体农民，十八岁的奥林娜·腊赫玛诺娃，得过三次勋章和奖牌，她在自己的地区里从每公顷土地上种出了三千五百公斤以上的棉花。在喀萨赫共和国里，十六个青年畜牧家获得了崇高的社会主义劳动英雄的称号，而几百名少年和少女则获得了勋章和奖牌。

在复兴和发展农业上的成功,为社会主义农村的未来几年的新的更重大的成就,建立了巩固的基础。

人民普遍幸福的不断提高

在国民经济各部门上升的基础上,苏联劳动者的物质生活和文化生活在改善着。人民生活水准的不断提高,是苏联社会主义经济发展的规律。

苏联每年都在增加着的国家收入,是苏联人民物质幸福有系统生长的源泉。1949年的国家收入比1947年增加17%。在苏联国民经济里,国家收入的分配"不是在于剥削阶级和他们的许多寄生佣仆发财,而是促使有计划地提高工农的物质情况,和扩展城市和乡村里的社会主义生产。"(斯大林)

苏联国家收入的四分之三光景是用来作为劳动者的个人和社会的消费基金,而近四分之一则用来作为扩大社会主义再生产的基金。工人、农民和职员的收入在一年一年地增长着。1949年工人和职员的收入,照实际价值说来,每个人比战前的1940年增加了24%,而农民的收入则增加了30%以上。

有步骤地降低物价是党和政府关心劳动者利益的一个明显例子。根据五年计划所实行的货币改革,配给制度的取消,物价的一再减低,和苏维埃贸易的展开,大大地提高了苏联人民的生活水准。

在过去几年里,苏联政府三度减低食物和工业品的零售价格。由于1950年3月1日所施行的国家贸易里新的减低物价的结果,苏联的劳动者可以获得八百亿以上卢布的利益。此外,由于国家贸易减价的结果,集体农场市场和合作社贸易里也大大减低了物价,这使人民可以再获到三百亿卢布的利益。因此,由于物价的减低,劳动者可以节省一千一百亿以上的卢布。

在苏联部长会议和联共(布)中央委员会关于这次减低食物和工业品国营零售价格的决议里说,由于这次减低物价的结果:一、再次大大地提高卢布的购买力;二、苏联卢布跟外国货币的兑换率再次改善;三、工人和职员的实际工资将大为提高;四、领养老金和奖学金者的情况将大为改善,因为在减低物价的情况下,养老金和奖学金的数额并没有变动;五、农民的收入将大为提高,因为农民在购买廉价的工业品上可以节省一些钱,同时国家收购农产品和畜产品的价格却没有变动。

1950年的减低物价是战后几年中规模最大的一次,特别是像面包、肉类、牛油、谷类等占劳动者支出重要地位的商品。这次的减低物价是工业和农业上新的成功的结果,是劳动生产率上升和成本减低的新成就的结果,也可以说是苏联人民在争取提前完成战后斯大林五年计划杰出成功的结果。

苏联人民兴高采烈地欢迎新的物价的减低,他们为自己的社会主义祖国而感到骄傲。他们热烈地感谢列宁—斯大林党,感谢苏维埃政府,感谢自己亲爱的领袖和导师斯大林同志,为了他们对人民幸福的伟大关心。苏联青年跟全体人民一起,因为自己祖国最前进的社会制度而骄傲,在这种制度下人民的劳动是为了人民自己创造财富,而发展贸易的鼓励,不是利润的获得,而是更完全地满足劳动者日益增长的需要。在有计划地发展苏联国民经济的基础上,人民的幸福在不断地提高着,生活变得愈来愈富裕和幸福。

苏联劳动者幸福的增进,在工资基金的上升上找到自己鲜明的反映。在1948年工人和职员的工资基金,差不多就已经比1940年的基金增加了一倍。苏联人民的收入并不仅限于金钱工资一项,这是它跟资本主义国家不同的地方。苏联劳动者可以大规模地从国家方面获得各种津贴。在1949年里苏联人民在津贴和免税上从国家方面获得一千一百亿卢布,那就是说,差不多比1940年增加了三倍。

苏联在住宅建设和文化建设方面的成就是非常伟大的。在所有战后的几年里,大规模地复兴和新建住宅,公共和文化性的建筑。国家机关,地方苏维埃和人民借国家信用贷款的帮助,在城市里复兴和新建了七千二百万方公尺以上的住屋,而在乡村里则建造了二百三十万座住宅。

人民的医药服务大大地改善了。医院、诊所、疗养院、休息所、幼稚园、托儿所和医药问讯处的网,超过了战前的水准。单是在1948—1949年间医院里的病床就增加了六万四千张。在这几年里医生的数目也增加了。五万名青年专家跑去充当军医。

在苏联已经实行了普遍的初等教育,在不久的未来就要到处实行七年的义务教育。在小学、中学、工业学校和其他专门学校里,苏联目前有三千六百万以上的学生,而且单是在1949年里学校里学生的数目就增加了二百万以上。苏联政府对于国民教育不倦地表示关怀,它大规模地建设新的学校,并且扩大教育用具和儿童文学的生产量。在1946—1948年间,苏联出版了三千三百五十种儿童书籍,它们的印行总数是一亿一千六百万本。

计划化地培养高度水准干部,它的规模在日益扩大着。1949年在国民经济里工作的受有高等和中等教育的专家,比战前的1940年增加68%。几十万大学生和专科学生现在在管理企业、建筑、国营农场、农业机器站和别的社会主义经济部门。

苏维埃国家在战后的五年计划里，在准备熟练的青年劳动干部和提高产业工人的技术方面，进行了一项巨大的工作。充实熟练劳动力的复杂任务，在苏联顺利地执行着。在五年计划的前四年里，毕业于职业学校、铁路学校和工厂训练学校的有二百九十多万人。

苏联科学、技术、文学和艺术的成功，是社会主义文化繁荣的鲜明指标。在1946—1949年间获得斯大林奖金的科学、技术、文学和艺术工作者有几百人。苏联学者已经掌握了获得原子能的秘密。

在光荣的得奖工作者的队伍里，青年占很大的数量。得斯大林奖金的有青年织工马利亚•罗日聂娃和里第雅•柯诺宁珂，车床工人，共青团团员弗拉基米尔•乌特金等人——斯大林青年的最优秀代表。他们永远准备支持一切新的和前进的东西。

苏联人民带着合理的骄傲和父辈的爱心，望着在生长中的共产主义青年建设者的一代，爱好劳动的、勇敢的、乐天的，对列宁—斯大林的伟大事业无比忠诚的一代。

在共产党和伟大的斯大林领导之下，苏联各族人民顺利地执行战后五年计划。布尔什维克党为了提前完成战后斯大林五年计划，而组织新的爱国高潮和全民竞赛。"我们有权利说，我们的工业和农业已经进入了新的大力高涨的阶段，"马林柯夫同志在十月社会主义革命三十二周年的报告里说。"这一切都在创造更进一步提高苏联人民物质和文化生活水准的新的可能条件。"

在执行战后五年计划的头四年中，建立了继续高度发展苏联经济，迅速增进人民幸福和提前完成五年计划的前提。这些前提就是国民经济广泛采用前进的科学和技术成就，顺利地完成主要建设纲领，加速发展制造现代生产手段的工业部门,在工业和建设里采用更完美的劳动组织方法,以及人民在社会主义竞赛过程中所主动发现的庞大资源。

战后的第一次五年计划是苏联发展生产力的庄严斯大林纲领的一个组成部分,——这个纲领就是要实现从社会主义逐渐进入共产主义的历史性任务。

顺利地执行战后五年计划,为实行苏联的基本经济任务——在工业生产方面追及和超过包括美国在内的主要资本主义国家,——创造前提。当社会主义的经济体系正处在新的强大高涨中时,资本主义国家的经济都在不断地下降。在现代资本主义的主要国家美国,由于日益生长的经济危机的结果,工业生产在一年之中(从1948年10月到1949年10月)下降22%,并且还在继续下降着。单是在1950年1月间,美国失业工人的数目差不多增加了一百万人。在所有的资本主义国家里,都发生货币贬值和通货膨胀的现象。

在社会主义国家里情形就完全不同了。1950年3月1日苏联部长会议和联共(布)中央委员会关于减低日用品价格的决议,和政府关于卢布改用金本位与提高卢布跟外币汇率的决议,反映苏联的巩固性和经济威力,反映苏联社会和国家制度的不竭力量。由于减低物价的结果,再度大大地提高卢布的购买力,更加改善了它跟外币的比率,打破了美元"稳固性"的神话。

社会主义经济制度的优点——没有经济危机和因此而发生的财力和人力的浪费,使用基于最新科学发明之上的空前完美的技术,计划经济的进步作用——是人类史上生产力继续空前繁荣的基础。

苏联人民在执行战后五年计划上的成功是巨大的。然而,受列宁—斯大林党教育的苏维埃人并不满足于已经达到的成就,不陶醉在凯歌声中,他们继续不断地争取新的成功,不屈不挠地沿着逐渐进入共产主义的道路前进。英勇的苏联人民在1950年,五年计划的最后一年里,在继续争取彻底利用每一个企业、工场和部门的所有资源,正在更有效地利用设备、原料、材料、燃料和电能。

苏联人民热烈地感谢共产党和政府,为了它们关心不断地提高劳动群众的幸福,他们用社会主义国家国民经济各部门里新的成功来作为答谢。他们在社会主义竞赛中显示出自己争取提前完成五年计划、继续发展国民经济威力和列宁—斯大林党伟大事业成功的不可克服的意志。

……党是立意要造成国民经济强大的新高涨,使我们能够——譬如说——把我国工业水准提高到超过战前水准达三倍。我们必须使我国工业能每年出产生铁达五千万吨,钢达六千万吨,煤炭达五万万吨,煤油达六千万吨。只有做到了这步时,才可以说,我们祖国已有了免除一切意外的保障。这大概是需要三个新五年计划的时间——也许还要多些——才可做到。但这是可能做到,而且是我们所应当做到的。……

——斯大林于1946年2月9日在莫斯科斯大林选区选民大会上的演说

1945年度斯大林奖金的女性得奖者

诺维珂娃

斯大林奖金是1939年苏联政府为纪念斯大林六十岁诞辰而创设的,每年斯大林奖金的评定就成了苏联文化的传统盛典。在这一事件里,苏联的劳动者又看到一个证明:苏联知识分子在精神和创作力方面是怎样不断地在提高着,在走向学术与艺术的辉煌之顶的道路上,他们是获得了怎样无庸置疑的成功。在斯大林奖金新的得奖者的名单里,写着各项学术,艺术,以及国民经济各部门的工作者的名字。

这次斯大林奖金是奖予在1945年——苏联人民以历史性的胜利结束反对德国法西斯主义和日本帝国主义的艰苦战争的一年里,在科学,艺术和文学方面最杰出的作品,奖予重要的发明与生产工作方法的彻底成就。在战争的几年里,苏联知识分子的创作不仅没有消灭,而且以新的力量发展着。

苏联人民不惜供给知识分子以所需要的一切。苏联的知识分子既不依赖慈善家——文艺与美术的欣赏者,也不仰仗于企业家——投机分子的。他们取给予人民,同时也只为人民服务。

在斯大林奖金新的得奖者的名单里，有早为全国人民所熟知的光荣的名字，也有在苏联的学术，技术和文化事业里有了不少贡献的年青的新人才的名字。

其中有不少女性得奖者。苏联妇女是跟男子平等地在各个科学、艺术和国民经济部门里工作着的。她们有创造力，敢冒险，努力开发自然的新秘密，完成各种生产方式，创造非常雄伟和优美的艺术形象。

在斯大林奖金的得奖者中，有巴甫洛夫学院最老的研究员玛利亚·彼得洛娃教授，她曾经完成了一百六十次以上关于高级神经活动、生理学与消化腺研究的实验。

她那关于高级神经活动病理学的探究，在学术上拥有特殊的意义，关于实验神经病的学说，差不多是完全根据她的著作的。她阐明了神经病发生的原因，并提出各种合理治疗的方法。

在"巴甫洛夫学院生理实验工作"的第十二卷里，发表了她那关于高级神经活动生理研究工作的结果，而彼得洛娃荣膺斯大林奖金，正是为了这一部伟大的著作。

历史学博士安娜·番克拉托娃跟其他几个学者一起，由于那部在1945年出版的学术著作《外交史》(第二，第三卷)，而获得了斯大林奖金。

在由于实现生产工作方式彻底成就而获得斯大林奖金者之中，有工人阶级和集体农民的光荣代表。这一点是值得特别注意的。譬如拖拉机突击队队长普拉斯珂维亚·恩盖林娜(她根本改善拖拉机和别的农业机器的运用方法)，集体农场组长巴斯卡珂娃和列别捷娃等都是。

巴斯卡珂娃的小组(伏龙聂士省，陶勃里宁区"进步"集体农场)去年在一公顷的田地里，收到一千一百五十二担甜菜。这个小组有八个人,他们在过去的十年里,每年总是努力地研究甜菜的种植术,就是在战争的几年里,也得到每公顷八百到九百八十担的收获。

叶夫多基亚·列别捷娃,莫斯科省普罗霍罗夫斯克乡的"康拜因"集体农场的组长,发明了增加卷心菜收获的种植法。由列别捷娃所领导的小组确立了世界卷心菜收获的新纪录:1944年每公顷收1815.5担,而在1945年竟达二〇五一担。普罗霍罗夫斯克乡的居民曾开会向这位杰出的女集体农民热烈致贺。

斯大林奖金的评定,是苏联艺术重大和愉快的盛典,它同时也证明苏联艺术的有力的成长。

人民战士和人民创造家的形象,鼓舞了作家,演员,艺术家和作曲家的创造工作。在最优秀的艺术作品里,刻画着苏维埃人民的,高贵的面目,以及他们那种灵魂的秀美与伟大。

维拉·英倍尔在列宁格勒被围的时期,写成了一篇著名的长诗《普尔珂夫子午线》。在这篇长诗里,她描写这个英雄城市的居民所遭到的非人的考验,以及列宁格勒保卫者的杰出的刚毅。她写出这个城市的最艰苦的几小时里的胜利,同时在那本《三年光景》的列宁格勒日记里也可以看到对于胜利的信心。在这本日记里,她描写出这个城市每天在封锁的情形之下的种种苦痛与感触,并且描绘出被围的城市和城里居民的生活。维拉·英倍尔是由于这些作品而获斯大林奖金的。

雕刻家维拉·莫兴娜完成了优美的故科学院会员克里洛夫的造像(木像),只要看到这件作品,你就一定会为雕刻家的那种得心应手的技术所镇服。莫兴娜不仅造成了酷似的人像,而且把这位最伟大的苏联学者的内在的风貌也表达了出来。莫兴娜这件荣膺斯大林奖金的作品,是可以列入于第一流艺术作品之列的。

在舞蹈艺术方面，苏联国立大剧场所演出的普罗珂菲也夫的《淑露斯卡》(意译为《灰姑娘》)舞剧，是得到观众的普遍赞美的。这实在是一出非常动人的，神话式的表演。这里，音乐，辉煌的演员的技术，布景者的机智以及艺术家的优美的作品是混合成为一个整体。才华横溢的舞剧演员——"淑露斯卡"的演出者——乌兰诺娃和列别申斯卡亚，都获得了斯大林奖金。

荣膺斯大林奖金的凡刚诺娃的功勋也是伟大的。她曾经教育了许多苏联最优秀的舞剧演员。在她的领导之下，造就出了许多伟大的舞蹈艺术的专家——乌拉诺娃、杜丁斯卡亚、谢妙诺娃、维赤斯洛娃和绥列斯特等人。

苏维埃的艺术是多民族性的。苏维埃联盟的每个共和国的人民，都可以自由地发展自己的文化，自己的艺术。在 1945 年里，乌克兰、乔治亚、阿塞拜疆、爱沙尼亚、拉特维亚等共和国的艺术发展，都有巨大的成就。

拉达维亚歌手巴古尔的细腻而宏大的歌喉，在广大的苏联听众间获得一致的好评。巴古尔已成了苏联最受爱好的歌手之一。由于在音乐演奏方面的出色成就，她获得了斯大林奖金。

在女性得奖者之中，有各种不同的职业，年龄和国籍。这里有为观众所爱好的苏联女演员泰拉沙娃，女发明家拉查仑珂，电影导演史维洛娃、谢特金娜、聂斯吉洛娃、莫斯科叶莫洛娃剧场的青年女演员奥尔顿斯卡亚，以及阿塞拜疆的功勋艺人卡仑泰拉·米诺维尔等许多人。

由于 1945 年度的出色成就，三十三个妇女获得了斯大林奖金。

苏联人民慷慨地奖赏自己学者，生产改革者，学术与文化方面的前进战士的创作。评定斯大林奖金——这是全体苏联人民的一件盛典。

肖洛霍夫在静静的顿河边上

索科洛夫

在春天涨水的时节,顿河显得雄壮而美丽。今年①的春天很长,顿河的水就有三次冲上河岸,泛滥到低洼的草地上,把那些洁白端庄得像新娘子的小白桦,几乎淹得只露出树梢。当河水退落的时候,在维约申斯克村对面的河湾里,忽然出现了一个沙岬——一大块土壤和砂岩,纠结着无数树木的根茎,向前伸展出来,在洪水前面并不畏缩,也不离开它那出生和待过多年的地方。在生活里也是那样的:一个独特完整的性格,在时间的压力下,只会变得更加坚强。

在顿河的河岸上,紧挨着峭壁——那里河水仿佛不大乐意似的懒洋洋拐了个弯,抛下维约申斯克村流去——有一所房子,米哈依尔·亚历山大罗维奇·肖洛霍夫就住在里面。

前几天,区里的报纸报道说:"苏联最高苏维埃代表,作家肖洛霍夫,关心他的选民们的需要,要求罗斯托夫的'红海军'工厂,加速为维

---

① 本文发表在1955年5月24日的《文学报》上,也就是肖洛霍夫五十寿辰的那一天,因此这里是指1955年。

约申斯克村人造一只汽艇。造船工人们就以提前完成这一定货来作为回答。新的渡河汽艇命名为'快速号'。作家为了答谢造船工人们,寄给工人图书馆一包礼物——四卷最新版本的《静静的顿河》,书上还有亲笔题字:'红海军'工厂全体人员存!同乡人肖洛霍夫赠。"

那张报纸只是没有提到一个有趣的插曲。当汽艇造好的时候,造船工人们冒险地给它题了个名字"舒卡尔老爹"。可是,维约申斯克村的领导者们反对这个轻率的行为,他们打电报去要求改用一个在他们看来比较正经、比较理想的名字:"快速号"。罗斯托夫的工人们同意照改,可是那几只挂在"快速号"船舷上的救生圈,不知是出于有意还是无意,仍旧留着肖洛霍夫书中这位主人公的名字。

有一次肖洛霍夫乘汽车从米列罗伏回来。车子追上了一位老妇人。

"停一停,费嘉,咱们带老妈妈一程吧。"

他们把老妇人带上了,继续向前驶去。

"你上哪儿去啊,妈妈?"

"可不近哪,找米哈依尔·亚历山大罗维奇去……"

"有事去的吗?"

"我要找儿子去。战争爆发以来就没有回来过,也没有任何文件,他们又不付抚恤金。我到社会保障局去过,也曾经写信到省里问,他们批复说:'没有文件不能照办'……"

汽车开到了卡沙里镇。

"嗯,妈妈,肖洛霍夫就是我呀。文件的问题,我们会帮你解决的,现在咱们一起到区执委会去写个申请书,办个手续就是了。你也不用跑这么多路了,办好手续搭车回家去吧……"

他们走进区执委会里,写好申请书,等到了一辆对面开来的汽车,免得老妇人一步一步走回米列罗伏去。不久就有一封信寄到维约申斯克村来:"谢谢你,好儿子,文件他们找到了,如今我已经在领抚恤金了。你信守了你那当代表的诺言……"

这件事是不是完全像讲的那样,我不知道。重要的不在于此,而在于另外一个事实:通过好多日常司空见惯的实例,老乡们相信肖洛霍夫的行为就是如此。也因为这个缘故,他们在讲述这一类故事的时候,总是有声有色,巨细无遗,仿佛每人都亲自在场,并且亲眼看到了一切。他们讲的时候,脸上露出衷心的(肖洛霍夫会说"善良的")微笑,常常还含有真诚的惊讶,好像在问:"嗨,难道您不知道吗?您没有看到吗?"他们还会告诉您:米哈依尔·亚历山大罗维奇怎样驾车去钓鱼和打猎,他怎样在自己的花园里工作,怎样用男高音唱着"我独个儿走到大路上",或者古老的哥萨克民歌:

　　在银色的波浪下,
　　在金色的沙滩上……

不论给您讲述的是什么人——是那个曾经教米沙①最初几个字母,如今在领养老金的老教师姆雷兴,或是曾经梦想把那个伶俐的小伙子招到铁匠铺里当助手的老铁匠克拉姆斯科夫,或是肖洛霍夫的打猎同道,看门人华夏耶夫——每个人准会补充说:"他是一个诚恳的人——对他来说人人都是一样的……"

---

①　米沙是肖洛霍夫的小名。

肖洛霍夫家的栅门永远为一切人打开着。在围着绿色垣墙的宽大的私人住宅里，身兼最高苏维埃代表的作家，把大量精力和时间花在创作上，他跟老乡们过着同样勤劳的生活。收获的情况，区立医院有些什么需要，如向斯大林格勒订购的拖拉机，不知什么缘故没有在播种以前送来——这些事情都用不着向肖洛霍夫去讲，因为他非常熟悉当地的事情和问题。如果区里有什么东西采用肖洛霍夫的名字——这就不光是表示对一个著名人物的尊敬而已。

肖洛霍夫街——在这条街上的每个十字路口，从村子的这一头到那一头，如今都竖立着流淌着清澈可口的泉水的龙头。但在不很久以前，本街的居民还跑到顿河上去打水，并且用这样的水来烧粥，当然也就有在粥里发现牡蛎的危险，正像舒卡尔老爹一度出过事那样[1]。白来水——这是维约申斯克村人多年来的梦想，而肖洛霍夫为了执行选民们的这个委托，曾经花了不少力气。

肖洛霍夫集体农庄——在最近一次区的党代表大会上，身为代表之一的肖洛霍夫，为他的选民们说了不少辛辣的话。他批评苏维埃在选拔干部上不加慎重考虑，对老人们的忠告和经验不愿好好利用，以及领导人们的缺乏主动精神。当时肖洛霍夫还提到有一项收入不该被忘记，那就是养火鸡。他说："有人说火鸡是一种很难伺候的家禽。不过，有时候妻子也很难伺候，可是我们并不因此把她们抛弃……"

事情不是谈谈就算了。开完会以后不久，肖洛霍夫跟集体农庄主席科索诺日金一起坐在农庄远景计划图的前面，争论着，探讨着真理。如果谁以为所有这些当代表的社会工作都是轻而易举的，在解决问题

---

[1] 事见《被开垦的处女地》第一部第三十八章。

的时候没有激动,没有冲突,没有严厉的斗争,那就未免太天真了。有些地方上的领导人并不放弃利用肖洛霍夫的威信——从给落后的生产队"打气"开始,到私人访问部长为止。但有的正巧相反,他们想遮住"多余的"耳目,就说:哼,叫他光写写书,别来干涉我们的事吧。然而,老乡们之所以觉得肖洛霍夫可亲,正因为他把群众的各种重大问题放在心上,看做自己切身的义务,并且不用人家提醒就把事情干到底。因此在这里大家都不叫他的姓,而总是恭恭敬敬地称他为米哈依尔·亚历山大罗维奇。

有一次在谈话中肖洛霍夫说:"在埋葬了自己的妈妈以后,我依恋任何一个做母亲的人……"在不久以前所发表的《被开垦的处女地》的新篇章里,有一个地方作家把他无限热爱的两个形象——顿河草原和母亲——合而为一了:"……浴过淫雨的草原,郁郁苍苍,在阳光下显出一派诱人的美景!草原如今仿佛一个正在哺乳的年轻母亲——异常美丽娴静,稍稍有些倦意,但全身都洋溢着一种母性的优美、幸福而纯洁的微笑。"作为最高苏维埃的代表,作家经常收到许多做母亲的动人的来信和要求——她们跟他商量事情,请求帮助,申诉人家对劳动妇女的不够关怀。不是每一个要求都是合情合理而可以满足的,但是每一个母亲都能收到作家的坦白、详细和——最主要的——恳切的回信。当地的人们说:"没有一个人他不接待,没有一封信他不回答。"

罗斯托夫的作家阿拿多利·卡理宁,有一次说过一句话,在评定那作为公民和作家的肖洛霍夫的主要特征上,恐怕要算最确当了。他说,肖洛霍夫的主要特征是"像太阳一样地热爱人们"。这种爱贯穿着肖洛霍夫的发言和私人通信,这种爱好像金刚石,在他的作品里闪出万道光芒。正因为这个缘故,好多人,特别是他的同乡们,觉得很难把他文学作品中的主人公,跟那些在生活上受他热情照顾的熟识的同村人区别开来。不很久以前死了一个老头儿,新闻记者轻率地把他称为舒卡尔老爹的原形,并且认为他生前因此常常在各个集体农庄大会的主席团上占了荣誉座。

你应该到维约申斯克村去一次,去看看散布在顿河岸上的那些在过节①前夜刷得雪白的村舍,去了解一下这儿的"偏僻的"集体农庄、集体渔场、集体林场、拖拉机站的紧张生活,听听哥萨克女人豪放的歌声,看看村中姑娘们热烈的排球比赛和黄昏时分篱笆旁对对宁静的情侣,也许你还应该看一看维约申斯克中学十年级甲班女学生玛莎·肖洛霍娃②的作文簿("清早带一本书坐在树阴下的草地上,听杜鹃鸟怎样在隔河的远处鸣叫,公鸡们怎样在村子里互相呼应,这是多么幸福呵……你走到顿河旁——在那像镜子一样平滑的河面上,倒映着对面陡峭的岸上的树林。日出的景色又是多美呵……")——这一切你至少得看一次,认识一下,这样你才能想象,肖洛霍夫怎能在《被开垦的处女地》的新篇章里,那么轻快优美、动人心弦地塑造出那个对达维多夫无限热爱的共青团员华丽雅的形象来。作为艺术家的肖洛霍夫,正像岸旁的那块沙岬,以千万条根茎紧紧地联系着他那身的地方,深入到普通人民的生活中。

"在文学工作者中有这样的一些人,他们过分偏爱和局限于自己的技巧,而对生活抱冷淡的态度,把生活仅仅看做写书的材料。现实对他们来说是没有什么差别的,如果它不抓破他们的皮肤,不鞭答他们,

---

① 指庆祝肖洛霍夫的五十寿辰。
② 大概是肖洛霍夫的女儿。

不把他们从习惯了的舒服的地位上撵掉……不过,这种人和跟他们类似的一些人,将逐渐脱离生活,并且不久将完全离开生活。

"青年作家们在出来接他们的班。青年作家们应该很好地了解自己所属的时代的意义和目的。这个时代在历史进程的深度和宽度上说来,是比一切过去的时代都更有意义,更充满悲剧,因此也——不能不——更富有成果——而历史进程就是在这个时代里成熟,并且继续发展的。"

高尔基说的这些话无疑是正确的,而肖洛霍夫——他在青年时期曾经受到高尔基的重视和支持——就是一个极好的例子。

普希金诗(诗歌)

赠恰达耶夫①

爱情、希望和平凡的光荣,
不能长久地把我们欺弄,
青春的欢乐已经消逝,
像朝雾,像甜蜜的梦;
愿望之火在我们胸中燃烧,
残酷的命运绝不能把我们摆弄,
我们个个心急如焚,
响应祖国号召,投入斗争。
我们忍受着期待的煎熬。

---

① 恰达耶夫(1794—1856),俄国哲学家和政论家。普希金从小就受他的自由思想影响。十九岁时写成这首诗,流传很广,受沙皇当局忌恨,被流放。恰达耶夫则因参加十二月党人活动,传布自由思想,反对农奴制,被当局宣布为精神病患者,受到残酷迫害。

渴望着神圣的自由时光,
就像每个年轻的恋人,
等待着约会的欢乐时光,
趁我们的心还在为正义搏动,
朋友,快把我们美好的激情,
献给祖国母亲的英名!
同志,你要相信:
迷人的幸福之星必将上升,
俄罗斯会从睡梦中惊醒,
在专制暴政的废墟上,
人民将写下我们的姓名。

——1818 年

阿里昂①

我们许多人同坐一条小船,
有几个用力拉紧船帆,
有几个拿木桨插进海里,
大家齐心协力,一同划船。
我们聪明的舵手②牢牢掌舵,
默默地驾驶着载重的小船,

---

① 传说阿里昂是古希腊诗人,在海上遇难,为海豚所救。本诗写于 1827 年 7 月五位十二月党人殉难一周年。
② 舵手指惨遭沙皇当局杀害的诗人雷列耶夫(1795—1826)。

我呢,充满无忧无虑的信心,
给水手们唱歌助兴……
突然海面袭来一阵狂风,
巨浪把舵手和水手送进海中,
只有我这个狂放不羁的歌手,
被暴风雨抛到荒凉的岸上,
我把湿衣裳晾在岩石旁,
光着身子唱我心爱的歌。

——1827 年

不要哭,忠贞的希腊女郎!①

不要哭,忠贞的希腊女郎!
敌人的子弹打穿他的胸膛,
他倒下了,像一个希腊英雄。
不要哭,忠贞的希腊女郎!
难道不是你送他奔赴战场,
要他浴血奋战,保卫祖国的边疆?
当时丈夫向你伸出庄严的手,
预感这就是你们生离死别的时光,
他含泪为你们的婴儿祝福,

---

① 1821 年希腊人民反抗土耳其的奴役,当时普希金流放在俄国南方,常接触希腊爱国志士。这首诗就是悼念在起义战争中牺牲的无名英雄。

头上的黑旗迎风飘扬,欢呼自由。

他像英雄阿里斯托基顿①,

用香桃木叶把利剑裹住,

直奔敌人,左右砍杀,

他终于倒下,但完成了神圣的任务。

——1821 年

我是孤独的播种人②

"有一个撒种的出去撒种。"③

我是孤独的播种人,

清早出门播种自由,

我用纯洁无辜的手,

在被奴役的田野上,

撒下孕育生命的种子,

我不惜花费时间、

高尚的思想和劳动……

"吃你们的草吧,老实人!

正义唤不醒你们的容忍。

---

① 阿里斯托基顿是公元前6世纪雅典英雄,曾企图刺死暴君希皮阿斯,未遂,被处决,后被希腊人民尊为爱国英雄。
② 普希金写这首诗时,正被流放在南方。当时沙皇亚历山大一世加强了对人民的镇压,普希金在悲愤中写下这首诗,前七句表白自己的心情,后六句则是讽刺性反话。
③ 引自《新约全书·马太福音》第十三章第三节。

牲口要什么自由?
屠宰,剪毛是你们的命运。
你们世代相传的遗产,
　就是铃铛、重轭和皮鞭。"

　　　　　　　　　　——1823 年

如果生活让你失望

如果生活让你失望,
不要愤慨,不要悲伤!
苦闷的日子你要镇静,
要相信:欢乐的一天定会来临。

眼前的光景叫人寒心,
但心里翻腾着对未来的憧憬:
一切都是过眼烟云,
回顾往事,你将充满柔情。

　　　　　　　　　　——1825 年

赠西伯利亚的囚徒①

在西伯利亚深深的矿井,
保持你们千磨万击的坚劲,
苦难的劳动决不会白费,
崇高的理想比日月更光明。

灾难的忠实姐妹就是希望,
即使在那暗无天日的地方,
也会鼓舞人们热血沸腾,
看,美好的时光已隐约在望。

爱和友谊将冲破阴暗的牢房,
雷霆万钧地来到你们的身旁,
就像我这歌唱自由的声音,
飞进你们苦役犯受难的地方。

沉重的镣铐将砸烂,

---

① 1825年12月14日十二月党人在彼得堡起义,反对沙皇暴政,遭残酷镇压,包括诗人雷列耶夫在内的五位领导人被判处绞刑,其他一百多人被送往西伯利亚矿井服苦役,普希金十分同情十二党人,写了这首慷慨激昂的诗。十二月党诗人奥多耶夫斯基立即和了一首,其中有"我们的悲壮行为决不会徒劳,星星之火定将烧成熊熊烈火。"两句,更广为流传。

黑暗的牢房终究会倒坍，
自由之神将迎接你们，
弟兄们将把利剑向你们献上。

——1827 年

共同的语言(小说)

肖洛霍夫

在鲁仁尼村里,积雪的表面早已很肮脏,不久前飞来的白嘴鸦,却已经换上崭新的蓝钢般的羽毛了。

从烟囱里冒出来的烟又松欢,又纤细。天空像平常一样——灰蒙蒙的。房屋的轮廓,大概是因为薄雾的缘故吧,显得模糊不清。唯有在顿河对岸,附近的山脊清楚而整齐地起伏着;还有那树林子,就像用墨水画成的一样。

群众文娱馆里正在举行区苏维埃的代表大会。会议刚开始,州委书记正在有声有色地作着国际形势的报告。一排排的长凳上坐着代表们:从后面望过去,只看见一顶顶有红帽圈的哥萨克制帽、高顶皮帽、有遮耳的暖帽,一批穿皮短袄的人。大家和谐地呼吸着。偶或有一声咳嗽。留大胡子的人很少,大多数人面颊光光,只蓄着各种颜色的小胡子,有的连小胡子也没有。

书记念着张伯伦①的照会。后排中有人怒气冲冲地嚷道:

"叫他别汪汪地乱叫了!"

主席用玻璃杯敲敲水瓶。

"注意秩序!……"

报告以后,有半小时的休息。在走廊里的无数顶皮帽子上,升起了烟草的烟雾,我却在嘈杂的人声中听到一个熟识的、好像是梅丹尼可夫的声音。我推开身旁的一些人——是他,梅丹尼可夫,再度当选的彼斯昌尼村的主席。他的身边围着一群哥萨克。其中最年轻的一个,戴着一顶没有戴破的布琼尼帽,结束说:

"……打仗就打仗吧。"

"他们会打断我们的尾巴的……"

"那么上一次呢?"

"老弟,他们有技术啊。"

"只有技术没有人民,好比只有马没有哥萨克一样。"

"他们的人民难道嫌少吗?"

梅丹尼可夫又开口了。他的声音低沉而柔和,好像良好的车轮滑润油。

"你别说这种话了。朋友,不要胆怯……万一发生战争,我们是不怕的。嘘,你等一下!让人家说话!等我说完了,你再说,现在听着。1915年我们被召去跟德国人打仗。我是第三批。我们的中队在卡明斯卡亚村被派上前线。我们参加了第八步兵师,就像侧马②一样跟着

---

① 张伯伦(1869—1940),英国保守党领袖,1937—1940年间任英国首相。
② 三驾马车上套在旁边的马叫侧马。

大伙一起前进。我们参加了战斗。在斯端里城郊跟马儿分开了。每人分到一把步枪上用的刺刀,就变得跟牛马一样了。我们打着仗。待在战壕里,用不同的方式打仗。可是多半都在战壕里。在该死的泥浆里坐了整整有一年。有四个月完全没有休息。生了一身的虱子!这一方面是因为忧愁,一方面是因为没有洗澡。虱子也是形形色色的:那些因为忧愁而生的,背都是光光的;那些因为肮脏而生的,身体都是黑黑的,好像甲虫一样。它们的样子尽管不同,我们还是同样得用皮肉来喂养。有时候,把衬衫脱下来,铺在地上,用水壶或者炮弹壳在上面滚一下,衬衫就一下子染满鲜血了。有时候,用棒打,用鞭子抽……就像弄死畜牲一样。嗯,虱子就多得这个样子!常常成群结队地在衬衫里爬来爬去。

"我们大家打着仗。至于为什么打,打得怎么样——谁也不知道。大家喝着别人的酸酒。

"一年过去了,我生起忧郁病来。忧郁得要死!一会儿想念马儿,几个月没有看见,不知道马夫把它照料得怎样了;一会儿想念家,不知道一家人在怎样过日子;主要的是,眼看着老百姓一个个丧命,可就是不知道为了什么。

"在 1916 年,我们从前线撤下来,被带到四十维尔斯特①远的地方。中队作了补充,补进来的差不多都是些老头儿。胡子长得拖到肚脐眼下面,以及类似的情形。我们稍微休息了一下,领到了马。忽然晴天一声霹雳!师部里下了一个命令:要把我们的中队调到前线去。据说那边的兵士叛变,不肯进战壕,不肯爬进泥浆里,不肯跟死神攀亲

---

① 长度单位,1 维尔斯特 =1.0668 千米。

戚……——迪姆巴施大尉那么向我们解释。当时我就给他写了一个条子,从人群里扔过去:

"'大人,您给我们讲过战争的道理,说什么人民讲不同的话,就要打仗,可是,我们怎么能去攻打自己的弟兄呢?'他看完条子,脸色都变了,可是什么话也没有说。这时候我们才明白,为什么中队里补充进来的尽是些上了年纪的哥萨克,尽是些旧教徒。他们很拥护沙皇,很拥护旧的一切。他们那些久经兵役锻炼的老头儿,是一回事;我们这些打不惯仗的傻里傻气的人,可又是另一回事了。再说,那几年在部队里,人的脑筋坏得比割草的镰刀还快。

"我们被赶去镇压那些兵士。带去四挺机枪,一辆装甲车。走到那团人叛变的地方,已经有两个库班人的骑兵中队,还有一批粗野、雀斑脸、样子有些象加尔梅克人的汉子,把他们包围起来了。弟兄们,那情况可真吓人呵!在树林子外面,两架炮车的前轮已经卸掉了,那团兵却站在树林里的空地上发牢骚。几个军官跑到他们跟前,劝告他们,可他们还是站着发牢骚。

"大尉下了号令,我们就拔出阔剑,骑马跑过去,把兵士们用马蹄形包围起来……库班人也跑了过去……兵士们就动手抛下步枪。他们把枪抛了一大堆,又发起牢骚来。

"血在我的心里沸腾起来,连嘴唇都烧得咸滋滋的,要是我自己就像金花鼠那样住在地下,连生命也保不住,我又怎能把人家活生生地赶进坟墓里去呢?我们跑了过去。我看见,我们排里的哥萨克斐里蒙诺夫,怒气冲冲地用刀身打一个兵士的面孔。这人的面孔一下子肿了起来,流满鲜血,显出畏缩的样子。这个年轻的小兵显然是害怕了。我身上感到一阵冰冷,我克制不住,就冲了过去:

"'放手,斐里蒙诺夫!'他却骂起我娘来,亏他还是个旧教徒呢。我举起阔剑,想吓唬吓唬他,就说:'快放手,不然,老天爷在上,我要砍下来了!'他一下子从肩上拉下枪来。我就用剑的尖头刺进他的喉咙里……好像刺的是个稻草人,可是却把一个人活生生地杀死在地上了……居然会出这样的乱子,真是连我自己也搞不懂了。库班人向我们开起枪来,我们就向他们还击。那些古怪的雀斑脸的汉子也向我们进攻;兵士们就把枪抢回去,嘴里仍旧叽里咕噜地骂着,也动手向所有的骑兵开起枪来。当时就发生了一场大混乱……

"我们从那里被调回来,先被送到后方,后来又被赶到喀尔巴阡山区;腰里的虱子还没有捉光,就又叫你上喀尔巴阡山去了。夜里我们走着交通线,命令说,不许有一点儿声音。原来奥地利人的战壕离开我们只有四十沙绳。我们歇了一整天。头也不敢伸一伸。天下着雨,湿漉漉的。战壕里泥浆没到脚背。我睡也睡不着,心里很不平静。日子过不下去啦!我想,我们干什么要待在这种壕沟里,抱着死神过活啊?我头脑里牢牢地盘踞着一个念头,真想去跟奥地利人聊聊天。他们的兵士有会讲我们的话的。有时候,有人嚷道:'先生,你们打仗为了什么呀?'我们也回问说:'那么你们为了什么呀?'因为距离远,没有办法详细讨论。我真希望大家能好好地聚在一起,聊聊天。办不到!把老百姓用铁丝网隔开来,就像牲口一样,其实那些奥地利人也是跟我们一样的庄稼汉。大家都是从田地上被拉来的,就像孩子从奶头上拉下来一样。我们应该有共同的语言的。有一天早晨,我们刚睡醒,听见哨兵叫道:'瞧呐,弟兄们,有只野兽在我们的铁丝网上勾住了!'又听见奥地利人也喧闹起来,好像割过的庄稼地里的一群白嘴鸦。我把头稍稍伸出一点,看见对面站着一头麋——一种野兽。样子跟鹿差不多,头上的角好像树桠枝,可是那角却在铁丝网上勾住了。在我们左边的战线上,战斗很激烈,那野兽就是被枪炮声赶到战壕中间来的。

"奥地利人大声叫道:'先生们,救救那畜牲吧,我们不开枪!'我拉掉大衣,爬到土堤上。向他们的战壕望了望,只看见一个个脑袋露出在外头。我走近那野兽,它就用后腿直立起来,连张铁丝网的柱子都被它拉动了。三个哥萨克跳出来帮我的忙。可是什么也没有用,因为那野兽不让人家接近它!我一看,几个奥地利人也跑了过来,没有带枪,其中一个手里拿着把剪子。

"于是我们就聊了起来。我们的中尉靠在土堤上,拿步枪对准最靠边的那个奥地利人,可是我用背把他挡住了。军官们到底不能把我们赶开,我们就把奥地利人带到自己的战壕里来作客。我想跟其中的一个说些什么,可是,不论自己的话,不论他们的话,都说不出来。眼泪把我的嗓子哽住了。我碰到的是个中年的奥地利人,头发火红色的。我让他坐在子弹箱上,说:'先生,我们跟你怎么能算是敌人呢,我们是一家人呀?瞧我们手上的茧子还没有脱掉呐。'他不懂我说的话,但是看得出来,他的心是明白的,因为我搔搔他手上的茧子!他点点头,表示:'是的,我同意。'我们身边围了一大堆哥萨克和他们的人。我就说:'先生,我们不要你们的东西,你们也不要来动我们的。让咱们把战争结束吧!'我看到他又表示同意,可是不懂得话,只做做手势,要我们到他们那边去。仿佛在说,他们那边有人懂得俄国话。我们就去了。整个中队离开战壕,走了过去!军官们吓坏了,跑了。我们来到奥地利人的战壕里.他们那儿有个捷克人,会说我们的话。我跟我那个奥地利人聊天,他就当翻译。我再三对他说,我们不是敌人,是自己人。我又用指甲搔搔他手上的茧子,拍拍他的肩膀。他通过捷克人回答说:'我是个钳工,我很同意您的话。'我对他说:'弟兄们,让咱们来把战争结束吧。干这种事一点意思也没有。谁叫我们打仗,我们就把刺刀刺在谁的身上。'我这几句话说得他眼泪都掉下来了。他回答说,他把老婆孩子丢在家里,他同意把战争结束。我们叽里呱啦地谈得很起劲。他们的那个军官象火鸡一样走来走去,露出牙齿,那混蛋。我们跟奥地利人搞得很好,还在他们那边喝了咖啡。我们就这样找到了一种共同的语言,我只要对他们一开口,他们不用翻译,一下子就明白了,喧闹着,含着眼泪爬过来跟我们亲吻。

"我一回到自己的战壕里,就拉出步枪的枪闩,塞进泥浆里,还诚心诚意地起誓说,我再也不开枪射击奥地利的弟兄——钳工、工人、庄稼汉了……那天夜里,我们的中队离开战壕,并且在沙维尔卡村附近被解除了武装。过了一阵就发生了革命,沙皇在彼得堡被赶走了……"

"等一下,"一个戴布琼尼帽的青年哥萨克,打断了说话的人,"那野兽怎样了?"

"野兽吗?那有什么,我们把它救出来了。它打了个响鼻,一转眼就不见了。一束带刺的铁丝也被它的角带走了。这儿问题不在乎野兽。这儿人们用共同的语言聊天,可你尽嚷着——战争,战争。战争就是这么一回事:只要我们能跟他们的兵士接触,就会茧子擦擦茧子,聊起天来的……"

"代表同志们,进来吧!"有人在台上摇着铃,大声叫道。代表们紧紧地挤在一块,推开两扇门,热闹地谈着话,象潮水一样流进会场里去了。

粮食委员[1]（小说）

肖洛霍夫

一

区里来了一个省粮食委员。

他抽动狡猾的刮得发青的嘴唇，急急地说：

"根据统计资料，您所负责的一区得征集十五万普特[2]粮食。我任命您，波嘉庚同志，为区粮食委员，因为您是个精力充沛、有上进心的工作人员。我信任您。期限一个月……革命法庭这几天里就会来到。军队和中央需要粮食就像这个样子……"他用手掌在长有硬毛的尖尖的喉结上嚓的划了一下，接着恶狠狠地咬了咬牙齿。"存心隐藏的——枪毙！……"

---

[1] 本篇译自《顿河故事集》，作于1925年，当时作者才二十岁。
[2] 1普特合16.38公斤。

说完,点了点剃得光光的脑袋,走了。

二

电线杆像麻雀跳跃一样整齐地绕过全区,传送着电报:征粮。

在各个村子里,种庄稼的哥萨克们把肚子上贵重的宽腰带一勒,想也不想,就一下子打定了主意:

"白白地交出粮食吗?……不给……"

不论在院子里,不论在街道上,凡是被人看中的地方,夜里都掘了很大的坑,茁壮的小麦几十普特几十普特地给埋起来。大家都知道,邻居的粮食藏在什么地方,和怎么藏法的。

大家都默不作声……

波嘉庚带着征粮队在区里巡查。雪在马车的轮子底下绎绎地发响,一道道披霜的篱笆向后飞奔。黄昏。村子也像一切村子那样,平平常常,可它对波嘉庚来说特别亲切。这是他的故乡。六年不见,故乡并没有变老。

有过这么一回事:有一天,在炎热的7月里,田界上盛开着黄色泡沫一样的野菊,人们在收割庄稼,当时伊格拿特·波嘉庚才十四岁。他正跟父亲和长工一起割着麦子。父亲打了长工一拳,因为长工折断了草叉上的一枚齿。伊格拿特走到父亲跟前,咬着牙齿说:

"你混蛋,爸爸……"

"我?!"

"你……"

父亲"砰"的一拳把伊格拿特敲倒地上,又用马肚带把他狠狠地打

了一顿。晚上干完活回家,父亲走到花园里,割下一条樱树枝,削光了,摩摩胡子,把它塞在伊格拿特的手里:

"走,儿子,要饭去,等你变得聪明点,再回来!"说完"嗨"的冷笑了一下。

就是这么一回事。如今马车辘辘地在披霜的篱笆旁经过,茅草屋顶和描花的百叶窗在向后飞奔。波嘉庚望了望父亲园子里的那几株白杨树,和那只张开翅膀、无声地啼着的铁皮公鸡,感到喉咙里有样东西塞住,塞得喘不过气来了。晚上他问房东说:

"波嘉庚老头儿还活着吗?"

房东正在修马具,手指沾满树胶,拿猪鬃穿着麻线,听了他的话,迷细眼睛说:

"越来越阔气了……讨了个新婆娘,老太婆死了,儿子不知下落,可他,老家伙,还老是去找人家兵士的老婆……"

接着换了个严肃的腔调,补充说:

"当家人不错,很精明……您跟他不熟吧?"

第二天早晨,在吃早点的时候,巡回革命法庭的主席说:

"昨天有两个富农在会上煽动,叫哥萨克不要缴粮食……在搜查的时候又进行抗拒,打死了两名红军。今天我们要开个公审大会,把他们枪毙……"

三

法庭主席,过去的箍桶匠,站在民房里面低矮的台上,仿佛把一个新的金属环箍在木桶上一样,斩钉截铁地宣布:

"枪毙!……"

有两个人被押到门外去了……波嘉庚认出,后面一个是他的父亲。棕黄的大胡子只有两边染上了灰色。他用眼睛送着那皱纹累累、被太阳晒黑的脖子,接着跟了出去。

他在台阶旁对卫兵长说:

"你把那个老头儿给我叫来。"

老头儿颓丧地拱着背,大步走来。他一认出儿子,眼睛里闪出愤怒的火花,接着又熄灭了。他把眼睛缩在两条像黑麦穗子一样的粗眉毛下,说:

"跟红党在一起吗,小子?"

"跟他们在一起,爸爸。"

"呸——"父亲把眼光移到旁边。

沉默了一阵。

"六年不见了,爸爸,也没有什么话要说的吗?"

老头儿凶恶而固执地皱紧鼻梁:

"简直没什么要说的……咱们走的是两条路。为了我的财产,为了不让人家侵犯我的粮食,我可以被枪毙,我是反革命分子;可是,你们搜索别人的粮食,难道是合法的吗,你们有权力,你们抢吧。"

粮食委员波嘉庚瘦削的颧骨上的皮肤发青了。

"我们并不抢旁人,可是对那些靠别人血汗发财的家伙,要铲除个干净。你就是一辈子榨取雇农最厉害的人!"

"我自己白天黑夜地干活。可不像你那样东西游荡!"

"谁干过活,谁就同情工农政权,可你用棍子打击它……不让他们接近你的篱笆……所以要枪毙你!……"

老头儿咕噜咕噜的呼吸声忽然停止了。他用嘶哑的嗓子斩钉截铁地说,仿佛把直到此刻为止联系着他们两人的那条线斩断了:

"你不是我的儿子,我不是你的老子。对老子说这种话,天诛地灭,畜生……"他唾了一口,默默地开步走去。接着忽然回过头来,带着难以掩饰的激动神气嚷道:"哼,伊格拿特!……后会有期,你妈的!哥萨克们会从霍普河那边赶来推翻你们的政权的。如果圣母娘娘保佑,我不死,要亲手把你的心肝挖出来……"

晚上,在村外的风磨附近,一堆人聚集在埋葬死牲口的土坑旁边。警卫队长吉斯连科拔出烟斗,简短地说:

"站在山谷旁边去……"

波嘉庚看了看那辆把路旁的紫色雪地割成一块块的雪橇,窒息地说:

"别生气,爸爸……"

他等着回答。

一片寂静。

"一……二……三!……"

停在风磨附近的马急急地向后奔去,雪橇吃惊地在坎坷的路上摇晃起来,漆过的车辆凸出在微融的蓝色雪地上,好一阵不断地摆动着。

四

电线杆像麻雀跳跃一样整齐地绕过全区,传送着电报:霍普河一带发生暴动。执行委员会被烧毁。干部有的被杀,有的逃跑。

征粮队回到了区里。只有波嘉庚和法庭警卫队长吉斯连科又在村子里留了一昼夜。他们赶紧把最后几车粮食送到收集站去。一早就刮起暴风雪来了。狂风怒号,飞砂走石,整个村子里飞扬着白色的雪片。傍晚,约莫有二十个骑马的人向广场上跑来。在雪堆累累的村子的上空,爆发了一片警报声。马嘶鸣着,狗狂吠着,警钟发出颤抖而嘶哑的声音……

暴动。

两个骑马的人使劲越过山上一座凹陷的光秃秃的古墓。山下的桥上响起了一片马蹄声。出现了一群骑马的人。前面一个戴军官皮帽的给了长腿的骏马一鞭子。

"共产党逃不了!……"

胡子下垂的乌克兰人吉斯连科,越过山岗,用缰绳打了一下吉尔吉斯的种马。

"他们追不上的!"

吉斯连科和波嘉庚舍不得叫马拼着命跑,他们知道,山岭伸展有三十俄里长。

追来的人在后面展开了拉瓦阵①。夜好像一个弯腰的人,在西方的地平线那边伸出头来了。在离开村子三俄里的峡谷里,波嘉庚发现乱蓬蓬的雪堆上有一个人。他骑马跑过去,哑着嗓子嚷道:

"是什么鬼东西坐在这里啊?"

一个脸色发青的小男孩晃动了一下身子。波嘉抽了一鞭子,马抬起头来,连奔带跳地跑了过去。

"你要冻死吗,小鬼?你怎么到这儿来的?"

---

① 骑兵散兵线。

他下了马,弯下身去,听到含糊的低语声:

"叔叔,我冻死了……我是个孤儿……要饭过日子。"他怕冷地把一件撕破的女式上衣拉到头上,沉默了。

波嘉庚默默地解开短大衣,用衣襟裹住瘦弱的小身体,好容易骑上那匹闹性子的马。

马又跑了起来。那孩子把身体贴在短大衣里,暖和了,紧紧地抓住皮带。两匹马显然都减低了速度,急促地喘着气,断断续续地嘶鸣着,感觉到后面的蹄声越来越响了。

吉斯连科抓住波嘉庚的马鬃,穿过刀割一样的狂风,嚷道:

"抛下小家伙!你不知道他是魔鬼的儿子吗?快抛下,要不我们会被逮住的!……"他用鞭子抽着波嘉庚的发紫的双手,娘天娘地地骂着。"他们追上来,会把我们砍死的!……让烈火把你跟这个小东西一起烧死吧!……"

两匹马的吐着白沫的嘴脸看齐了。吉斯连科把波嘉庚的两手抽得皮破血流。波嘉庚用冻僵的手指紧紧地抱住那软弱的小身体,把缰绳绕在马鞍的头上,伸手去掏手枪。

"我不能把孩子抛下,他会冻死的!……别纠缠不清了,老混蛋,我要开枪了!"

胡子灰白的乌克兰人拉紧缰绳,用哭一样的声音叫道:

"逃不掉啦!完蛋啦!……"

波嘉庚的手指已经僵硬得不听使唤了;他把牙齿咬得格格发响,好容易才把孩子拦腰捆在马鞍上。他试了试,看有没有捆牢,接着笑了笑说:

"抓住鬃毛,小东西!"

吉斯连科用刀鞘向汗淋淋的马屁股上打了一下,接着把两只手指插进胡子下垂的嘴巴里,像强盗一样尖锐地吹了一声口哨。他们好一阵用眼睛送着那两匹马。看它们轻快地向远方跑去。接着并排地躺了下来。他们用单调而清楚的排枪声,迎接那些从小山后面露出来的皮帽子。

他们躺了三天三夜。吉斯连科穿着肮脏的粗布衬裤,脸上冻结着从嘴里流出来的血块——他的嘴巴直到耳朵被劈开了。在波嘉庚的赤裸的胸膛上,有几只草原鹰毫无顾忌地跳来跳去,不慌不忙地从撕开的肚子和挖空的眼窝里啄食着黑芒的大麦。

团的儿子(小说)

卡达耶夫

1

秋天里一个静悄悄的深夜,树林里又潮湿又寒冷。林中黑魆魆的泥塘,落满细小的枯叶,上面升起一片浓雾。

一轮明月高悬头上,把大地照得亮晃晃。但它的光芒却很难透过这片浓雾。月光仿佛一条条木板,斜靠在树上,而泥塘上的雾气飘浮其间,千变万化,像在耍魔术一般。

树林里的景象形形色色。一会儿，月光下显出罗汉松的巨大黑影，好像一座高楼；一会儿，远处突然出现一排白色的桦树；一会儿，在树林中空隙的地方，背衬着乳酪般裂成块块的银白色天空，精致地呈现出虹光闪烁的白杨秃枝。

凡是树木稀疏的地方，地上都泻满溶溶的月光。

总之，树林里充满那种古老离奇的美，往往直叩每个俄罗斯人的心弦，使他眼前幻现出一个个美丽的神话场面来：一匹灰毛狼驮着伊凡王子，王子头上歪戴着小帽子，怀里藏着一支用手巾包着的火鸟羽毛；林妖老大老大的毛茸茸爪子；盖在鸡腿上的茅屋——什么景象不会幻现啊！

不过，在这万籁俱寂的深夜里，三个刚刚侦察回来的战士，却无心领略这波列西雅密林中的美景。

他们在德军后方待了一昼夜多，执行着战斗任务。他们的任务就是，找寻敌人的各种工事，在地图上标出来。

这工作很艰苦，也很危险。差不多自始至终只能爬行。有一次，他们得一动不动地躺在又冷又臭的烂泥塘里，接连三小时，身上只盖一件雨衣，雨衣上都落满了黄叶。

他们吃的，只有面包干和水壶里的冷茶。

不过，最苦恼的是他们没有抽过一次烟。大家都知道，当兵的人不吃东西不睡觉，要比没有强烈的好烟抽容易对付。这三个战士偏偏又都烟瘾很大。因此，战斗任务虽然完成得十分出色，带头那个战士的袋子里也藏着一张地图，上面精确地标了十多座经过详细侦察的德军炮垒位置，这三个侦察兵却还是觉得心情不好。

越是接近自己一边的前沿阵地，越想抽烟。一般在这种场合，说几句粗话,开个把玩笑,是很有用处的。可是此刻的环境要求绝对肃静。不但不能谈话,连咳嗽、擤鼻涕都不行:不论什么声音在树林里听来都响得出奇。

月亮也很碍事。他们只能慢慢地走,一个跟着一个,中间隔开十三米,竭力避开月光,而且每走五步就得停下来,侧着耳朵听听。

带队的在前面领路,用谨慎的手势发着命令:他的手一举到头上,大家立刻停止,一动不动;他伸手到旁边指指地面,大家马上悄悄地贴在地上;他向前挥挥手,大家就前进;他往后指指,大家就慢慢后退。

虽然离开前沿阵地顶多只有两公里了,这三个侦察兵还是那么留神地走着。事实上,他们现在更加小心翼翼,停下来的次数也更多了。

他们来到一路上最危险的地带。

昨天晚上,他们出来侦察的时候,这一带还是德军的后方。可是形势变了。白天,经过战斗以后,德军撤退了。现在这座树林看来已经空了。但这只是表面现象。说不定德国人在这里留下一些自动枪手:每分钟都可能碰到埋伏。当然,侦察兵是不怕埋伏的,即使他们只有三个人。他们都很细心,富有经验,随时都能应战。每人都有一支冲锋枪、许多子弹,还有四颗手榴弹。不过,问题是在于决不能应战。他们的任务是竭力悄悄地回到自己的阵地,尽快把标明德军炮垒的宝贵地图交给排长。这对争取明天战斗的胜利,关系很大。

周围非常宁静。这是难得的休战时刻。要不是远处有几声炮响,侧面什么地方有短促的机枪声,你会以为世界上根本就没有战事呢。

不过,一个老兵一下子就会发现成千个迹象,说明在这里,在这个寂静无声的地方,正好蕴藏着战争。

一条红色的电话线无声地横亘在脚边,说明附近有敌人的指挥所或者哨岗。几株折断的白杨树,一棵被蹂躏的灌木,使人可以断定这一带有坦克或者自动推进炮经过。而那种淡淡的人造汽油和别的燃料的古怪气味,说明那是德国人的坦克或者自动炮。

有几个地方用罗汉松枝条仔细掩蔽着,里面堆着地雷或者炮弹,好像木柴垛。由于不知道它们是被遗弃的,还是特地为明天的战斗布置的,经过这些地方,就得格外留神。

有时一株被炮弹炸断的百年巨松倒在地上,拦住他们的去路,有时他们碰上一条深邃曲折的交通壕,或者一座坚固的指挥员掩蔽部,上面有五六层盖板,门朝西开。这扇朝西开的门就十分有力地说明,掩蔽部是德国人的,不是我们的。可是里面有没有人,就谁也不知道了。

脚常常会踢到弃在地上的防毒面具和被炸坏的德军钢盔。

有一次,在雾蒙蒙的月光照着的林间草地上,侦察兵们看见在横七竖八地倒着的树木中间有个很大的炸弹坑。弹坑里有几具德军的尸体,脸黄黄的,蓝色的眼睛凹陷得很深。

有一次,一颗雪亮的照明弹飞上天空,高悬在树梢之上有好一阵,它那飘飘荡荡的青光,跟雾蒙蒙的月光融成一片,把树林照得透亮。每一株树都投下一个长长的阴影,仿佛树林一下子踩上了高跷。在照明弹没有熄灭之前,三个战士就一动不动地站在灌木中间,他们那穿着草绿色斑纹雨衣的身体,加上从雨衣里凸出来的冲锋枪,就像凋落的灌木。

三个侦察兵就这么缓慢地向自己的阵地移动。

带队的忽然站住了,举起一只手。另外两个也立刻停下来,眼睛紧盯着队长。带队的拉下头上的风帽,耳朵微微地侧向他觉得有可疑的沙沙声传来的方向,站了好一阵。带队的是个年轻人,看样子只有二十二三岁。他年纪虽轻,在炮兵连里却已经是个老兵了。他是中士,同志们都敬爱他,同时也有点怕他。

引起队长叶果罗夫中士注意的那响声,听来很古怪。叶果罗夫虽然经验丰富,却怎么也辨不清这是什么声音。

"这到底是什么呀?"叶果罗夫一边想,一边竖起耳朵,飞快地在脑子里搜索着他在夜间侦察时听见过的各种古怪声音。"低语声吗?不是。谨慎的铲土声吗?不是。锉东西的声音吗?不是。"

这古怪的微弱声音,时断时续,什么声音也不象,就在右边一丛圆柏后面传来。它好像是从地底下发出来的。

叶果罗夫又听了一两分钟,并不转身,只做了个手势,还有两个侦察兵就像影子一般,轻悄悄慢吞吞地来到他跟前。他指指声音传来的方向,做做手势要他们听。那两个侦察兵们就也用心细听起来。

"听见吗?"叶果罗夫动动嘴唇无声地问。

"听见了。"其中一个也这么无声地回答。

叶果罗夫向同志们回过头去,朦胧的月光照到他那又瘦又黑的脸上。他高高地扬起两条孩子气的眉毛。

"是什么呀?"

"听不明白。"

他们三个人站了一阵,听着,手指按住冲锋枪的扳机。声音仍旧在响,还是听不清到底是什么。刹那间这声音忽然变了。三个人都听到好像有歌声从地下发出来。他们交换了一个眼色,可是那声音立刻又跟原来一样了。

于是叶果罗夫先做了一个伏倒的手势,接着自己也贴在地上带霜的黄叶上。他把短剑用牙咬住,悄悄地撑着两肘向前爬去。

不多一会儿,他爬到那丛黑漆漆的圆柏后面消失了;又过了一会儿——那两个侦察兵觉得好像过了一小时——他们听见轻轻的口哨声。这是叶果罗夫在叫他们过去。他们爬过去,随即看见中士跪在地上,向圆柏中间的一个小地洞张望。

地洞里有嘟哝声、呜咽声、呻吟声清楚地传出来。他们不说话就理会了,那两个侦察兵就围住那洞口,拉开雨衣的下幅遮在上面,好像一个不透光的帐篷。叶果罗夫手里拿着电筒伸进洞里。

他们看到的景象很简单,却很惊人。地洞里睡着一个男孩子。

这孩子两手紧抱住胸部,蜷缩着两只像马铃薯一样黑的脚,躺在绿油油的臭水潭里,痛苦地说着梦话。他头上没有帽子,头发很脏,好久没有剪了,乱蓬蓬地披在脑后。细长的喉咙在抽动;嘴唇因为发高热而肿了起来,从瘦得瘪下去的嘴里吐出来嘶哑的喘息。他们听见断断续续含糊不清的低语声,呜咽声。这孩子闭着眼睛,眼皮浮肿,显出贫血的样子:简直象脱脂牛奶一样白里带青。短而浓的睫毛合在一处。脸上满是抓伤和青块。鼻梁上有凝住的血斑。

这孩子睡着了,脸上现出受恶梦折磨的痛苦神气。他的表情一刻不停地变化着:一会儿恐怖;一会儿绝望;一会儿,凹陷的嘴角现出无限悲伤的皱纹,眉头紧蹙,睫毛上泪珠滚滚;一会儿,怒气冲冲地咬着牙齿,脸色显得冷酷无情,拳头紧握得指甲都嵌到手掌里,紧张的喉咙里发出重浊粗哑的声音。

忽然这孩子的梦境又改变了,脸上露出惹人怜爱的天真烂漫的微笑,嘴里开始低得几乎听不出地唱起歌来。

他睡得那么熟,那么难受,他的心灵那么深深地沉在痛苦的恶梦中,虽然侦察兵们在上面紧紧地盯着他看,还用电筒对准他的脸照射,他却一点也没有知觉。

后来,这孩子象内心受到什么冲击似地忽然醒过来。他醒了,嚯地一下坐起来。他的眼睛露出吃惊的光芒。他一下子不知从哪儿抓起一枚磨尖的钉子。叶果罗夫一手敏捷地捉住孩子发烫的手,一手蒙住他的嘴。

"别响。是自己人。"叶果罗夫低声说。

这时候,孩子才发现战士头上的钢盔是俄罗斯式的,他们的冲锋枪是俄罗斯式的,他们的雨衣是俄罗斯式的,那几张朝他望着的脸也是俄罗斯人的,亲切的。

一丝快乐的笑影淡淡地在他的瘦脸上掠过。他想说些什么,可是只吐出了三个字:

"自己人……"

接着他就失去了知觉。

2

炮兵连连长叶纳基耶夫大尉坐在小小的木板平台上,平台搭在一株松树梢头的粗枝中间。这平台,三面敞开,第四面,就是西面,堆着几块粗大的枕木,挡避子弹。顶上那块枕木上装着一具炮队镜;镜管两端还挂了一些枝条,看上去很象一个树丫枝。

要上这平台,必须爬两道又狭又长的梯子。第一道,坡度不大,大概通到树干的一半;再上去就得爬第二道,那一道几乎是垂直的。

除了叶纳基耶夫大尉之外,平台上还有两个电话兵——一个是步兵部队的,一个是炮兵部队的——他们的皮包电话机都挂在鳞纹的松树干上。平台上还有一个人,就是这个作战地段的负责人,步兵营营长阿洪巴耶夫,他的军衔也是大尉。

平台上最多只能容纳四个人,因此还有两个炮兵就站在梯子上:一个是排长谢迪赫中尉,另一个是我们已经认识的叶果罗夫中士。谢迪赫中尉站在梯顶,两肘搁在平台上;叶果罗夫中士站在下面,他的钢盔碰到中尉的靴子。

炮兵连连长叶纳基耶夫大尉和营长阿洪巴耶夫大尉正忙着一件极

紧急极重要而又极精细的工作:他们在地图上定方位,核对着炮兵侦察员弄到的情报。

那些地图,上面做满彩色铅笔的记号,并排摊在板上。两位大尉手里拿着铅笔、橡皮和尺,斜靠在地图上。

阿洪巴耶夫大尉把绿色的钢盔往后脑勺上一推,低下紧蹙的宽大的棕色前额,用粗大的手指匆匆地把透明尺在地图上推来推去。他一会儿拿红铅笔画着什么,一会儿用橡皮擦去什么,同时迅速地望望叶纳基耶夫的脸,仿佛在说:"嗳,老朋友,你拖拖拉拉干什么呀?弄下去。快弄完它。"

他向来性子急躁,这会儿又沉不住气了。

在这战斗前的最后几小时,也许是最后几分钟,他觉得一切都做得太慢了。他的内心在沸腾。

叶纳基耶夫大尉和阿洪巴耶夫大尉是老战友。巧得很,最近两年来他们差不多是每次作战都在一块儿的。因此师部里的人也都看惯了:阿洪巴耶夫的步兵营在什么地方作战,叶纳基耶夫的炮兵连准也在那边配合行动。

叶纳基耶夫和阿洪巴耶夫肩并肩地经历了光荣的路程。他们一块儿在杜霍夫兴纳附近打过德国人,在斯摩棱斯克城下作过战,一块儿围攻过明斯克,一块儿把敌人赶出祖国的地面。我们的首都莫斯科,不止一次,不止两次,甚至于不止三次用祖国的名义放过礼炮,照红了克里姆林宫上空的晚霞,向阿洪巴耶夫的步兵营和叶纳基耶夫的炮兵连所在的那个英勇的战线致敬。

这两位战友在一张行军桌上吃过许多面包和盐,用一只军用水壶喝过不少水。有时候还合盖一件军大衣,并排睡在地上。他们像亲兄弟一样和睦,但是彼此绝不姑息包庇,他们总是记得那句俗话:"交情管交情,公事管公事。"而且彼此从来不丧失自己的尊严,虽然他们的性格完全不同。

阿洪巴耶夫性子急躁脾气大,勇敢得近乎鲁莽。叶纳基耶夫呢,胆量并不比他的朋友阿洪巴耶夫差,可是头脑冷静,做事沉着,具备一个优秀炮兵的素质。

此刻,阿洪巴耶夫大尉正在把叶纳基耶夫的侦察兵们获得的情报记在地图上,想赶紧把这工作搞完,好把各连派来领取敌情简图的通讯员打发回去。那些通讯员此刻都站在树底下等。

进攻的命令还没有下来,但是从许多迹象上看得出,进攻很快就要开始了。阿洪巴耶夫很想在进攻之前到各连去亲自检查一下,看他们准备战斗准备得怎么样了。

然而,阿洪巴耶夫尽管迅速地在地图上推动着透明尺,红铅笔急急地在蓬松的树林和蓝色的河流当中画着圆圈、方块和十字,工作进行得可不象他所希望的那么快。几乎每当阿洪巴耶夫要在地图上标新记号的时候,叶纳基耶夫总是提起那只套着棕色麂皮旧手套的瘦小的手,恭敬而坚决地止住他。

"对不起,等一等,我要对一下。谢迪赫中尉!"

"有。"

"看看您那张图。19:5方格。距孤树北北东45米。您图上标着什么?"

谢迪赫中尉不急不缓地把摊在齐胸高的木板上的地图拉近一点,垂下因为睡眠不足有点红肿的眼睛,咳嗽了一声说:

"一辆打坏的坦克,半陷在地里,被敌人用作固定火力点了。"

"怎么知道的?"

"根据侦察员的情报。"

"是的,不错,"阿洪巴耶夫大尉赶紧说,急躁得把雨衣领口的带子忽而解开,忽而系住,"我的侦察员情报也是这样。就是说意见没有分歧。可以大胆地标上。"

"再等一等,"叶纳基耶夫大尉想了想说。他俯下身,从平台边上往下望望,"叶果罗夫中士!"

"有,大尉同志。"叶果罗夫中士在梯子上答应着。

"你们在19∶5方格上标的那辆坏坦克究竟是什么呀?不是你们捏造的吧?"

"不是的。"

"是亲自看见的吗?"

"是。"

"亲眼看见的吗?"

"是,亲眼看见的。去的时候看见,回来的时候又看见了。仍旧在那个地方。"

"那么他们在干什么?你说把它变成固定火力点了吗?"

"是,变成固定火力点了。"

"怎么知道的?"

"他们在周围筑土方工程。"

"他们在挖土吗?"

"是。"

"会不会是他们想把它拉走呢?"

"不是的。我们在那边,正巧看见他们的一辆吨半卡车运来了弹药。"

"亲眼看见的吗?"

"是,亲眼看见的。他们在卸下一箱箱的弹药。我们当时就记上了。"

"好。没什么了。"

"对啊!对啊!"阿洪巴耶夫大尉咬着牙齿快乐地叫道,在地图上画了一个红色的小方块。

有时候,叶纳基耶夫大尉为了要核对某个目标的位置,恭敬而坚决地做了阻止的手势以后,忽然在炮队镜前面跪下来,好一阵——阿洪巴耶夫大尉这么感觉——向烟雾迷蒙的层层叠叠的地平线瞭望,一会儿又看看地图,把透明圆尺按在图上。

这时候,阿洪巴耶夫焦躁得直想磨牙齿,他所以没有磨,就因为太熟悉自己的这位朋友了。磨也好,不磨也好,反正不起作用。

你只要向叶纳基耶夫大尉看上一眼,望望他身上那件虽然穿旧但却异常整洁的黑钮孔、金钮子的军大衣,望望他那顶低拉到眉毛上的有漆皮带、黑帽圈、正方帽檐的硬军帽,望望他那只整整齐齐地用兵士呢缝成套子套着的水壶、那支挂在大衣第二个钮扣上的电筒,以及那双皮质很好不论天气好坏都擦得发亮的靴子,你就会明白,他这人是多么认真仔细,一丝不苟。

这是个阴霾寒冷的早晨。黎明时落下的霜,松脆地积在地上,好久没有融化,在潮湿发蓝象肥皂水一样混浊的空气里朦胧地发亮。

树林边上的树木纹丝不动。但这是个欺人的假象。松树梢在打着圈子,微微摆动,上面那座平台也就随着它一起摆动,好像一只木筏在阔大而缓慢的漩涡周围打圈子。

空气一直被炮击和爆炸所震动。空气经常处在这种不平稳状态,不仅可以感觉到,而且看得出来。每开一炮,树林里的树木就抖动起来,黄叶大批撒落,在空中旋转飞舞。

3

　　没有过惯战场生活的人,也许以为一场大战已经开始,而他自己就处在战斗的中心。其实这只是一般性的炮兵对射,也算不上猛烈。不知是我方的还是德方的炮垒,开了几炮,想测验一个新目标的射程。对方的观测兵立刻把这个炮垒的位置测定下来,接着后方的一个特别反炮垒排,就向它射击。随着这个排的行动,就开始围击。这样,在这个地区就会展开一场惊天动地的猛烈炮战,使人不禁想用棉花塞住耳朵。四面八方,各种各样的炮都开起来,小口径的,中口径的,大口径的,最后重炮和超级重炮也怒吼了,有时候连远程巨炮也在后方出动了,先是听见远处隐约的开炮声,接着巨大的炮弹就带着刺耳的啸声和旋风,飞落在表面平静的砂土上,一大团墨黑的乌云,带着雪亮的火光,挟着树木野草,冲上天空,接着又撒落下来。

　　有时候,猛不防从旁边飞来一块弹片,在地面上重重一击又反跳起来,旋转着,格格作响,象小狼一样怒嚎,又带着刺耳的叫声飞出去,削下树上的枝条和松果。

　　但是,松树梢上那两个伏在地图上工作的人,这一切仿佛全没有听

到,也没有看到。只有当炮火在什么地方特别紧密的时候,电话兵才摇摇皮包电话机的摇把,低声说:

"给我接紫罗兰。是紫罗兰吗?我是椅子。试一试线路。你们那边怎么样?还平静吗?嗯,好吧。我们这里也平静。战斗下去吧。再见。"

最后,工作完了,阿洪巴耶夫大尉立刻高兴起来。他把地图往图囊里一塞,敏捷地把短脖子上的雨衣带子结好,嚯地站起来,叉开两条粗短而微弯的腿,向下面的勤务员喊道:

"备马!"

接着他看看表。

"对一下,我的是九点十六分。您的呢?"

"九点十四分,"叶纳基耶夫大尉看了看手表,说。

阿洪巴耶夫大尉发出一声短促而胜利的喉音。他的眼睛眯了一下,乌黑的目光亮了亮。

"你慢了,叶纳基耶夫大尉。"

"一点也不。我没慢。我的表很准。您总是太快。"

"扎依采夫,问问钟点!"阿洪巴耶夫兴奋地嚷道。

电话兵立刻打电话到团部,然后报告说,是九点十四分。

"你赢了,炮兵官。"阿洪巴耶夫和解地说,把自己的表靠在叶纳基耶夫表的旁边,拨动指针。

"这次就依了你吧。再见,炮兵连连长。"

他的雨衣飒飒发响,他一停不停,一口气冲下两道梯子,弄得梯子上的炮兵慌忙闪开身子。他把地图扔给副官,嚯地一下跳上马,飞驰而去,只见黄叶纷纷往他的身上撒落。

阿洪巴耶夫走后,叶纳基耶夫大尉拉下笔记本上绷紧的橡皮带,转身去看炮从镜。笔记本上记着目标。这些目标都试射过了。可是叶纳基耶夫大尉还想再开几炮,校对一下。他想做到的是,在必要的时刻他的炮兵连一开炮就能克敌制胜,不用再花宝贵的时间去校准火力。"试射目标"当然没有什么困难,可是,他怕他这个前进得接近步兵线而又隐蔽得很好的炮兵连会过早暴露自己。全部任务就是要在决定战斗胜败的最后关头,出其不意地打击敌人,而且要打在敌人最最意料不到的地方。这地方,照叶纳基耶夫大尉的意见,就在战斗地段的右翼,在两条路的交叉处和一条相当深的长满小柞树的山沟之间。

此刻这地方看来一点也不引人注意。上面空无所有:既没有火力点,也没有防御工事。这种毫不引人注意的地方,通常在战场上是相当多的。战斗的时候双方也不会停留在这种地方。这一层叶纳基耶夫大尉是知道的,可是他有一种鲜明而精确的想象本领。

他成百次地想象着当前这场战斗的详情细节,他的眼前总是浮现出这么一个景象:阿洪巴耶夫的营突破德军防线,拉开右翼准备对付可能的反攻。然后他急急地派中央主力向前突进,在岔路对面的高地斜坡上设立防御工事,逐渐调集预备兵力,准备沿着大路再给敌人决定性的新的打击。而阿洪巴耶夫大尉歇下来的地点,准就是在这岔路和山沟口之间。他一定会在那边歇下来,因为战斗的逻辑要求这么办:得补充弹药,收集伤员,整顿连队,而最重要的是要重新排列战斗队形,准备下一次进攻。这一切虽然不需要许多时间,可是总得花功夫。德国人不会不利用这间歇。他们一定会利用的。他们会出动坦克——这是坦克进攻最有利的时机。他们会出其不意地把藏在山沟里的坦克开出来。德国人的坦克会藏在山沟里,这一层叶纳基耶夫几乎毫不怀疑,虽然没有得到什么确实的情报。这是想象的本领告诉他的,而这种想象的本领主要依靠经验,依靠精通的谋略,依靠特殊的数学天赋。事实上,凡是优秀的炮兵军官都有这种天赋,他们惯于迅速而精确地综合情况,作出正确的结论来。

"还是冒险试一试吧?"叶纳基耶夫大尉一边心里盘算着,一边调整着炮队镜的目镜。

迷蒙的灰色地平线变得黑白分明了。轮廓模糊的景物显得清清楚楚了。原野景色象变戏法似地移到眼前,清晰地分成几层,好像舞台上的布景。

最近的一层在瞄准圈之外,上面模糊地现出瞭望台旁边几棵松树的树梢,形状可怕地起伏着。架着瞭望台的这棵松树有一条树枝,近得出奇,上面那些粗大的松针和两颗老大老大的松球,仿佛要刺进人的眼睛里来。

这后面是一长条田野。在田野较低的一边清清楚楚地现出我军前沿阵地起伏的线条。所有的工事都伪装得很巧妙,只有经验丰富的眼睛才能发现它们。那些枪眼、交通壕和机枪巢,叶纳基耶夫大尉与其说是看得见,不如说是猜得着。

田野较高的一边蜿蜒着德军的战壕,跟我们的战壕平行,可以看得同样清楚,但要小得多。中间的无人地带在透镜中看来那么狭窄,仿佛根本不存在似的。

再远一点,叶纳基耶夫大尉看见德军后方起伏的景色。他向那边扫视了一下。光秃的矮树丛、平滑的泥塘、一个紧贴着一个的高地、倒坍的小房子,一一在眼前滑过。

最后,叶纳基耶夫大尉又回到岔路和山沟之间的那地方。这在他的记事本上是用"侧远17"这个暗号标着的。

他聚精会神地观察着这块平淡无奇的空地,他又想象着——今天早晨不知道想象过多少次了!——这地方到处是阿洪巴耶夫的活动目标,到处是德军坦克的小剪影,那些坦克正一辆跟着一辆从那神秘的山沟里爬出来。

"或者还是不要试了吧?"叶纳基耶夫一边考虑,一边竭力把炮队镜的距离对准这地方。

这不是优柔寡断的表现,也不是三心两意,不是的。他从来不三心两意。此刻也是这样。他是在权衡轻重。他要作出最正确的决定。他要充分盘算一下,究竟怎样更有利:冒着事先暴露炮兵连的危险,更精确地试射一下这目标呢,还是暂时不暴露自己,直到战斗的最后关头花几分钟时间去校准火力?

可是这时下面传来了人声,梯子晃动起来,踢马刺叮叮响着。接着就有个青年军官气喘吁吁地跳上平台。这军官脸黑黑的,鼻孔朝天,两条眉毛又粗又黑,看上去简直像个孩子。这是一个联络员。他竭力装出严肃老成的神气,可还是掩饰不住孩子气的热情微笑。

他咯的一声碰响踢马刺,飞快地举手往帽檐上一触,随即用力地放下,把一封公文交给叶纳基耶夫大尉。

"团部命令……"他一本正经地说,可是沉不住气,闪了闪栗色眼睛,兴奋地加了一句:"要进攻了。"

"什么时候?"叶纳基耶夫问。

"九点四十五分。信号是两发蓝色信号弹,一发黄色信号弹。里面写明白了。我可以走了吗?"

叶纳基耶夫大尉看了看表。是九点三十一分。

"去吧,"他说。

联络员又碰响踢马刺,立正了,举手到帽檐边,立刻又放下,姿势漂亮地来了个向后转,仿佛他不是在树梢上,而是在炮兵学校的食堂里。接着一口气冲下梯子,在梯子横挡上碰断了踢马刺,快活地骂着。

"谢迪赫中尉!"叶纳基耶夫叫道。

"有,大尉同志。"

"您听见吗?"

"是。"

"指挥所就在这里。我同各排之间用电话联系。部队推进时要立刻放长电话线,不得耽搁。同各排的联系一秒钟也不能中断。万一电话联系破坏,用无线电明码重发一次。您给每个连长派两个人去——一个当联络员,一个当观察员。情况一有变化,立刻用电话、无线电或者信号弹报告。任务明白吗?"

"是。"

"有问题吗?"

"没有了。"

"去干吧。"

"是。"

谢迪赫中尉在梯子上走下一级,又站住了。

"大尉同志,还要向您报告。我简直忘记了。请您指示,该怎么处理那孩子?"

"什么孩子啊?"叶纳基耶夫大尉皱起眉头问,但马上想了起来:

"哦,对了!"

孩子的事已经向他报告过了,可是他还没有作出决定。

"你们的那个孩子怎样了?他在哪里?"

"暂时在我那边,在指挥排里。同侦察兵们在一起。"

"小家伙醒过来了吗?"

"好像没事。"

"他讲了什么没有?"

"他讲了好多话。叶果罗夫中士最了解他。"

"叫叶果罗夫来。"

"叶果罗夫中士!"谢迪赫中尉朝下喊道。

"有!"叶果罗夫赶快答应,接着他那顶用枝叶伪装着的钢盔就露在平台上了。

"您那个孩子怎么样了?他觉得怎么样?您讲讲。"

叶纳基耶夫大尉不说"您报告吧",而说"您讲讲"。一向善于领会上级口气的叶果罗夫中士,就从这一点上捉摸到此刻他可以象跟家里人一样随便谈谈。他那双几夜不睡弄得发红的眼睛,露出快乐的笑意,虽然嘴巴和眉头仍旧显得很严肃。

"是这么一回事,大尉同志,"叶果罗夫说,"战争开头的几天,他爹就在前线牺牲了。德国人占领他们的村庄。他娘不肯交出母牛,也被杀害了。他奶奶和他妹妹都饿死了,只剩下他一个。后来村庄被火烧了。他只好去要饭。半路上又落在敌人战地宪兵手里。他被强迫送到德国人的一个可怕的儿童监牢里。在那边当然染上了疥疮,生了癣,得了斑疹伤寒——差点儿送了命,可总算熬过来了。后来逃出来,流浪了差不多有两年,藏在树林子里,总是想穿过火线,可是当时火线远得很。

他简直变得象个野人,头发长得老长的。凶得厉害,活像一头小狼。口袋里经常带着一枚磨尖的长钉子。这是他给自己做的武器。他准是想用这钉子去刺死个把德国鬼子。我们还在他口袋里找到一本识字课本,破烂得不成样子了。我们问他:'你要这课本干什么?'他说:'好不忘记学过的字。'嗯,就是这样!"

"他几岁了?"

"他说十二岁了。其实看样子连十岁也不满。饿坏了,瘦得很,只剩下皮包骨头。"

"嗯,"叶纳基耶夫大尉若有所思地说,"十二岁。这么说,事情开头的时候他还不到九岁。"

"从小就吃够苦了,"叶果罗夫叹着气说。

他们都沉默起来,留神听着双方炮轰的声音。也像通常正式战斗开始之前那样,炮轰显然在减弱。

一会儿,表面上似乎平静、事实上异常紧张的时刻来到了。

"怎么样,小伙子好吗?"叶纳基耶夫大尉问。

"孩子挺不错。灵活极了,真调皮!"叶果罗夫大声称赞,象在家里一样随便了。

大尉皱起眉头,转过脸去。

从前叶纳基耶夫大尉也有一个男孩子,叫科斯嘉,是的,年纪稍微小一点。现在要是在也有七岁了。叶纳基耶夫大尉本来有个年轻的老婆,还有母亲。可是这一切他在一天里都失掉了,那是三年前的事。他应召来到炮兵连,离开巴仑诺维奇的老家。从此他再没有看到自己的家,自己的老婆孩子和母亲。而且永远也看不到了。

他们三个都死在1941年6月那个可怕的早晨,死在去明斯克的路上。那天早晨,德国的强击机袭击老弱妇孺。当时那群手无寸铁的人,为了逃避侵入祖国的强盗,正走在明斯克的公路上。

他们遇难的消息是叶纳基耶夫大尉的一位老战友告诉他的。当时这位战友刚巧带着队伍在公路附近,亲眼看到这惨痛的场面。他没有把细节讲出来,因为实在太惨了。叶纳基耶夫大尉也没向他打听。他没有勇气打听,可是他立刻想象出他们遇难的情景,而且那幅景象老是会浮现在他的眼前:火焰,闪光,爆炸,弹片横飞,机枪在空中扫射,吓坏了的人群,有的带着包裹、筐篮、箱子,有的推着婴孩车——还有一个小小的四岁男孩,头上戴着蓝色的水手帽,伸开两只蜡黄的小手,血肉模糊地横在一棵连根拔起的松树根杈中间。

叶纳基耶夫大尉印象特别清楚的是那顶拖着崭新飘带的蓝色小水手帽,那还是祖母亲手用他母亲的一件旧上衣改成的。

今年夏天,叶纳基耶夫大尉还只三十二岁,可是两鬓已经有点儿花白,人也变得更沉默寡言、严肃老成了。团里很少有人知道他的悲痛。他也不向谁提起这些事。可是每当大尉只剩下自己一个人的时候,他总是会想到老婆、母亲、儿子。

他想到儿子总象他还活着一样。孩子在他的想象中逐渐成长。大尉随便什么时候都很清楚:他现在该有几岁几个月了,模样儿长得怎么样,会说些什么话,念书念得怎么样。现在他的儿子当然该会读书写字了,他那顶水手帽该已经戴不下了。那顶帽子该会藏进母亲的五斗橱里,杂在科斯嘉已经穿不下的衣物中间,说不定祖母又把它改制成别的有用的东西了——装钢笔的袋子或者擦皮鞋的布条。

"他叫什么名字?"叶纳基耶夫大尉问。

"凡尼亚。"

"凡尼亚吗?"

"凡尼亚,"叶果罗夫中士快活地回答,脸上浮起淳朴的微笑,"姓也很出色:姓宋采夫①。"

"那么,"叶纳基耶夫想了想说,"得把他送到后方去。"

叶果罗夫的脸拉长了。

"可怜啊,大尉同志。"

"这怎么是可怜?"叶纳基耶夫严厉地皱起眉头,"为什么说可怜?"

"后方他能到哪儿去呢?他在那边一个亲人也没有。没爹没娘的。他会完蛋的。"

"完不了。有专门收养孤儿的保育院的。"

"话当然是对的,"叶果罗夫说,仍旧保持着谈家常的口气,虽然叶纳基耶夫大尉的声音已经带有强硬的命令调子了。

"什么?"

"话当然是对的,"叶果罗夫重复说,在摇摇晃晃的梯子上两脚交替站着,"不过,说实话:我们想把他留下来,留在指挥排里。小家伙可真机灵。是个天生的侦察兵。"

"哼,你们别胡思乱想了。"叶纳基耶夫着恼地说。

"不是的,大尉同志。他是个很能干的孩子。确立方位的本领不输于成年的侦察兵。甚至于更强些。他自己也要求说:'叔叔,您教我当侦察兵吧。'他说:'我会给你们侦察目标的。'他说:'我认识这里的每株小树'。"

大尉嗨的笑了一声。

---

① "宋采夫"在俄文里有"太阳"的意思。

"他自己要求。他自己要求也没用。办不到。你说我们怎么担当得起这责任?要知道这是个小孩,是个活人啊。万一有个三长两短怎么办?打仗的时候中颗把流弹也是常有的事。你说对吗,叶果罗夫?"

"是。"

"这就对了。不行,不行。打仗他还早呢,让他先长大吧。他现在应该去念书。一有汽车就把他送到后方去。"

叶果罗夫犹豫起来。

"他会逃走的,大尉同志。"他迟疑地说。

"会逃走的——你这话什么意思?怎么见得?"

"他说:'你们要是把我送到后方去,我在路上准会逃走的。'"

"就这么说吗?"

"就这么说。"

"哼,这我们还要瞧瞧,"叶纳基耶夫大尉冷冷地说,"我命令把他送到后方去。可不用让他闲待在这里。"

谈家常到此为止。叶果罗夫立正了。

"是。"

"完了,"叶纳基耶夫斩钉截铁地说。

"我可以走了吗?"

"去吧。"

当叶果罗夫中士爬下梯子的时候,从隐隐约约的远处树林后面渐渐地飞起一颗蓝色的星星。不等它熄灭,紧跟着又升起另一颗蓝星,在它之后又是一颗——是黄色的了。

"炮兵连,准备开炮!"叶纳基耶夫大尉低声说。

"炮兵连,准备开炮!"电话兵对着耳机大声叫道。

这响亮的叫声,引起远远近近几百个回声,一下子充满这座静得可怕的树林。

4

这时候,凡尼亚·宋采夫正盘着光脚坐在侦察兵营帐里的罗汉松枝条上,一手拿着一只大木匙,一手接着一只小锅,吃着一份非常烫而又非常好吃的杂烩。这是用马铃薯、洋葱、猪肉、胡椒、大蒜和桂叶做成的。

他狼吞虎咽地吃着,没嚼烂的肉块不时在喉咙里哽住。两只瘦骨嶙嶙的耳朵,由于用力咀嚼,在好久没剪的灰色头发的鬓脚下抖动。

凡尼亚·宋采夫生长在一个有教养的农民家里,他很知道他这么吃十分难看。照规矩,他应该不慌不忙地吃,过一会儿用面包揩揩匙子,鼻子里不要哼哼,嘴里也不要发出喷喷的声音。

照规矩,他还应该常常把锅子推开,说:"多谢你们的招待。我饱了,够了。"而且在主人再三请求"别客气,再吃再吃"之前,决不再吃。

这一切凡尼亚都懂得,可是他没有办法克制自己。饥饿比一切规矩、一切礼貌更能支配人。

他一手按住面前的小锅,一手敏捷地操着匙子,同时眼睛紧盯着一长条一长条的黑麦面包,可惜再没有多余的手去抓了。

他那双因为疲劳显得暗淡的蓝眼睛,带着不好意思的神气,有时瞟瞟给他东西吃的几个战士。

营帐里有两个人,就是同叶果罗夫中士一起在树林里捡到他的那两个侦察兵。一个是瘦骨嶙峋的大汉,有一张和气的缺牙的嘴和两条象草耙似的长手臂,绰号叫"骨头架子"的上等兵毕登科;另外一个也是上等兵,也是大汉,不过是另一种类型,说得更确切些,不是大汉,而是壮士,——西伯利亚人高尔布诺夫,他体格魁梧,面色红润,淡黄睫毛,淡红色的头皮上长着浅色短发,绰号就叫"西伯利亚佬"。

两个大汉占用这座规定住六个人的营帐,不是很舒服的。他们总是要尽力把腿缩起来,才不会露到营帐外面去。

战前毕登科是顿巴斯的矿工。他那浅黑的皮肤深深地受到煤灰的侵蚀,到现在还有点发青。

高尔布诺夫战前在外贝加尔区当伐木工。他身上仿佛到现在还有一股刚砍下的桦树的清香。而且,他全身白白的也有点像桦树。

两人都坐在香喷喷的松枝上,宽肩膀上披着棉袄,兴致勃勃地看凡尼亚怎样狼吞虎咽地吃着杂烩。

有时候,会说话好交际的高尔布诺夫,发现孩子因为自己的馋相有点不好意思,就安慰他说:

"嗳,小牧童,没关系的。别害臊。尽量吃吧。不够我们再给你添。吃的东西我们有的是。"

凡尼亚吃着,舔着匙子,把战士的软面包连同带酸味的栗色面包皮,一大块一大块地塞到嘴里。他觉得他在这两位和蔼的大汉的营帐里,仿佛已经住了好久了。他简直有点不相信,昨天夜里他还孤零零地踯躅在寒冷而可怕的树林里,又饿又病,好像一头被猎人追逐的小狼,面前除了死没有别的路。

三年来他忍饥挨饿,受尽凌辱,提心吊胆,精神空虚。他很难相信这样的生活居然从此结束了。

三年来第一次他同一些他不用害怕的人在一起。营帐里真漂亮。天气虽然阴沉沉的,可是通过黄色的帐布透进来的光,却象太阳光一样匀调可爱。

不错,营帐里有了这么两位大汉确实有点挤,但是里面的东西可安排得整整齐齐,十分恰当!

每一件东西放得都是地方。擦得干干净净的自动枪挂在支撑帐篷的黄色杆子上。军大衣和雨衣折得整整齐齐,没有一丝皱纹,搁在新折下的松树和柏树枝上。防毒面具和背囊都盖着洁净的毛巾,当枕头用。帐门口放着一只木桶,上面盖着一块胶合板。胶合板上整整齐齐地摆着空罐头做的杯子、赛璐珞肥皂盒、牙膏和装在彩色有孔的套子里的牙刷。还有一只放胡子刷的铝杯,旁边挂着一面小圆镜。甚至于还有两只擦皮靴的刷子,毛对毛地插在一起,旁边还有一盒鞋油。自然还有一盏马灯。

营帐外面还整整齐齐地挖了一道小沟,使雨水不会流进帐里去。木桩都是完好的,牢牢地敲进地里。整个帐篷紧紧地绷得很平整。一切都合规定。

这两位侦察兵在全炮兵连里以善于安排生活出名,倒不是没有道理的。他们经常藏有相当多的砂糖、面包干、猪油。这些储备平时是不随便动用的。在他们那里随时都可以找到针线、钮扣和上等茶叶,烟草更不用说了。他们有大量各种各样的烟:有普通的机制马合烟,有奔萨产的士制烟,有苏胡米的淡烟丝,有蜘蛛牌纸烟,甚至还有从敌人那里缴获来的小雪茄。这种小雪茄侦察兵最不喜欢,非万不得已不抽,抽的时候总要露出厌恶的神气。

不过,侦察兵在炮兵连里出名,不光靠这些个。

首先,他们以辉煌的战绩闻名团内外。在侦察工作上谁也没有他们胆量大,本领强。他们钻到敌人后方,有时弄到的情报十分重要,连师部的首长都会大吃一惊。二科科长总是把他们叫做:"叶纳基耶夫大尉的那些教授"。

一句话,他们打仗打得漂亮。

不过,在艰苦而危险的工作之后,他们休息起来也挺有意思。叶果罗夫中士不算在内,他们总共有六个人。通常他们分成两人一班出去侦察,每三天轮到一次。剩下的两天是一天两人值班,一天两人休息。至于叶果罗夫中士,谁也不知道他在什么时候休息。

今天轮到高尔布诺夫和毕登科休息,他们是好朋友,又是老搭档。尽管一早就开始战斗,树林里空气动荡,地面哆嗦,每分钟都有强击机在树梢上低低掠过,震耳欲聋,可是这两个侦察兵却若无其事地陪着凡尼亚,享受着应得的休息。他们已经爱上他,并且给他取了个绰号:"牧童"。

真的,这孩子下身穿着一条土法染的棕色粗布短裤,上身穿着一件破烂的敞胸女上衣,肩上挂着一只马料袋,蓬头赤脚,跟旧时课本插图里的牧童,实在是再象不过了。连他那张又黑又瘦的脸,那个好看的挺直鼻子、那双藏在象旧时草屋顶般乱蓬蓬头发下的大眼睛,也都十足像个牧童。

凡尼亚吃完小锅里的东西,拿面包皮把它揩干净,又擦擦匙子,这才送进嘴里吃了,站起身来,规规矩矩地向这两位大汉鞠了一躬,垂下眼睛说：

"太谢谢了。我十分感谢你们。"

"再吃一点好吗？"

"不，饱了。"

"要的话，我们还可以再给你一锅子，"高尔布诺夫带点吹牛的神气眨眨眼说，"这在我们是不成问题的。怎么样，小牧童？"

"我肚子已经装不下了。"凡尼亚羞答答地说，他那双蓝眼睛忽然从睫毛下顽皮地看了一眼。

"不要就不要。随你的便，我们不勉强什么人。这是我们这里的规矩。"出名公正的毕登科说。

但是高尔布诺夫这人顶爱面子，他喜欢人人都羡慕侦察兵的生活，就说：

"嗳，凡尼亚，你觉得我们的伙食怎么样？"

"伙食挺好，"那孩子一面回答，一面把匙子柄朝下地放在锅里，收拾着当桌布用的《苏沃洛夫突击报》上的面包屑。

"真是挺好吗？"高尔布诺夫兴奋了，"老弟，这样的伙食你在师里哪儿也找不着。我们的伙食赫赫有名。老弟，最重要的是你要跟住我们，跟住侦察兵。跟我们在一起永远错不了。你愿意跟住我们吗？"

"愿意的。"凡尼亚快乐地说。

"对。错不了。我们要带你到澡堂里去洗个澡。把你那头乱毛剪掉。再给你弄一套军装，把你打扮得象个正规军人。"

"那么，叔叔，你带我去侦察吗？"

"我们会带你去的。我们要让你做个顶呱呱的侦察兵。"

"叔叔，我人小，我哪儿都钻得进去，"凡尼亚兴高采烈地说，"这儿的每一株小树我都熟悉。"

"这太好了。"

"那么你能教我打枪吗?"

"还用说。到了时候就教你。"

"叔叔,要是能让我打一枪就好了,凡尼亚说,眼巴巴地望了望那几支被炮声震得在皮带上摇晃的自动枪。

"会让你打的。别担心。不光是打枪,我们会把军事学统统教给你。当然,首先要让你领到全部供给。"

"这该怎么办,叔叔?"

"老弟,这很简单。叶果罗夫中士把你的事报告给谢迪赫中尉。谢迪赫中尉报告炮兵连连长叶纳基耶夫大尉,叶纳基耶夫大尉就会下命令补上你的名额。那时你就可以领到全部供给:被服、口粮、薪饷,什么都有。你明白了吗?"

"明白了,叔叔。"

"你瞧,在我们侦察兵这儿就是这样的……等一下! 你这是往哪儿去啊?"

"去洗洗家伙,叔叔。吃完饭妈妈总是叫我们洗家伙,洗干净才好放到柜子里。"

"说得对,"高尔布诺夫一本正经地说,"我们部队里也是这样的。"

"部队里是没有人服侍你的。"公正的毕登科教训说。

"家伙等一下再洗。我们还要喝茶,"高尔布诺夫得意洋洋地说,"你喜欢喝茶吗!"

"喜欢。"凡尼亚说。

"嗯,这就对了。我们侦察兵就是这样的规矩:吃完饭就喝茶。非喝不可!"毕登科说。"茶里当然放糖,糖我们不在乎。"他又大方地补充说。

一会儿,营帐里就出现了一只很大的铜茶壶。这只茶壶侦察兵们感到特别骄傲,也是别的炮兵们羡慕不止的东西。

看光景,糖在侦察兵们确实是不在乎的。

沉默寡言的毕登科解开自己的背囊,抓了一大把块糖,放在《苏沃洛夫突击报》上。不等凡尼亚眨一下眼睛,高尔布诺夫就把两大块糖丢进他的杯子里,而且,看到凡尼亚眉飞色舞的神气,又加了一块。意思等于说:我们侦察兵就是过得这么美!

凡尼亚两手抓住洋铁皮杯子。他乐得简直眯缝起眼睛来。他仿佛觉得来到一个美妙的神话世界了。

周围的一切都是神奇的:这座在阴天有阳光照着的营帐,附近隆隆的炮声,这两位和气的拿块糖乱抛的大汉,答应给他的神秘的"全部供给——被服、口粮、薪饷";就连那杯子上印着的"猪肉"两个大黑字也是神奇的。

"喜欢吗?"高尔布诺夫一边问,一边得意地欣赏着孩子尖起嘴巴喝茶的那副高兴样子。

这个问题凡尼亚简直没办法回答清楚。他的嘴唇正在跟火烫的茶作着斗争。他心花怒放,因为他将留在侦察兵的地方,跟这些可爱的人生活在一起。他们答应给他理发,给他军服穿,还要教他打枪。

各种各样的话在他头脑里搞成一团。他只是点点头道谢,高高地扬起眉毛,把眼睛睁得老大,表示极度满意和感激。

"还是个娃娃呢。"毕登科怜悯地轻轻叹了口气说,同时用熏黄的粗大手指卷了个漏斗形纸管,小心翼翼地把荷包里的奔萨土烟塞进去。

这时候,战斗的声音已经变过几次了。

起初,声音听来很近,象波浪一样匀调;后来稍稍远去,变弱了,可是此刻又更加猛烈地怒吼起来,其中还夹有新出现的急促而杂乱的轰炸声。这些轰炸声集中在一个地方,仿佛是谁在用惊人的巨锤敲打抖动的土地。

"我们的飞机在俯冲轰炸了。"毕登科在谈话中途倾耳细听,随口说。

"干得好!"高尔布诺夫赞许地说。

轰炸声继续了好一阵。

随后是一阵短促的间歇。周围变得静极了,连树林里啄木鸟的啄木声都听得清清楚楚,好像有人在用发报机发电报。

在寂静没有打破以前,大家都默不作声,留神细听。

然后,远处传来了步枪声。枪声越来越猛,越来越密。零星的枪声逐渐汇合起来,最后汇成一片。整条战线上立刻有几十个地方响起了机枪声。于是整个战场上就起了各种各样的响声:呻吟、呼啸、怒吼、敲打,好像一部回转机开足了马力。

在这无情的机械的喧闹声中,只有经验丰富的耳朵才能听出远处人群的呐喊声:"啊——啊——啊⋯⋯"

"步兵在进攻了,"高尔布诺夫说,"炮兵马上要给他们帮腔了。"

于是,像是证实他说的话,几百门不同口径的炮从四面八方用各种调门响起来。

毕登科耳朵对着战斗的方向,留神地听了好一阵。

"怎么听不见咱们的炮。"他终于说。

"是的,没作声。"高尔布诺夫说。

"咱们的大尉怕在等待时机吧。"

"这是老规矩。回头一打响啊……"

凡尼亚那双受惊的蓝眼睛,一会儿望望这个大汉,一会儿望望那个大汉,竭力想从他们的脸色上看出这情况是好还是坏。可是他看不出来,而问又不敢问。

"叔叔,"最后他实在忍不住,就问他认为比较和气的高尔布诺夫说,"谁打胜了:是我们还是德国人?"

高尔布诺夫笑起来,轻轻拍了拍他的后颈。

"嗨,你这小子!"

毕登科却严肃地说:

"你啊,西伯利亚佬,说实在的,还是到无线电报务员那儿去一趟,问问他们那边有没有消息。"

就在这时候,听到了在木桩上绊了一下的急促的脚步声。接着叶果罗夫中士弯着腰走进营帐里来。

"高尔布诺夫!"

"有。"

"准备出发。库士明斯基刚才在步兵散兵线上牺牲了,你去接他的位置。"

"是我们的库士明斯基吗?"

"是的,中了一梭子自动枪,十一颗子弹。快点儿。"

"有。"

当高尔布诺夫弯着腰,急急地穿上军大衣,把装备往背后套的时候,叶果罗夫中士和毕登科上等兵默默地望着那个刚牺牲的库士明斯基的铺位。

这个铺位跟别的铺位没有什么区别。上面也整整齐齐地铺着草绿色雨衣，没有一丝皱纹，床头也放着一只盖有毛巾的背囊；只是毛巾上摆着两封折成三角形的信和一期彩色封面的《红军》杂志。这都是在库士明斯基出勤后战地邮递员送来的。

凡尼亚只见过库士明斯基一次，那是在黎明时分。当时库士明斯基匆匆地去接班。他也像此刻高尔布诺夫一样，弯着腰把装备套到背上，整整手枪皮套和铜通条的大圆环下的大衣折襞。

库士明斯基的大衣有股香喷喷的菜汤味道。可是库士明斯基的相貌凡尼亚却来不及细看，因为库士明斯基很快就走了。他走的时候跟谁也没有告别，就像一个人出去，相信自己很快就要回来的。现在大家都知道，他永远不会回来了，因此默默地望着他那个空铺位。

营帐里不知怎的变得空虚、寂寞和阴暗了。

凡尼亚小心地伸手去摸崭新的软绵绵的红军杂志。这时叶果罗夫中士才发现凡尼亚。凡尼亚满以为叶果罗夫中士会朝他笑笑，他自己也准备笑了。不料叶果罗夫中士却严厉地看了他一眼。凡尼亚感到事情不妙。

"你还在这里吗？"叶果罗夫说。

"在这里。"凡尼亚认罪似地低声说，虽然觉得自己并没有做过什么错事。

"得把他送走，"叶果罗夫中士说，象叶纳基耶夫大尉一样皱起眉头，"毕登科！"

"有！"

"准备出发。"

"上哪儿去？"

"连长命令把孩子送到后方去。带他搭便车到二梯队去。交给那边的指挥员,要一张收条。让他把他送到哪个儿童保育院去。他可不用闲待在我们这儿。不可以。"

"噢,原来如此!"毕登科说,并不掩饰心里的苦恼。

"是叶纳基耶夫大尉命令的。"

"真可惜。这么灵活的孩子。"

"不管可惜不可惜,就是不可以。"

叶果罗夫中士眉头皱得更厉害了。他自己也舍不得跟孩子分开。昨天夜里他还打算把凡尼亚留下来,做自己的通讯员,然后逐渐把他训练成一个优秀的侦察兵。

可是指挥员的命令是不容讨论的。叶纳基耶夫大尉看问题更清楚。说了就得照办。

"不可以,"叶果罗夫又说了一遍,语气威严而坚决,表示问题已经作了最后决定,"准备出发,毕登科。"

"是。"

"嗯,看来也只好这样了,"高尔布诺夫说,整整磨得发亮的手枪皮套下的军大衣的折襞,"别难过,小牧童。既然叶纳基耶夫大尉下了命令,那就得执行。军队的纪律就是这样的。倒可以趁这机会坐坐汽车了。对吗?再见了,老弟。"

高尔布诺夫一边说,一边迅速而不慌不忙地走出营帐。

凡尼亚站着不动,显得幼小、伤心、惶惑。他咬咬发烧发得脱皮的嘴唇,一会儿望望穿好衣服的毕登科,一会儿望望叶果罗夫中士。叶果罗夫中士坐在牺牲了的库士明斯基的铺位上,两手垂在膝间,眼睛半开半闭,在偷闲打瞌睡。

他们两人都很明白此刻孩子的心情。刚才,两三分钟以前吧,一切还是那么称心,那么美满,可是一下子什么都变了。

凡尼亚的生活刚刚变得多么美妙可爱啊!跟勇敢而大方的侦察兵交上了朋友,跟他们一块儿吃饭,喝糖茶,跟他们一块儿出去侦察,到澡堂子里去洗澡,打自动枪,跟他们睡在一个营帐里,还可以领到军装——皮靴、大衣、带肩章的军便服,肩章上还有交叉的小炮,甚至还有一个指南针、一支转轮手枪和子弹。

三年来凡尼亚一直过得象条野狗,没有家,没有亲人。他害怕人,老是提心吊胆,忍饥挨饿。好容易才遇到好人,他们救了他的命,给他温暖,给他吃,真心爱护他。当一切都显得那么美妙,他终于找到亲人的时候,一声霹雳,什么都完了! 一切美景都烟消云散了。

"叔叔,"他一边咽着眼泪,小心地拉拉毕登科的大衣,一边说,"啊,叔叔!我说,别带我走吧。我不要。"

"这是命令。"

"叶果罗夫叔叔……中士同志。您别打发我走吧。还是让我住在你们这儿吧。我会永远给你们洗锅子,打水……"凡尼亚绝望地说。

"不可以,不可以,"叶果罗夫疲倦地说,"喂,毕登科,你怎么啦!好了吗?"

"好了。"

"那就带着孩子走吧。团部刚好有辆五吨卡车装空弹壳回去。还赶得上。要知道我们已经推进了四公里。正在巩固阵地。后勤部队马上要跟上去。到那时叫我们把孩子往哪儿送呢? 去吧!"

"叔叔!"凡尼亚叫起来。

"不可以。"叶果罗夫斩钉截铁地说,转过身去,免得看着凡尼亚的神气难受。

凡尼亚明白,一切都完了。他明白,在他同这些人中间已经升起一堵墙,虽然他们刚才还是象亲儿子一般爱他,还亲切地叫他小牧童。

凡尼亚从他们的眼神、语气和手势上清楚地感觉到,他们还是爱他疼他的。但同时也清楚地感觉到,他们中间的那堵墙是打不破的,就是用头去撞也没用。

这时候,自尊心忽然在孩子身上觉醒了。他的脸变凶了,仿佛一下子瘦了许多。小小的下巴往上一翘,眼睛在紧蹙的眉头下闪亮,牙关咬得紧紧的。

"我不去。"孩子倔强地说。

"还是去吧,"毕登科和气地说,"瞧你这孩子多凶啊。嗨,'我不去'……我把你放到汽车上,你不走也得走。"

"我反正会逃走的。"

"嗳,老弟,这怕办不到吧。还没有人从我手里逃走过呢。我们还是去吧,要不然搭不上车了。"

毕登科轻轻地捉住凡尼亚的袖子,却被凡尼亚怒气冲冲地挣脱了。

"别碰我,我自己走。"

说完他急急地挪动两只赤脚,出了营帐,往树林里走去。

这时在树林里,辎重兵正在大车上捆绑要运走的东西,司机在发动汽车,战士在拔营帐的木桩,电话兵在把电线绕到络车上去。

军大衣外罩着白色工作服的炊事员,匆忙地用斧子在树桩上砍着鲜红的羊肉。

到处都是空箱子、干草、空罐头、碎报纸,说明后勤部队已经跟上进攻部队了。

5

第二天晚上,毕登科很迟才回到自己的队伍。他很气恼,肚子又饿。

在这段时间里,前线发生了重大的变化。进攻发展得很快。部队乘胜追击敌人,向西推进了许多路。

昨天作战的地方,今天已经驻着第二梯队了。昨天驻着第二梯队的地方,今天已经寂静无声,一片空旷了。前沿已经移到德军昨天的大后方了。

树林远远地落在后头。在树林里展开的战斗,现在已经移到田野、沼地和灌木丛生的丘陵之间的地带了。

侦察兵们如今不再住营帐,而住到德军军官的掩蔽部里了。这座掩蔽部造得又漂亮又坚固,盖着四层圆木排,上面还复着草皮。

当这座掩蔽部还住着德国军官的时候,精明的侦察兵就看中了它。他们在记下德军发射阵地时把这个掩蔽部也记了下来,当时他们就很喜欢这座建筑物了。

毕登科一路上没有向谁打听,光凭着侦察兵那种正确的鉴别力,找到那座掩蔽部。那时天色已经黑了。

西方地平线上,炮声隆隆,大地怒吼。一条条火红的闪光,在那边不断地亮起,不断地跳动,反映在阴沉沉的乌云中间。

毕登科走下复着木板的土踏级,走进宽敞的掩蔽部。

首先投入他眼帘的是一盏新的电石灯,从顶棚上泻下明亮而刺眼的惨绿光芒。显然是德国人慌忙逃跑,来不及把它带走。

墙上特设的木龛里摆着德国的长柄手榴弹,像一排书一样整齐。

掩蔽部中央有一张坚实的餐桌,固定在地上。角里有一个烧得通红的德国行军炉,旁边还堆着些木柴,也是德国人储备的。

德国人在这里安排得很周到,看来打算在这里过冬。他们甚至在墙上挂了一个镜框,里面嵌着一张彩色照片,照片上有一座漂亮的哥特式尖顶房子,周围是盛开的苹果树。在这幅美丽的照片上印着一行红色的德文字:"德国的春天"。

除此以外,掩蔽部里已经是一派俄罗斯风味了:床上铺着俄罗斯炮兵大衣、马衣和帐篷,平整得没有一丝皱纹;床头放着绿色的背囊,上面罩着洁净的毛巾;火炉上烧着那把出名的铜茶壶;桌上盖着几张《苏沃洛夫突击报》,中间放着一大块面包,周围摆着木匙子和杯子;角落里挂着擦得耀眼的俄罗斯武器,上面是绿色的俄罗斯钢盔。

掩蔽部里挤满了人。侦察兵全都聚在一起,这是很难得的事。毕登科发现还有许多外人,都是各排来的朋友和同乡。他们都到富裕而好客的侦察兵这儿来抽点好烟,喝点那把出名的铜茶壶里的好茶。

毕登科从这些情况上看出来,他走后师里的部队换过班,他们的炮兵连此刻已经调作预备队了。

几乎人人都在抽烟。在火炉烧得很热的掩蔽部里,充满强烈的烟气和人味,空气混浊得真象俗话说的,"简直悬空挂得住一把斧子"。

"啊,好极了,毕登科!"高尔布诺夫看见朋友说,他这时正在干他心爱的工作——招待客人。他把一个极大的面包抱在肚子上,一大片一大片地切着。"怎么样,把孩子交了?坐上来,我们正好喝茶。"

他没有穿军便服,只穿一件厚汗衫,敞开的领口露出又红又肥的强壮胸脯。

"老兄,今天我们调做预备队。大家玩玩。把衣服脱了吧,毕登科,来烤烤火。你看,这是你的床铺,我给你收拾好了。喂,你看我们的新宿舍怎么样?老兄,这样的宿舍整个师里也找不到第二处。与众不同!"

毕登科一言不发地脱了衣服,走到自己的床铺跟前,怒气冲冲地把装备扔在床上,又在炉子前面蹲下来,伸出两只又大又黑的手去烤火。

"喂,毕登科,你在前线指挥部听到什么消息没有?德国人还没有求和吗?"

毕登科不作声,也不向谁看一眼,只闷闷不乐地哼哼着。

"抽支烟好吗?"高尔布诺夫发现朋友的情绪很不好,说。

"哼,真他妈的活见鬼!"毕登科忽然咕噜道,又走到床铺跟前,颓丧地扑倒在床上。

显然,毕登科碰上什么不愉快的事了,不过,侦察兵们认为管闲事是极不礼貌的。人家不作声,就是说他认为没有说话的必要。既然没有必要,那就不用说了:要说他自己会开口的,何必去勉强人家。

因此,高尔布诺夫一点也不生气,装做什么也没看出来,照旧忙自己的事,继续讲给炮兵连的战友们听,他昨天去接替牺牲的库士明斯基的位置,怎样在步兵散兵线上险些儿送了命:

"嗯,我刚好拿起信号枪来,准备发一颗绿色信号弹,叫我们方面把炮打得稍微远一点。忽然在我身旁砰的一声,炮弹就在我脚下爆炸了。气浪呼的一下打过来,我就两脚朝天,一个斤斗跌得七荤八素,眼前一片漆黑,刹那间失去知觉。等到我睁开眼睛,才发现地面就在眼边,原来身子躺在地上了。"

高尔布诺夫得意洋洋地哈哈大笑。

"我觉得全身都被打坏了。我想这下子可完了,起不来了。我把自己从头到脚看了看,却看不出什么来。身上没有一个地方出血。我想大概是炸开来的泥土把我打倒了。可是我的大衣上却有六个孔。铜盔上也有拳头大一块凹了进去。还有右靴上的后跟给削得干干净净,仿佛原来就没有后跟似的,简直象用剃刀割下一样齐。天下就有这样的稀奇事!身上却连皮都没有擦掉一块,真是笑话。瞧,靴子后跟没有了。朋友们,你们瞧瞧。"

高尔布诺夫快乐地笑着,给客人们看那只损坏的靴子。客人们都仔细看了看,有几个甚至郑重其事地用手摸了摸。

"嗨,真是少见。"有人一本正经地说。

"这种情况有的,"另一个一面说,一面瞟瞟高尔布诺夫放在桌上的块糖,"那次我们在波利索夫附近强渡别列静纳河的时候,我们排里的战士焦特金的腰带被弹片切断了,可是人却一点也没什么。这种事是做梦也想不到的。"

"高尔布诺夫,"毕登科躺在床上,忽然有气无力地说,好像一个病得很重的人,"我说,高尔布诺夫,叶果罗夫中士在哪儿啊?"

"叶果罗夫中士今天值班,此刻查岗去了。"高尔布诺夫回答。

"就回来吗?"

"说是要回来喝茶的。"

"噢。"毕登科说,嘴里象牙痛一样哼哼着,象是要人家同情他。

"你不舒服吗?"高尔布诺夫平静地说。那副神气说明他问这个并不是出于好奇,而只是出于普通的礼貌。

"真他妈的活见鬼。"毕登科忽然又忧郁地说。

"喝点茶吧,"高尔布诺夫说,"喝点茶也许会好点。"

毕登科坐到桌旁的凳子上,却不碰一碰杯子。他眼睛盯住火炉,好一阵不作声。

"唉,真是太荒唐了,"他终于很不自然地提高嗓子说,竭力装出幽默的口气,"我简直不知道怎样向叶果罗夫中士报告了。"

"什么事情?"

"我没完成任务。"

"这怎么会?"

"没把那小家伙带到前线本部。"

"你开玩笑吗?"

"是真的。一不留神,就逃走了。"

"什么逃走了?"

"就是那个小家伙。我们的凡尼亚。小牧童。"

"你是说他在路上跑掉了?"

"跑掉了。"

"从你手里跑掉了?"

"嗯。"

高尔布诺夫沉默了一阵,忽然哈哈大笑,笑得整个肥胖的身体直打哆嗦。

"唉,毕登科,你怎么会出这样的岔子? 等着吧,叶果罗夫一回来,他会要你好看的。这是怎么搞的?"

"就是这么搞的。跑掉了,就完了。"

"瞧你这个赫赫有名的侦察兵! 还吹牛说:'还没有人从我手里逃走过呢,'——如今小家伙就逃走了。凡尼亚可了不起! 那牧童可了不起!"

"这孩子真精明。"毕登科苦笑着说。

"既然把你这样的行家都哄过了,看来确实很精明。毕登科,你还是从头到尾给我们讲讲,事情是怎么发生的。"

"跑掉了就是跑掉了。还有什么可讲的!"

"到底是怎么一回事? 老兄,你还是把前后经过讲出来吧。反正我们要知道的。"

"唉,真是见鬼。"毕登科无可奈何地摆摆手说,又走到床跟前,脸对墙壁躺下来,再也不开口了。

直到后来大家才知道这件绝无仅有的事件的始末。

6

卡车在林中的树根上拼命颠簸,震得空弹壳哗啷啷直响,才走了五公里的样子,凡尼亚忽然两手抓住高高的车板,脸上摆出不顾死活的神气,翻身跳出汽车,一个斤斗落在青苔地上。

这一手来得那么神速,那么意外,弄得毕登科真有点手足无措了。最初一刹那,他还以为是汽车拐弯的时候把孩子摔出去了。

"唉,慢点儿!"毕登科两只拳头敲敲司机室,大声叫道。"停车,活见鬼。丢了孩子了。"

等到司机把高速行驶的汽车煞住,毕登科看见凡尼亚从地上一跃而起,抓起他那只袋子,拼命往树林里跑去。

"喂!喂!"毕登科气急败坏地大叫起来。

可是凡尼亚连头也不回一下。

他象风车似地舞动两臂和两腿,在矮树和树墩之间没命地狂跑,最后隐没在色彩斑驳的密林里了。

"凡尼亚—亚!"毕登科两只大手围在嘴上,高声大叫,"小牧童—童! 等一等—等!"

可是凡尼亚没有答应,只有林中响亮的回声,穿过树丛,从旁边的什么地方传来:"亚—童—等!亚—童—等!"

"哼,你等着吧,小鬼!"毕登科怒气冲冲地说。他请求司机稍微等一下,迈开大步,飒飒地踏着枯枝,往树林深处跑去。

他确信很快就能捉到孩子。真的,一个经验丰富的老侦察兵,叶纳基耶夫大尉手下的一位"名教授",到树林里搜寻一个逃跑的孩子,难道得费大劲吗?说说也可笑。

不过,毕登科上等兵还是先向四面八方唤了唤凡尼亚,叫他别糊涂,快回来,这才按照军事科学的各种规则着手搜寻。

首先他用指南针定了方位,好随时不费劲地找到停车地点。然后又把指针转到那孩子隐没的方向。不过,毕登科并不照这方向走,因为他知道孩子没有指南针,在树林里准会往右走。这一层毕登科是凭经验知道的。在黑暗中或者看不远的环境里,一个人要是不带指南针,总是顺着时针的方向打转。

因此,毕登科稍微想了想,估计了一下时间,略向右转,悄悄地跑去截断孩子的路。

"看我到那边去抓住你,小鸽子。"毕登科得意洋洋地想。

他生动地想象着,他怎样神不知鬼不觉地从一棵矮树后面钻出来,一把捉住凡尼亚的手臂,说:"够了,朋友。在树林里玩得也够了。跟我回到车上去。记住,别再在我跟前调皮了,调皮也没有用。能从我毕登科手里逃走的人还没有出世呢。这层你可得永远记住。"

毕登科想得高兴,不禁脸上浮起微笑。说实话,他不愿把孩子送到后方去。他实在喜欢这个蓝眼睛、黄头发、又倔强有时又有点凶恶的瘦小子,这个道地的牧童。

凡尼亚在毕登科心里唤起一种很温柔、简直类似父爱般的感情。这种感情包含怜悯、自豪和替他命运的担忧。还有一点别的什么感情，连毕登科自己都弄不明白。

凡尼亚不知怎的使毕登科想起往事来，那时他还是个很小的孩子，却去给人家放牛。

他隐隐约约地想起了家乡的清晨，翠绿的大草地上笼罩着乳白色的迷雾。想起了浅绿、淡紫、火红等色彩艳丽的露珠，还有他自己手里拿着一支接骨木做的笛子，吹出那么清脆、婉转、愉快而又单调的曲子。

凡尼亚敢从高速行驶的汽车上跳下来，这使毕登科格外喜欢他了。

"好勇敢的小鬼。天不怕，地不怕，十足象个军人，"毕登科想，"把他送走真可惜，可惜极了。可是有什么办法呢？是命令啊。"

他一边这么左思右想，一边越来越深入树林。照他的估计，他该早就遇到那孩子了。可是始终不见他的影子。

毕登科不时站住，细听静悄悄的秋天的树林。不过，在他那双富有经验的耳朵听来，树林并不是完全寂静的。他分辨得出树林里各种隐约可闻的声音。可是他一次也没听到人的脚步声。

那孩子失踪了。

哪儿也找不到丝毫痕迹。毕登科察看每一棵矮树、每一条树干，都没有结果。他趴在地上研究落叶、野草、青苔，也都没有结果。哪儿也找不到什么痕迹，仿佛那孩子是腾空飞走了。

毕登科敢肯定说，即使最熟练的侦察兵也不能走得这么不留一点痕迹。

他惶惑不安地在树林里兜来兜去，不时改变方向。他怎么也弄不懂这孩子居然能不留下任何痕迹。

有一次他甚至不顾面子,假装女人的尖嗓子唤道:

"凡尼亚—亚! 啊—啊! 调皮得够啦—啦! 该走啦—啦!"

接着自己也觉得有点不好意思。

他看了看表,发现找孩子已经找了两个多钟头了。他这时才明白孩子丢了,再也找不回来了。

他这个老侦察兵从来没有这么丢脸过。如今叫他怎么去向叶果罗夫中士报告呢?他怎么好意思见他呢?同志们更不用说了:准会笑话他的。他真恨不得钻地洞。

可是没有办法。总不能象林妖那样在这里闲荡到天黑呀。

毕登科用指南针对了对方向,嘴里干咳着,回到停汽车的地方。可是正像他预料的那样,汽车已经不在了。司机负有紧急的战斗任务,不可能等这许多工夫。事实上,汽车现在也用不着了。他只好回去了。

不过,在走原路回去之前,毕登科决定抽一支烟,把包脚布重新包过。

他在树林里挑了一个合适的树根坐下。他刚好卷了一个漏斗形纸管,小心地抖抖烟荷包把烟草倒进去,忽然听见树枝飒飒作响,头上有样东西噗的一声掉下来。

他以为是一只鸟。可是定睛一看,不禁唉哟地叫出声来。原来这就是"小牧童"装在袋子里的那本掉了封面的旧课本。

毕登科抬头一望,就看见在树梢的枝叶中间那条熟识的棕色粗布短裤,裤管下露出两只像马铃薯一样脏的光脚。

就在这一刹那,毕登科好像被虫螫了一下似地跳起来,把烟荷包、烟卷和打火机往地上一扔,一转眼爬到树上。

凡尼亚一动不动。毕登科双手攀过去,才看见这孩子睡着了。他骑在一条渗出松脂的橙黄色树枝上,两手抱着鳞纹的紫褐色树干,头靠在树干上,天真烂漫地睡得很香。眼睫毛的阴影落在苍白的面颊上,发高热发得脱皮的嘴唇上隐隐地露出纯洁的微笑。他甚至于在轻轻地打呼噜。

毕登科一下子明白了。原来"小牧童"用最简单的方法愚弄了他。凡尼亚并没在树林里狂跑来躲避侦察兵,他采用别的办法:一进树林就爬到一株高树上,避过风头,然后悄悄地下来,走自己的路。要不是那课本从绽开的袋子里漏下来,他就会太平无事。

"哦,好狡猾!活像只小狐狸!真厉害,没话说的!"毕登科一边欣赏凡尼亚,一边心里赞叹着。

毕登科小心地紧紧搂住孩子的肩膀,接近地望了望他那张睡着的脸,亲切地说:

"下去吧,牧童老弟。"

凡尼亚一下子睁开眼睛,看见这个战士,挣扎起来,可是毕登科把他抓得很紧。

孩子立刻明白他挣不脱了。

"好吧。"他用睡意未消的哑嗓子老大不高兴地说。

7

五分钟以后,他们收拾好课本、烟草和打火机,在树林里走去找路,希望能搭上一辆开往第二梯队的便车。

凡尼亚走在前头,毕登科跟在后面,相距只有一步,他的眼睛也紧紧地盯住凡尼亚。

"够了,老朋友,"毕登科教训他说,"在树林里玩得也够了。反正也玩不出名堂来。能够从我手里逃走的人还没有出世呢。这点你可得记住。"

"您说得不对,"凡尼亚怒气冲冲地说,没回过头来,"要不是我那课本,您一辈子也捉不到我的。"

"怕不见得吧。还是捉得到的。"

"您说得不对。"

"我说得对。还没有人从我手里逃走过。"

"可我逃走了。"

"逃不了的。"

"要不是……"

"哼,又来'要不是'了。"

"您说得不对。"

"又来了。"

"您说得不对,您说得不对,"凡尼亚固执地重复说。

"我把整个树林搜遍,就能找到了。"

"那你干什么不搜啊?"

"就是不想搜。你问得太多,舌头会痛的。我凭迹象也能把你找到的。"

"那您怎么没找到我啊?"

"我已经把你找到了。"

"您说得不对。我比您调皮。您用指南针找我,可是也没找着。"

"你干什么胡说八道!我什么时候用指南针找过你了?"

"明明找过了:您没看见我,我在树上倒看见您了。"

"你看见什么啦?"

"我看见您用指南针对我的脚印。"

"瞧这小鬼,什么都注意到了。"毕登科心里赞叹着,可是嘴里却严厉地说:

"老弟,这事可不用你管。我只是用指南针定一下方位,免得找不着汽车。这不关你的事。"

毕登科说这话可有点昧着良心,但也还是没有用。

"您说得不对,"凡尼亚不买账,"您用指南针找我。我知道的。可是您没成功,因为我把您哄过了。要是我啊,不用什么指南针,不管白天黑夜,随便在哪座树林里,只要半小时准能把你找着。"

"嗨,老弟,这你也吹得太过分了。"

"那我们来打个赌吧。"

"要我跟你打赌,你还太年轻。"

"那让我们来试一下吧。就不打赌。您随便用什么东西把我的眼睛蒙住,您到树林里去。我过这么五分钟来找您。"

"你找不到的。"

"我找得到。"

"永世找不到!"

"我们来试试。"

"好,来吧!"毕登科大声说,侦察的欲望突然在他身上冲动起来。"凭什么你也找不着的!慢着……"他忽然怀疑地说,"这会弄出什么事来呢?我离开你到树林里去,你不是又会趁机会逃走吗?唉,不行,小家伙。我看你也太狡猾了。"

凡尼亚嗨的笑了一声。

"您怕我逃走吗?"

"我一点也不怕,"毕登科老大不高兴地说,"你这家伙叽里呱啦的话实在多。我被你吵得头都痛了。"

"您放心好了,"孩子得意洋洋地说,"我反正会从您手里逃走的。"

从这句话里毕登科听出这孩子的信心很强,决心很大,因此他嘴里虽然不说什么,心里却决定要时刻保持警惕。

凡尼亚忽然变得暴躁起来。他雄赳赳地在毕登科前面踩着两只结实的光脚,好像在报复侦察兵给他的侮辱,挑战地反复说:

"我要走的。就是把我拴在您身上,我还是走得掉的。"

"你这么想吗?那我就拴。我干这个可容易。看你怎么逃走。"

毕登科沉思起来。

"对!"他忽然坚决地说。"那我就拿绳子把你拴起来。"

毕登科也像一般仔细的侦察兵那样,随身总是带着一条五米长的结实的细绳子。他认真地考虑起来,回头上了汽车,要不要把凡尼亚拴在自己身上。路是相当远的。路上倒可以好好打一会儿瞌睡。但要是这孩子随时都可能跳车,你怎么打得成瞌睡呢?

"这倒是个主意,"毕登科想,"我真的把他拴住就成。等到了目的地,再把他解开。对付他没有别的办法。"

他们走到大路上,搭上一辆便车,毕登科真的从口袋里掏出那条卷得整整齐齐的绳子来。

"喂,注意啦,小牧童,现在我要把你拴起来了。"他快乐地说,竭力做出开玩笑的神气,免得那孩子生气。

可是凡尼亚一点也不气愤。他轻松地接受了这种半开玩笑的建议,并且用同样的口气回答说:

"您拴好了,叔叔,拴好了。可是您要把结打得牢一点,要不然我解得开的。"

"老弟,我的结你可解不开。我打的是双重水手结。"

毕登科一边说,一边把绳子的一头系在凡尼亚肘弯以上的手臂上,打了个牢而不痛的双重水手结,另一头绕在自己的拳头上。

"牧童老弟,这下子你可麻烦了。你跑不掉了。"

孩子不作声。他垂下睫毛,可是眼睛里却狂野地冒出蓝色的火花。

他们搭的卡车又大又好,上面有帆布遮篷,是辆崭新的美国造的"斯蒂倍克",这时正放空车到目的地去。开头车上没有别的乘客,只有他们两个人。他们舒舒服服地坐在司机室旁的一堆空口袋上,那里一点也不颠簸。

毕登科几次试着同凡尼亚谈谈,凡尼亚却固执地一直不开口。

"瞧这孩子多骄傲,"毕登科感动地想,"人小小的就这么厉害。性格多刚强。看样子吃过不少苦了。"

于是他又想起自己的童年来。

每到一个检查哨都有乘客上来。一会儿汽车就满了。有刚作过战从前沿下来的战士。只要看看他们的钢盔,看看他们系在脖子上、后面打了个结的又短又脏的雨衣,就看得出来。有两个军需员,穿着配身的军大衣,佩着狭长的银色肩章,头戴崭新的硬边军帽。有一个在军人服务社工作的姑娘,身披胶布雨衣,脚穿短统油布靴,一张绯红的圆脸围着一条头巾,那头巾照乡村女人的方式包的,看上去活像一棵卷心菜。有几个快乐的歼击机驾驶员。他们不断地从厚实而透明的烟盒里拿烟抽,那些烟盒是飞机厂用防弹玻璃的废料做的。还有一位上了年纪的胖女人,是外科军医,戴一副圆眼镜,剪得很短的灰头发上紧扣着一顶蓝色的小圆帽。一句话,就是那些在军用公路上经常搭便车的乘客。

天色黑下来了。

帆布车篷上滴滴嗒嗒地响起了雨声。路还很远。大家打起瞌睡来,各人有各人的姿势。

毕登科上等兵把那只绕着绳子的拳头枕在头下,也打起瞌睡来。但是他睡得很警醒,不时醒来拉拉绳子。

"嗯,什么事啊?"凡尼亚睡意惺忪地说,"我还在这里呐。"

"睡着了吗,小牧童?"

"睡着了。"

"好,睡吧。我这是检查线路。"

毕登科又打起瞌睡来。

有一次他忽然觉得凡尼亚仿佛不在身边了。他慌忙坐起来,拉拉绳子,不见答应。这位上等兵急出一身冷汗。他跪起来,按亮一直握在手里的电筒。

还好,平安无事。凡尼亚仍旧双膝贴在肚子上,睡在他旁边。毕登科照照他的脸。脸是安详的。他睡得很熟,连直射在他脸上的电筒光都弄不醒他。

毕登科灭了电筒,想起他们找到凡尼亚的那一夜来。那时他也用电筒照他的脸。可那时他的脸是怎样的啊:又病又累,瘦得可怕!那时他怎样嚯地一下惊跳起来!他那双眼睛怎样狂野地睁得老大!眼睛里流露出多少恐怖的神气!

其实这只是几天前的事。如今这孩子却睡得那么安宁,做着那么甜蜜的梦。落到自己人手里就有这样的作用。俗话说得对:老家的墙壁也能治病。

毕登科躺下来,在卡车调匀的摇摆下又打起瞌睡来。

这一次他睡得比较久,而且很安宁,可是一醒来还是没有忘记拉绳子。凡尼亚没有答应。

"大概又睡着了,"毕登科想,"很好,他是累坏了。"

毕登科翻了个身,又稍稍睡了一会儿,然后又拉拉绳子。

"唉,我真弄不懂这是在搞些什么呀?要搞到几时才完啊?"黑暗中传出了女人生气的低音,"干什么用绳子把我拴住了?干什么老是拉我?是谁老不让人家睡觉?"

毕登科全身都凉了。

他按亮电筒,不觉眼前一阵发黑:孩子不见了,绳子拴在外科女医生的靴子上;那位医生坐在地下,被电筒照着的眼镜里闪出威严的目光。

"喂,司机！停车！"毕登科气急败坏地大声嚷起来,同时用拳头拼命敲那司机室。

他不等车停就跨过人家的手臂、腿子、布袋和手提箱,向车尾冲去。他翻身跳过车板,落到公路上。

夜黑得伸手不见五指。天哗哗地下着冷雨。远处炮战的红光在西方地平线上闪亮。

公路上来往奔驰的有几十辆、几百辆载重汽车、小汽车、运输车、牵引车、炮车、汽油车。车灯急急地照着黑色的水潭,水潭上闪着白色的波纹和水泡。

毕登科微微叉开两腿和两臂,站了一会儿。随后他使劲唾了一口,说:

"真是他妈的活见鬼！"

他慢吞吞地向最近的车辆调度站走去,想在那里搭上一辆开向前沿的汽车。

8

"喂,小伙子,别站在门口。外人不许站在这里。"

"我不是外人。"

"那你是谁?"

"我是自己人。"

"什么自己人?"

"苏联人。"

"不管你是苏联人不是苏联人。我说不许就是不许。走你的路吧。"

"那么,叔叔,司令部在这里吗?"

"不干你的事。"

"我要见首长。"

"你要见什么首长?"

"见最大的首长。"

"我什么也不知道。走。"

"放我进去吧,叔叔。您站在这里干什么呀?"

"走开。我不能跟你谈话。你不看见我在站岗吗?"

"那您就不用跟我谈话了,叔叔。您放我进去见首长得了。"

"瞧你多调皮,"哨兵笑着说,接着忽然皱起眉头嚷道:"这里什么首长也没有!"

"您说得不对。有首长的。"

"你怎么知道?"

"一下子看得出来。房子这么漂亮。院子里有备鞍的马。刚才有位阿姨把个茶炉子送到房子里去了。门口还有站岗的。"

"什么都看见了。你这孩子真是调皮得要命。"

"放我进去吧,叔叔!"

"我马上要吹叫子了,叫卫兵队长出来。他马上会把你带走的。"

"带到哪儿去?"

"带到该去的地方去。喂!听见没有? 走,别站在门口。不许站在这里——没别的话了。"

凡尼亚走到一边。他在一块旧磨石上坐下来,双拳支住下巴,眼睛盯住栅栏门,耐心地等着。哨兵整整脖子上自动枪的皮带,轻轻地踏着橘黄皮底的白毡靴,在栅栏旁边来回踱着。

凡尼亚第二次从毕登科手里逃走以后,开始找寻侦察兵营帐所在的那座树林。他心里并没有一定的计划。他怀念那些侦察兵,他们开头待他那么好,那么亲切。

至于他们把他送到后方去,凡尼亚认为这是一个很大的误会,这误会是很容易消除的。只要再好好地请求一次就行了。

但是,不管这孩子怎样善于辨别地形和找寻道路,他还是找不到那座树林和那个营帐。一切都向西移动了好多路。一切都改了样子,变得认不出来了。

凡尼亚知道他离那地方不远，也许就在旁边，可是不见那座树林和那个营帐。树林仿佛就是原来的那一座，但现在已变得空荡荡的什么也没有了。

他沿着他不熟识的军用公路和部队驻地，在被焚毁的村子里徘徊了两天两夜，不时向遇到的军人打听，侦察兵的营帐在哪里。可是他不知道那些侦察兵属于什么兵种和哪一个部队，因此谁也无法告诉他。

再说，凡是军人都沉默寡言，他们非常不信任人。

对凡尼亚的问题他们常常回答说：

"不知道。"

"你问这干什么？"

"你去问警卫司令。"

"不能告诉你。"

全都是这样的回答。

凡尼亚绝望了。他简直想真的跑到后方哪一个城市里，请求保育院收留他。

尽管他性格倔强，到头来怕也只好走这一条路了。但后来遇到一个男孩子，才使他改变了主意。

这个孩子比凡尼亚稍微大一点。大概十四五岁，但样子还没有这么大。可是，老天爷，这是个多么了不起的孩子啊！

凡尼亚从来没有见过这么阔气的孩子。身上穿着近卫军骑兵的全副行军装：像女人裙子一样拖到脚跟的长大衣、红顶黑羔皮的圆形库班帽、有小小的马镫和两把交叉的马刀花纹的肩章、踢马刺，还有那洒脱地披在背上的鲜红风帽。这顶风帽使他的军人风度显得格外威武。

这孩子神气活现地把留额发的脑袋往后一甩,把一柄哥萨克式短马刀插到树林中的软土里,一抽一送地磨着。

接近这样的孩子都有点可怕,更不用说同他谈话了。但凡尼亚并不是个胆小鬼。他落落大方地走到这个阔气的孩子身边,叉开光脚,两手抄在背后,仔细打量着他。

不过,那个当兵的孩子连眉毛都没有动一动。他丝毫不理凡尼亚,依旧做他的军事练习,只难得认真地从齿缝里啐几口。

凡尼亚不作声。那孩子也不作声。这样相持了好一阵。最后那当兵的孩子忍不住了。

"你站在这里干什么?"他板着面孔问。

"我高兴站在这里就站在这里,"凡尼亚说。

"回到你原来的地方去。"

"你自己走吧。树林子又不是你的。"

"是我的。"

"怎么?"

"不怎么。我们的分队就驻在这里。"

"什么分队?"

"不干你的事。你看:我们的马。"

那孩子把留着额发的脑袋往后一甩,凡尼亚真的看见树后面有拴马桩、马匹、骑兵的黑斗篷和红风帽。

"那你是什么人啊?"凡尼亚问。

那孩子熟练地把马刀嗒的一声插进鞘里,吐了口唾液,用靴子擦去。

"你懂得肩章的等级吗?"那孩子嘲笑说。

"我懂的!"凡尼亚虽然一点也不懂,却果敢地说。

"那么你看吧,"那孩子指指绣有一道白杠的肩章,神气活现地说,"近卫军骑兵上等兵。懂吗?"

"是啊!上等兵!"凡尼亚露出委屈的微笑说,"这样的上等兵我们见得多了。"

那孩子生气地摇了摇浅色的额发。

"你倒想想:是上等兵呢。"他说。

但是他觉得这样还不够。他拉开大衣前襟,凡尼亚看见他的军便服上有枚银质大奖章,挂在灰色的缎带上。

"看见吗?"

凡尼亚大吃一惊,但是他不露声色。

"太神气啦,"他带着苦笑说,嫉妒得差点儿哭出来。

"不管神气不神气,可到底是奖章,"那孩子说,"是因为作战有功获得的。走开,回到自己的地方去,别自讨苦吃。"

"别太神气啦。还是你自己当心点吧。"

"当心谁啊?"阔气的孩子眯起眼睛说。

"当心我。"

"当心你吗?老弟,你还小呢。"

"不比你小。"

"那你几岁啊?"

"不干你的事。你呢?"

"十四岁,"那孩子说,撒了个小谎。

"嗨!"凡尼亚说,还吹了一声口哨。

"嗨什么呀!"

"那你算是什么兵呢?"

"普通的兵。近卫军骑兵。"

"说得好听!不可以的。"

"什么不可以呀?"

"太小了。"

"比你大。"

"总是不可以的。这样的年纪不收的。"

"可是他们收了我。"

"他们是怎么收你的?"

"就是这么收的。"

"发给你供给吗?"

"当然发。"

"你吹牛。"

"我没有这样的习惯。"

"你赌个咒。"

"凭近卫军人的名誉起誓。"

"各种供给都发吗?"

"各种都发。"

"武器也发吗?"

"当然发。凡是规定的都发。看见我的马刀吗?老弟,了不起的好刀。兹拉多乌斯特的出品。老实说,你就是把它弯成圆环也不会断。这还不算!我还有一件斗篷。顶呱呱的斗篷。漂亮极了。可我只有打仗的时候才穿。现在装在我后面的行李车上。"

凡尼亚咽了一口口水,可怜相地望望这个有一件斗篷装在行李车上的人。

"可是他们没有收我,"凡尼亚十分伤心地说,"开头收了,后来又说不可以。我甚至于在他们的营帐里睡过一次呢。在侦察兵那里,在炮兵那里。"

"看来是他们不喜欢你,"阔气的孩子冷冷地说,"既然他们不要你当儿子。"

"怎么当儿子?当谁的儿子?"

"当谁的儿子还不明白吗?当团的儿子。不当团的儿子,就不可以。"

"那么你是儿子吗?"

"我是儿子。老弟,我在我们的哥萨克团里当儿子已经有一年多了。他们在斯摩棱斯克附近就收了我。老弟,伏兹聂森斯基少校就用他的姓给我补了个名额,因为我是个没爹没娘的孤儿。我现在就叫伏兹聂森斯基近卫军上等兵,给伏兹聂森斯基少校当通讯员。老弟,他甚至带我去袭击过一次呢。那天夜里我们的哥萨克在法西斯后方干了一场,干得可热闹。我们就一直冲进他们司令部驻扎的村庄!他们光穿着短裤逃到街上!我们当场就把他们杀死了一百五十多人。"

那孩子从鞘里拔出马刀,做给凡尼亚看他们怎样砍杀法西斯匪徒。

"你也砍过吗!"凡尼亚问,钦佩得声音也哆嗦了。

那孩子想说:"当然啰",可是近卫军人的觉悟阻止他撒谎。

"不,"他不好意思地说,"说实话,我没有砍过。那时候我还没有马刀。我坐在机枪车上……好了,你回到自己的地方去吧。"伏兹聂森斯基上等兵突然说,警觉到跟这个来历不明的人物谈话谈得太随便了。"再见,老弟。"

"再见,"凡尼亚垂头丧气地说,慢吞吞地走开了。

"这么说,是他们不喜欢我,"他苦恼地想,但心里立刻深深地感到情况并不是这样。

不,不,他心里的体会是不会错的。他体会到侦察兵们是非常喜欢他的。全得怪那个炮兵连连长叶纳基耶夫大尉不好,他连一次也没见过凡尼亚呢。

于是凡尼亚起了一个念头,他想去找个最高级的首长,向他控诉叶纳基耶夫大尉的不是。

这样他终于来到了那座房子跟前,因为他推想里面准住着一位高级首长。

他坐在磨石上,眼睛盯住那房子,耐心地等那位首长出来。

过了一会儿,台阶上果然出现了一位军官。他一面戴麂皮手套,一面喊道:

"索波列夫,来马!"

9

一个战士牵着两匹备鞍的马,从房子后面跑出来。从他行动的敏捷和态度的恭顺上,凡尼亚看出那位首长的职位就算不是最大,也相当大,足够对付对付叶纳基耶夫大尉了。

他那肩章上的星也证实这一点。星很多,每块金色肩章上都有四颗,还加一对炮筒。

"年纪虽然不大,恐怕倒是位将军。"凡尼亚心里这样断定,满怀敬意地望望他那双有踢马刺的擦得很亮的精美皮靴,望望那件有点儿旧但很配身的军官大衣,还有那挂在大衣第二颗钮扣上的电筒、套在脖子上的双筒望远镜,以及带指南针的图囊。

那战士把马牵到街上,让它们停在栅栏门前。军官走到马旁边,并不立刻骑上去,却高兴地拍拍像缎子一样光泽的强壮的马脖子,还给马一块糖吃。

看来他此刻的情绪很好。

今天,当团长叫他去的时候,说实话他是有点提心吊胆。碰到这种情况,他总是担心会受一次申斥。这次也是这样,虽然他自问并没有什么失职的地方。

但是,这位严厉的团长不但没有对他作任何批评,甚至于表扬他的炮兵连工作出色,并且命令奖赏在最近一仗中作战最出色的十名炮兵。特别使人愉快的是,这位不动感情、难得嘉奖人的上校,十分重视这次对德军坦克预备队的出其不意的毁灭性炮击。这次炮击是叶纳基耶夫大尉周密布置的,并且果然对这一仗的胜败起了决定作用。

上校从自己的行军茶炉子里斟茶请大尉喝。这在团里被认为是最大的荣誉。后来他又送叶纳基耶夫大尉到门口,临别的时候还说:

"总的说来,您打得很好。了不起,叶纳基耶夫大尉!"弄得叶纳基耶夫大尉不好意思地涨红了脸,回答说:

"为祖国服务,上校同志!"

这一切都使人格外愉快。叶纳基耶夫大尉回头就要把团长对炮兵连的意见转告他手下的军官,而此刻他已经在想象这种乐趣了。

"叔叔。"他忽然听见有人叫他。

他回过头去,看见凡尼亚站在他面前,两手贴住裤缝,一双蓝眼睛一眨不眨地望着他。

"报告!"凡尼亚说,竭力装得像个战士。

"好,说吧。"大尉高兴地说。

"叔叔,您是首长吗?"

"是的。是指挥员。有什么事?"

"那您是指挥谁的指挥员?"

"我指挥炮兵连。指挥我的战士,指挥我的炮。"

"您也指挥军官吗?"

"要看是什么军官。譬如说,自己手下的军官我也指挥。"

"那您能指挥大尉吗?"

"大尉我可不能指挥。"

孩子的脸上露出十分失望的神情。

"我还以为您也能指挥大尉呢!"

"你问这个干什么?"

"有用处。"

"有什么用处啊?"

"既然您指挥不了大尉,那也就不必谈了。叔叔,我需要一个能命令所有的大尉的指挥员。"

"要命令所有的大尉干什么呀?这倒挺有意思。"

"也不用命令所有的大尉,只要能命令一个大尉就行了。"

"哪一个啊?"

"叶纳基耶夫大尉。"

"什么,你说什么?"叶纳基耶夫大尉嚷道。

"叶纳基耶夫。"

"哼……那他是个怎样的大尉呀?"

"叔叔,他指挥侦察兵。他是侦察兵中最大的。他叫他们干什么,他们就干什么。"

"指挥什么侦察兵啊?"

"什么侦察兵还不明白吗?炮兵的侦察兵。就是那些测定德军火力点的侦察兵。嗨,叔叔,他们的那位大尉凶得很呢。真糟糕。"

"那你有没有见过这位凶得很的大尉呢?"

"糟就糟在没见过。"

"那他见过你吗?"

"他也没见过我。他只命令把我送到后方去,交给司令官。"

军官皱起眉头,好奇地望望孩子。

"等一下……慢点儿。你叫什么名字啊?"

"我吗?凡尼亚。"

"光叫凡尼亚吗?"军官笑了笑问。

"凡尼亚·宋采夫。"孩子更正说。

"'小牧童'吗?"

"对啊!"凡尼亚奇怪地叫起来。"那些侦察兵都叫我小牧童。您怎么知道的呀?"

"老弟,叶纳基耶夫大尉炮兵连里的事,我全知道。好朋友,你倒讲给我听听,既然叶纳基耶夫大尉命令把你送到后方去了,你怎么还在这里呢?"

孩子的眼睛里闪了闪顽皮的蓝色火花,但他立刻垂下睫毛。

"我逃走了。"他老实说,竭力显出不好意思的样子。

"哦,原来如此!那你怎么逃走的?"

"一有机会就逃走了。"

"一有机会一下子就逃走了吗?"

"不是一下子,"凡尼亚说,提起一只脚擦擦另一只脚,"我从他手里逃走过两次。头一次逃走,又被他找着了。后来我再逃,他可找不着了。"

"他是谁啊?"

"毕登科叔叔。是个上等兵。他们的侦察兵。您认识他吗?"

"听见过了,听见过了,"叶纳基耶夫说,眉头皱得更紧了,"我可不信你能从毕登科手里逃走。他不是那种人。我看啊,小鸽子,你是在吹牛。对吗?"

"根本没有吹牛,"凡尼亚挺直身子说,"一点也不吹牛。是千真万确的真话。"

"你听见了吗,索波列夫?"大尉问他的勤务员。这勤务员正兴致勃勃地听自己的指挥员跟这孩子谈话。

"是,听见了。"

"你说怎么样?这孩子从毕登科手里逃走了,这可能吗?"

"绝对不可能!"索波列夫大声回答,脸上露出开朗的微笑,"随便哪个大人都不能从毕登科手里逃走,更不用说这个小家伙了。大尉同志,说句不客气的话,他简直是在撒谎。"

凡尼亚气得脸都发青了。

"撒谎当场死掉!"他坚决地说,轻蔑而自尊地扫了勤务员一眼。

接着满脸涨得通红,颠三倒四地急急讲着他怎样作弄那位老资格的侦察兵。

当他讲到用绳子系住人家的地方时,大尉怎么也忍不住了。他用手套擦去眼泪,声音粗哑地哈哈大笑,惊得那些马都竖起耳朵,不安地跺着蹄子。索波列夫呢,不敢在指挥员面前笑得太响——这是不作兴的——只是连连摇头,用拳头捂着嘴巴,不断重复说:

"啊呀呀,毕登科!啊呀呀,大名鼎鼎的侦察兵!啊呀呀,老教授!"

当凡尼亚讲到他遇见当兵的男孩的时候,叶纳基耶夫大尉忽然脸色阴沉,神情忧郁,想起心事来。

"他说:'他们把我当做自己的儿子,'"凡尼亚兴奋地讲着那个当兵的孩子,"他说:'现在我是他们的团的儿子。'他说:'我甚至于跟他们去袭击过一次,我坐的是机枪车。'他说:'因为他们喜欢我。'他说:'他们准是不喜欢你,因此把你送走了。'"

说到这里凡尼亚咽了一大口气,他那双天真可爱的眼睛可怜相地望望大尉的眼睛。

"可是,叔叔,他说他们不喜欢我,这可是胡说。他们是喜欢我的。我说的是实话。他们疼我。只是他们没法不听叶纳基耶夫大尉的话。"

"这么说来,大家都'喜欢'你,就是叶纳基耶夫大尉一个人'不喜欢'你吗?"

"是啊,叔叔,"凡尼亚说,抱歉地眨眨眼睛,"大家都喜欢,就是大尉不喜欢。可是他连一次都没见过我呢。见都没见过,怎么能判断一个人呢?要是他见过我一次,说不定他也会喜欢我的……对吗,叔叔?"

"你这么想吗?"大尉嗨的笑了一声,说,"好吧,回头瞧吧。"

他一只脚迅速地踏在马镫上,翻身上马。

"你跟孩子们夜里放过马吗?"他严肃地问,眼睛里却露出微笑,同时分开缰绳。

"怎么没放过。放过的,叔叔。"

"马背上坐得住吗?那好,索波列夫,你把他带着走。"

不等凡尼亚眨一下眼,勤务员的那双强壮的手已经把他从地上抱起,让他坐在自己那匹马的前头。

"到侦察兵那儿去!"叶纳基耶夫大尉命令说。他们就骑马飞奔起来。

"你从毕登科手里逃走,可是,老弟,从我手里就逃不走了。"勤务员说,使劲而又留神地抱住孩子。

"我也不想逃走。"凡尼亚快乐地说。

他感觉到在他的生活中正在发生非常重要而幸运的转变。

大尉来到侦察兵们的掩蔽部门前,嚯地一下跳下马,把缰绳扔给勤务员。

"你们等一下。"他说完急急地跑下踏级,碰得踢马刺叮叮地响。

10

侦察兵都聚在一块儿玩骨牌。他们兴致勃勃地在桌上噼噼啪啪地打着骨牌,叫人听了还以为掩蔽部里在放手枪。

"起立!立正!"值班员看见连长进来,大声喊道。

侦察兵们把骨牌扔在桌上,嚯地一下跳起来。毕登科上等兵这天正好在班上值班,照规矩戴着帽子,带着武器,拔脚跑到大尉面前,报告道:

"大尉同志!这里是您一连的指挥排的侦察班。侦察班现在是预备队。同志们都在休息。在值班时间里没有发生任何事件。值班员毕登科上等兵。"

"你们好,炮兵战士们!"

"大尉同志好!"侦察兵们齐声叫道。

通常叶纳基耶夫总是接下去命令"稍息",并且叫各人继续干各人的事。可是这一次他却在让给他坐的凳上坐下来,好一阵看着那幅缴获的照片《德国的春天》。

炮兵战士们都熟悉他们指挥员的脾气。只要看看他那炮兵帽檐下皱紧的眉头,看看他那周围布满干皱纹的眯缝的眼睛,看看他那短胡子下现出难以捉摸的冷笑的刚毅嘴唇,你就知道今天非好好挨一顿训不可了。

"你说没有发生任何事件吗?"大尉拿脱下的手套拍拍桌子,问。

毕登科不作声,他立刻猜到连长生气的缘故。

"您怎么不说话?"

"报告……"

"不用报告了。知道了。我的侦察兵也真行,居然被一个孩子弄得团团转。报告过班长吗?"

"是。报告过了。"

"那他怎么说?"

"班长罚我额外值四班。"

"几班?"

"四班。"

"太少了。您告诉他,我命令再加两班。总共六班。"

"是。"

叶纳基耶夫大尉好一阵眼睛盯住在他面前立正站着的战士们。

"坐下,弟兄们,"他终于说,同时解开大衣,表示公事完毕,可以随便一点了,"大家休息吧。我听说你们很会料理生活,你们弄到了一种出色的奔萨烟。能不能让我尝尝啊?"

不等他说完,就有五个烟荷包送到他面前,还有五张卷烟用的报纸和五个打火机,只等他一做手势就会发火。大家都争先恐后地说:

"抽我的吧,大尉同志。我这烟淡一点。"

"尝尝我的吧。我的加过柏叶了。"

"大尉同志,让我来给您卷吧。我卷烟比谁都卷得细。"

"您也许喜欢抽淡一点的吧?我有苏呼米的好烟草,甜得像枣子。"

"你们过得都很阔气,很阔气,"大尉一面说,一面不慌不忙地考虑抽谁的烟,"你啊,毕登科,可不用把烟荷包拿过来,反正我是不会要的。如果抽了你的烟,我怕会睡得把天下什么事情都给忘了。"

"对,"高尔布诺夫挤挤眼,"一点不错。他准是抽了他那种烟之后在汽车里睡着了,睡得把我们的小牧童都丢了。"

"我就是指这件事。"大尉说。

"大尉同志,"毕登科诉苦说,"如果他是个普通孩子倒也罢了,可他简直不是个孩子,他是个真正的小鬼。真的。"

"他真是个好小子吗?"大尉一面抽着奔萨烟,一面问,"弟兄们,你们觉得他怎么样?"

"小家伙不错,"高尔布诺夫说,像所有别的侦察兵谈到凡尼亚时那样咧开嘴笑,"这孩子有办法。一句话,是个天生的战士。我们真想把他培养成为一名出色的侦察兵。可是没有这个福气。"

"可惜吗?"叶纳基耶夫大尉问。

"不,没什么。可惜倒并不可惜。他在后方当然也不会没有出息的。说实话,是有点儿可惜。他生成军人的气质。他待在部队里很合适。"

"你没有胡说吗?"

"干吗要胡说呢。这是一眼就看得出的。当然啰,您是我们的连长,您看得更清楚。"

"弟兄们,你们为什么不开口?"叶纳基耶夫大尉一面说,一面察看着战士们的脸,"你们觉得那孩子怎么样?"

侦察兵个个脸上浮起同样的微笑,说明他们的感情完全一致。

"好好考虑一下吧。将来跟他一起生活的是你们,不是我。"

"小家伙不错。一句话,是个小牧童,了不起。"侦察兵们说,还摸不透大尉说这话的用意。

他严肃地向他们望望,又考虑了一阵,这才坚决地说:

"好吧。可是你们得注意:这不是你们的玩具,而是一个活人。喂,索波列夫!"他走到门口,叫道,"把牧童带到这里来。"

当凡尼亚出现在门口的时候,大家都吃了一惊。这时大尉紧紧地按住孩子的肩膀,说:

"领回你们的牧童吧。让他暂时住在你们这里。以后看情况再说。"

11

叶纳基耶夫大尉一离开掩蔽部,侦察兵们就把凡尼亚围住了。大家都急于想知道事情的经过。

"小牧童!好朋友!"高尔布诺夫大声叫道。

"喂,小家伙,讲出来!"毕登科严厉地说,"你从哪儿来?你这是溜到哪儿去了?叶纳基耶夫大尉怎么找着你的?"

"什么叶纳基耶夫大尉?"凡尼亚摸不着头脑了。

"就是刚才带你来的那个人。"

"难道他就是叶纳基耶夫大尉吗?"

"他就是。"

"老天爷!"

"你不知道吗?"

"我哪里知道!"凡尼亚眨动短睫毛,大声嚷道。"早知道这样……哦,要是我早猜到是他……叔叔,他真的就是那个叶纳基耶夫大尉吗?"

"当然。"

"就是炮兵连连长吗?"

"对,就是他。"

"哦,叔叔,您说得不对。"

"等一下,小牧童,"高尔布诺夫说,也像别的侦察兵那样满脸笑容,"你别嚷了,还是把经过从头到尾讲给我们听吧。"

但是,凡尼亚显然太激动了,连一句话都说不利落。他快乐得眼睛发亮,环顾着侦察兵们新的掩蔽部。他觉得这掩蔽部已经很熟识很亲切,就像他第一次跟他们过夜的营帐一样。

依旧是那些铺得整整齐齐的大衣和雨衣,床头依旧摆着那些背囊,上面依旧铺着那些毛巾。就连炉子上的铜茶壶和高尔布诺夫匆匆放在桌上的块糖,跟原来的也完全一样。

不错,只有那盏缴获的电石灯是以前没有的。它发出明亮的惨绿光芒,刺得人的眼睛怪不舒服,同时使人感到这种光芒也像灯本身一样,只是一种缴获的战利品。孩子眯起眼睛瞧着它,皱紧鼻子,摆出一句话也说不出来的神气。

其实凡尼亚早已猜到那个在房子前跟他说话的军官就是叶纳基耶夫大尉,他只是装作不知道罢了。

怪不得战士们一眼看出他是个天生的好侦察兵。因为一个老练的侦察兵的第一信条就是:与其知而乱说,不如知而不说。

就这样凡尼亚的命运在这么短的时间里奇妙地变了三次。

12

黎明姗姗来迟,在沼地上空淡淡地抹上一层曙光。在黑魆魆的腐烂的草地之间,在烟灰色的矮树之间,在高高低低地堆着割下但还没有运走的亚麻的田地之间,沼地象锡块似的白忽忽地发亮。

在矮树丛里冻了一夜的乌鸦醒了,发出饥饿的啼声,飞来飞去。它们懒洋洋地拍动被夜雾浸润变得沉重的翅膀。

地面上特别低洼的地方迷漫着白色的浓雾。盖着一簇簇枯草的土墩头,幻影似地在浓雾里浮沉。

一眼望去,周围荒无人烟,一片寂静。

只有在远远的东方,雾气不时抖动着,仿佛那边有人在使劲关一扇大门,但没有响声。

不过,要是有谁用经验丰富的眼睛仔细观察那些土墩,他就可能发现其中有两个土墩特别接近。这两个盖着枯草的黑土墩,原来是毕登科和高尔布诺夫的钢盔。他们躺在铺着缝有枯草的雨衣的泥地上,已经有三小时了。

两个侦察兵这么躺在地上,各人都看得见对方背后的情景。他们用臂肘支在泥泞的地上,微微昂起头,全神贯注地各自望着前方。

他们偶尔交谈一两句:

"看见什么没有?"

"什么也没有。"

"我也什么没有看见。一个人影子也没有。"

"真糟糕。"

"是啊,不太妙。"

他们深入德国人的后方,离战线有十二三公里。他们的脸色一分钟比一分钟严肃、紧张。

"没看见吗?"

"没看见。"

"早就到时间了吧。"

"喂,你看看表。真见鬼,我的停了。大概是碰坏了。我们已经等了多久了?"

高尔布诺夫把戴表的手凑到眼前。他的动作那么稳当,那么小心,连钢盔上的草都没有摆动一根。

"七点三十二分。就是说,我们已经等了三个多钟头了。"

"哦!"

他们至少有十五分钟没说话。

"喂,毕登科。"

"嗯。"

"会不会德国人把他抓住了?"

高尔布诺夫终于提出疑问,而这正是早就使毕登科惴惴不安的念头。毕登科却闷闷不乐地紧闭着嘴,这样他那浅黑的颧骨就更加凸出。

他的眼睛眯细,显得有点凶相。

"别说丧气话。少说废话,用心观察。"

"我是在用心观察。可是看不见,有什么办法!"

他们又沉默了好一阵,竭力睁大眼睛观察。忽然高尔布诺夫轻轻动了动,微微昂起头。

这个动作不容易被人发觉,却表现出极度紧张的心情。好像一个深度远视的人,高尔布诺夫的瞳人一下子缩得很小,大概只有大头针的头那么大。

毕登科知道高尔布诺夫看见什么极其重要的东西了。

"看见什么啦,高尔布诺夫?"毕登科动动嘴唇,低声问。

"一匹马。"高尔布诺夫同样低声地回答。

"是我们的吗?"

"好像是我们的。等一下。拐到树丛里去了,看不见。马上会出来的。摇着尾巴来了,出来了。是我们的谢尔科!"

"真的吗!"毕登科差点儿大声叫出来。

"是谢尔科。现在看得清清楚楚了。"

"这么说,马上就会看见小牧童了。我不是对你说过吗?可是你偏要说丧气话。"

毕登科克制不住兴奋的心情,做了在别种场合决不会做的动作。他灵活地改变躺着的姿势,开始往同伴观察的方向眺望。

他们两人贴住地面躺着,他们的视野很有限。地平线似乎移得很近。在地平线上,在烟灰色的矮树丛中,有一匹瘦骨嶙峋的白马,瘸着一条膝盖浮肿的前腿,慢吞吞地走来。

真的,这是谢尔科。可是旁边没有小牧童。

"小家伙落后了。准是累坏了。马上就会来的。"

"大概是吧。"

两个侦察兵用心细听。在马蹄吃力地踩着泥地的啪啪声中,他们拼命想听出人的脚步声,可是怎么也听不出来。

于是高尔布诺夫两手罩住嘴,像野鸭似的呷呷叫了几声。可是没有人回答这约定的信号。

"他听不见。你大声点儿。"

高尔布诺夫叫得响一点,还是没有人答应。毕登科非常小心地慢慢爬起来,跪在地上。

地平线仿佛一下子退远了,可是在眼前展开的平坦的沼地上,依旧没有一个人影子。

"这家伙真淘气。他大概想悄悄地溜过来吧。"毕登科一面说,一面不安地望望高尔布诺夫,似乎想在高尔布诺夫脸上看到肯定的表示,虽然这推测连他自己都不相信。

高尔布诺夫不作声。

"喂,高尔布诺夫,再叫叫看。说不定会答应的。"

高尔布诺夫又呷呷叫起来。还是没有人答应。

"凡尼亚——亚!小牧童!"毕登科终于完全忘记了警惕,喊了起来。

"叫叫什么呀……"高尔布诺夫不高兴地说,"事情明明白白。"

这时灰白马越走越近了。

它每走两步停一下,弯下细长的脖子,用焦黄的牙齿吃几棵枯草。马脸上长着稀稀落落的灰毛,挂着一条长长的橡皮带似的涎水。瘦骨嶙峋的马腿在不断哆嗦。一只眼睛整个被白翳蒙住,眼睛上面有几个又黑又软的深窝。

"谢尔科,谢尔科。"高尔布诺夫低声唤道,又小心地吹吹口哨。

马吃力地竖起一只耳朵,瘸着腿向侦察兵走来。它垂下头,在他们前面站住了。失去主人的马就这么冷淡地站着。

"小牧童在哪里呀?"毕登科问,"你把他丢在哪里啦?"

谢尔科曲着那条有病的腿,一动不动地站着。它那受伤的蹄子沾满黑色的泥浆。肋骨上衰老的淡黄毛皮在不停地抽搐。蒙着螺钿色白翳的死气沉沉的眼睛,驯顺地茫然望着地面。只有那条干瘪的尾巴在秃毛的屁股上不安地摇来摆去。

谢尔科是一匹拉辎重车的聪明的老马。要是它能说话,它准会给侦察兵讲许多话。但是即使不讲,他们也明白了。至少他们明白一点"小牧童"出了事。

前天黄昏,毕登科和高尔布诺夫带了凡尼亚出来侦察。他们是第一次带他出来,也没有向上级请示过。

他们的任务是尽可能深入敌军驻地,侦察路径,一旦部队推进,炮兵连就可以最顺利地穿过沼地前进。

他们得给炮兵连各排找到上好的阵地,替未来的观察所指出最有利的地点,侦察敌人的防御工事,但最重要的是收集有关德军预备队的人数和驻地。当然,在回来的路上能够抓到一个好"舌头"[①]——参谋部的或者炮队的军官,那也不坏。但这只始碰运气。他们带凡尼亚来当向导,因为他很熟悉这个难走的泥泞地带。

要是凡尼亚在这以前上过澡堂,理过发,换上军服的话,他们也不见得会带他出来侦察了。可是"小牧童"走运。炮兵连忽然不再当预

[①] "舌头"指俘虏,因为可以从他们嘴里探问出敌情。

备队,调去直接参加战斗了,这种情况在前线也是常有的。又是一阵混乱。后勤部队又落在后头了。根本谈不到上澡堂了。凡尼亚随着指挥排推进,还保持着本来面目:头发蓬乱,光着脚,背着马料袋——一个十足的乡下牧童。

要是德国人在自己后方碰上这孩子,哪一个会想到他是敌军的侦察兵呢?凡尼亚这副样子到哪儿也不会引起人家丝毫疑心的。再也找不到更好的向导了。

再加凡尼亚又再三请求。他怪可怜地反复说:"叔叔,你们带我去吧。这费你们什么事呢?这里每一棵草我都熟悉。我给你们带路,保管德国人一个也不会发觉。回头你们只会感谢我的。叔叔!"

他跟住侦察兵纠缠。他睁着一双明亮的眼睛,满怀希望地看着他们的眼睛。他怯怯地拉拉他们的衣袖……一句话,他们终于冒险带他出来。不过,他们带他出来也不是随随便便的。

首先,他们也像一切优秀的侦察兵那样,认真周密地研究了这件事。他们决定让凡尼亚当他们的向导,并且给他规定精确而又严格限制的任务。

这个战斗任务就是,"小牧童"走在侦察兵的前头,给他们带路,遇到危险通知他们。

为了使凡尼亚更象一个牧童,在德军后方闲荡不致引起一丝疑心,他们就想出用马来掩护。凡尼亚牵着一匹马,仿佛这匹马是逃走后才找到的。

他们从本团第二梯队的辎重兵那里弄到合适的马。就是这匹受过伤、早该除名的灰白色老马,名字叫谢尔科。

凡尼亚用绳子给自己编了一条道地的牧人用的鞭子,又替谢尔科做了缰绳。午夜以后,天快亮的时候,三个侦察兵——包括凡尼亚和他的老马——没有遇到什么困难,就穿过了火线。

凡尼亚牵着马堂而皇之地走在前头,高尔布诺夫和毕登科一个跟着一个,小心翼翼地在后面爬行,离开他大约有百米光景。

这样走了四公里的样子,凡尼亚忽然碰上了德军巡逻队。

说他当时不害怕,那是假的。当他忽然看见三个披雨衣、戴锅形钢盔的黑魆魆人影从地下钻出来的时候,他感觉到的不止是害怕,简直是恐怖极了。他在"德国人手下"经历的种种情景,在他的脑子里还新鲜得很呢。

他两腿发软,血往脸上涌,眼前一阵发黑。他浑身哆嗦,但拼命克制使牙齿不碰出声来。

电筒的光在他那衣服破烂的小身体上扫过,还照亮了象幽灵一般站在黑暗中的瘦骨嶙峋的老白马。

"喂,你深更半夜在这里荡来荡去干什么,混蛋!"一个德国兵用伤了风的粗嗓子喝道。

这蛮横、轻蔑,冷酷而又洋洋自得的粗哑难听的声音,使凡尼亚想起几十个几百个他极熟悉的讨厌的声音,也想起发出这种声音来的德国警卫队长、监狱官、战地宪兵、卫兵队长和巡逻兵——他们不知给过他多少次拳打脚踢了。

他连忙把头一缩,闭上眼睛,等着挨打。他真的立刻挨到了。皮靴重重地在他屁股上踢了一脚,接着粗哑难听的声音用德国话骂道:

"你干吗不说话,混蛋?人家问你,就得回答。要不再给你一下!"

凡尼亚不懂德国话,可是德国话的意思他能领会。他凭亲身经历很懂得这些德国话的意思。

恐怖一下子过去了。怒火在他心中燃烧起来。什么话！一个法西斯无赖竟敢用皮靴踢他这个红军战士,踢赫赫有名的叶纳基耶夫大尉炮兵连的侦察兵?

凡尼亚的眼睛充血了。只要再一刹那,他就会向那个德国兵扑过去,捶他的脸,咬他的喉咙。他知道他不是孤独的。他知道旁边就有他的朋友,他的忠实的战友。只要他一声叫喊,他们就会赶上来救他,把那些法西斯鬼子杀得一个也不剩。但是,凡尼亚也记得很清楚,他是在深入敌后进行侦察,只要一有响动就会暴露侦察组,破坏战斗任务的执行。

于是他又以坚强的意志克制住愤怒和自尊心。他又勉强装成傻里傻气的小牧童,夜里带着马迷了路。

"喔唷,叔叔,您别打呀!"他可怜地呜呜哭着,装出泪流满面的样子。"我在找我的马。好容易才找着。跑了整整一天一夜。我迷路了。嘻,死鬼!你这老不死!"他向谢尔科抽了几鞭子,骂着。

他又呜呜哭起来。

"放了我吧,叔叔。我再也不来了。妈妈在家里等我呢。"他甚至于捉住德国兵的手,装出要吻它的样子,虽然心里感到极度恶心。

"去你妈的,傻东西!"德国人说,口气缓和了一些。"快拉着这死货滚开!夜里不许再出来闲荡。不然就把你吊死。"

他用膝盖撞了一下凡尼亚的屁股,又拿自动枪敲了敲马背。于是德军巡逻队又隐没在黑暗中了。

凡尼亚这才小心地装了几声鸭叫,表示危险已经过去。侦察兵们就继续前进。

13

往后事情就更顺利了。

天亮了。白天没有发生什么事情。两个侦察兵相信凡尼亚确实熟悉这一带地方。他正确无误地执行着自己向导的任务。

毕登科和高尔布诺夫总是先躲在草垛或者矮树丛里,让凡尼亚牵着马去察看地形,然后再回来装鸭子叫,表示道路通行无阻。

这样工作是要迅速和方便多了。

两个侦察兵在等凡尼亚的时候,总是不肯浪费时间。他们把一路上侦察到的情况都标在地图上。这次他们的收获特别丰富。在叶纳基耶夫大尉炮兵连负责的地段,德军防御的纵深都作了细致周到的侦察。只有沼地中的一条小河还需要侦察和标明,哪里可以最隐蔽地把大炮运到对岸去。如果能顺利突破德军防御,这事就有特别重大的意义。这样,叶纳基耶夫大尉可以不用再花时间侦察,一下子就顺着事先制定的路线,在适当的时刻把大炮远远地投到前方,差不多从敌人后方去粉碎撤退的德军纵队。

但是,白天要进行这项复杂的侦察工作是不可能的,特别是物色合适的过河地点,摸清河底,测量河的深度。得等到夜里。因此侦察组组长高尔布诺夫就命令大家在沼泽间的草地上过夜,天亮以前溜到河边,利用清晨的迷雾,观察河岸,找到过河地点,测量那里的水深,并在地图上标出来。做完这些就可以归队。

他们就这么办了。在草地上过了夜,离开天亮两小时光景凡尼亚牵了谢尔科,照例在前面开路。

毕登科和高尔布诺夫等他回来。那里离河不远,照他们估计凡尼亚顶多一小时就可以回来。

但是过了一小时、两小时、三小时,始终不见凡尼亚的影子。他没有回来,谢尔科却单独回来了。这时两个侦察兵明白了:凡尼亚出事了。得赶去救他。

毕登科和高尔布诺夫对望了一会儿。他们一言不发。不过,他们不说话也能互相了解的。事情太简单太清楚了。得赶快去找寻"小牧童",虽然这是冒着生命危险的。

高尔布诺夫是组长,他做做手势叫毕登科跟他去。他们小心翼翼、平平稳稳地在草地上爬着,从一个土墩到一个土墩,有时候停下来向周围望望。

他们运气好,黎明升起的迷雾还没有消散,而且仿佛越来越浓了。这浓雾象幻影似地飘浮在沼泽的洼地上,蒙住一切景物。不过,即使没有雾,也未必有人会看见这两个侦察兵。地方很偏僻荒凉,看来是没法走的。

毕登科和高尔布诺夫忽然听见后面有嗒嗒的响声。他们回过头去。谢尔科瘸着那条伤腿,在他们后面一步一步地走来。它在迷雾中看上去象个巨大的怪物。

"回去,谢尔科!别暴露我们,"毕登科露出和气的微笑说。"听见吗,老东西?回去。咳!"

但是谢尔科委靡不振地垂下头,暗淡地亮着上白翳的螺钿色眼睛,还是跟着走来。它仿佛想说:"你们别抛弃我吧,好人。在这潮湿泥泞的草地上,在这可怕的迷雾里,叫我孤零零的怎么办呢?你们可怜可怜我这老马吧!"

这个意思侦察兵们也懂得。不过,不管他们怎样舍不得丢下这匹驯顺善良的牲口,他们却没有别的办法。马可能引起敌人的注意,立刻把他们毁灭。

"唉,宝贝。"毕登科爬近谢尔科,叹息着说。

他从口袋里掏出一条皮带,一下拴住了老马浮肿衰弱的前腿。

"老弟,我们可怜你,可是没有办法。你暂时在这里玩玩吧。说不定我们还能见面呢。"

两个侦察兵又向前爬去。

谢尔科想跟着他们跑去,可是皮带拴得很紧,不让它挪动一步。于是这马就试着跳跃。它拼着全身微弱的力气挣扎,可是力气实在太小。它只稍稍踢踢后腿,就立刻吃力地站住了,累得皮包骨头的两腰不住起伏。

侦察兵们朝凡尼亚夜里走的方向爬去。有几处泥泞的地上还留着凡尼亚的赤脚印,而且相当清楚。

毕登科望望这些脚印,想:

"唉,我们这些人真糊涂。到现在还没有给这小家伙弄到一双鞋子。嗯,得了。等我们找到他,平平安安回到队里,再给他从头到脚弄一套军服吧。照他的身材改一套,他就会变成个美少年了。"

他们爬到沼泽地带,脚印就完全不见了。如今只好根据指南针朝小河的方向前进。周围依旧是一片迷雾,荒无人迹。小河确实不远了。

一会儿,两个侦察兵就看见荒草杂生的低低河岸,有几处近水的地方还长着稠密的芦苇。隔河高高的岸上是一片青灰色的树林。

高尔布诺夫和毕登科停下来,躺了好一阵,仔细地研究着地形。河岸虽然空荡荡的,却使人不安。在相当亮的湿草地上,看得见许多卡车的轮印。轮印很新鲜,黑得象鞋油,说明卡车在这里开过没多久。卡车可能是运什么东西到这里来,大概是木材吧,因为草地上有几处撒着些新鲜的碎木片。

看样子,不久以前有人在这一带修过桥。那桥无疑就在这里,只是被芦苇遮住了。既然有桥,一定还有警卫队。这点值得注意。至于对岸的树林,里面显然有部队或者司令部驻扎着:树林上空有几处在冒烟,而在树林边的一个地方,在树根之间露出一座用绿色伪装网遮得很好的工事。这可能是大炮掩蔽部、观察所或者深的步兵壕的胸墙。

德国人在这里大力巩固阵地,看来准备长期据守。

这是一个很重要的发现。两个侦察兵紧张地观察地形,竭力记住详细情景,以便回头凭记忆把它们标在图上。

无论如何他们可不能再待在这里了,得赶快回去。可是他们迟疑着。难道他们能丢下遭难的同志不管,自己归队吗?从另一方面说,他们又有什么办法呢?

如今他们来到凡尼亚到过的地方。他们也看见了这条河。可是下一步该怎么办呢?

孩子的脚印没有了。要是他真的给德国人抓住,当然早就被送到什么战地警备司令部去了。但话又得说回来,德国人扣留一个牵着病马、衣服破烂的乡下孩子干什么呢?这种饥饿贫穷的苏联孩子在德国人后方也不止一个两个吧?要抓也抓不完。再说,抓去以后把他们送到哪儿去?谁来张罗他们呢?德国人如今可顾不到他们了,保全自己的性命要紧。

不,说凡尼亚被德国人抓去了,这是绝对不可能的。即使抓去了,他们又能找到什么不利于孩子的证据呢?什么也找不到的。一只破袋子,里面装着一本破旧的课本,别的就没有了。

那么,他究竟上哪儿去了?为什么马单独回来?会不会是凡尼亚沉不住气,干脆离开他们了?但这是绝对不可能的。凡尼亚可不是这样的孩子!

他多半是走到河边,回去的时候迷路了……凡尼亚迷路了!不,这想想都可笑。

可是时间在悄悄地过去,得拿个主意。

毕登科和高尔布诺夫躺在一座小柞树丛中。那些小柞树,叶子已经发黄,但还没有脱落。他们躺在那里,苦苦思量着。

忽然毕登科看见前面地上有样东西,弄得他差点儿叫出声来。这是一支紫铅笔,上面印着"化炭"商标,就是毕登科不久以前送给凡尼亚,凡尼亚经常放在袋子里的那一支。

"高尔布诺夫。"毕登科低声叫道,用目光引高尔布诺夫注意这支铅笔。

高尔布诺夫看了看,也吃了一惊。

这当儿,就有许多极微细的景象从各方面投入他们的眼帘。他们起初没有发现,就因为这些景象近在眼前。

他们发现一绺白色的马鬃挂在树枝上。他们发现一支没抽完的德国纸烟被踩进泥地里。他们发现一大堆从折断的矮树上打落的树叶。最后,稍微远一点,他们发现凡尼亚的那条绳鞭子。

周围的地面被践踏过了,被打过铁掌的军靴踩得尽是坑坑洼洼。

所有这些细节在他们眼前凑成一幅可怕的图画,那就是几小时前在这里发生的。

如今一切都清楚了。

他们选择的方向没有错。凡尼亚牵着马就是朝这方向来的。他们来到这些矮树丛前面。就是在这里,在高尔布诺夫和毕登科此刻躺着的地方,德国人抓住了凡尼亚。从各种迹象看来,德国人是突然粗暴地抓住他的。

被践踏过的地面、折断的树枝、袋子里掉出来的铅笔、弃在一边的鞭子、没抽完的纸烟——这一切都说明孩子作过一番剧烈的抵抗。后来他们就把他拖走了。现在这两个侦察兵清清楚楚地看见地面上的痕迹,表明凡尼亚是往那个方向被拖走的。

痕迹一直引伸到芦苇丛里,也就是毕登科和高尔布诺夫猜想有一座桥的地方。这么看来,德国人把这孩子带过桥,送到树林里去了。从各种迹象看来,树林里一定设有德军司令部或者警备队。

于是两个侦察兵就开始讨论形势。

他们讨论得迅速、认真而周到,合乎炮兵连侦察兵的要求。最后得作出决定来。

毕登科和高尔布诺夫论军衔、功绩和服役年份,两人完全一样,可是在这次侦察活动中,高尔布诺夫被任命为组长。因此,高尔布诺夫拥有最后发言权。而这种最后发言权就是不容讨论的命令。

高尔布诺夫在说出他的决定以前,好好地考虑了一番。毕登科并不怀疑自己的朋友。他相信高尔布诺夫一定会作出最正确的决定。可是当高尔布诺夫一说出来,毕登科却愣住了。他怎么也料不到他会作出这样的决定。

"我说,毕登科,"高尔布诺夫坚决地说,"情况要求我跟你分开。明白吗?你回到队里去。准备走。我留在这里。"

"什么?你命令什么?"毕登科反问说。

"我命令你回到队里去。我留在这里。"

"高尔布诺夫!"毕登科叫道。

"就是这样。"高尔布诺夫皱了皱眉,简短地说。

毕登科明白没什么可说的了。但他还是试着说明他的想法:

"那么小牧童呢?"

"我留在这里。我来想办法。"

"那么我呢?"

"你回到队里去。"

"高尔布诺夫,我看还是这样吧:我和你都留在这里。"

"我对你说明白了。"高尔布诺夫生硬地截断他的话。

"不找到牧童我怎么能回去呢?!"毕登科请求说,"不,老兄。这样不行。随便你怎么样,我可不能把这小家伙丢下。就是掉脑袋,我也要救他。这成什么话呢?要知道他等于是我的亲生儿子啊!⋯⋯"

"他等于是我们大家的亲生儿子。可是公事第一。你知道我们在为谁服务吗?为祖国服务。你总也知道吧。现在你回到队里去。我留在这里。"

"我不回去。"毕登科怒气冲冲地眯细眼睛说。

"我命令你,"高尔布诺夫说,"你要是不服从,我知道怎么对付你。

你明白吗？听我说，毕登科，"他忽然口气变得温和了，"难道我不了解吗？朋友，我了解的。可是有什么办法呢？炮兵连在等我们的情报。难道我们能让它没有路线图，盲目行动吗？别糊涂了，毕登科。我留在这里，你回到队里去。把我们的情报送去。注意了，要平安送到。一路上要当心，别碰上德国人。我相信你象座石山一样可靠。把情况报告指挥员。明白吗？"

"明白了。"毕登科哭丧着脸说。

他不必再辩解了。要是他处在高尔布诺夫的地位，他也会这么办的。他明白，他们中间总得有个人把情报送回去。至于高尔布诺夫叫他送回去，也是很自然的。高尔布诺夫是组长。他要负责每一个人的安全。他怎么能不千方百计拯救"牧童"而自己归队呢？

"去执行吧。"高尔布诺夫把标有记号的地图交给毕登科，说。

"祝你平安，高尔布诺夫。"

"去吧，毕登科。"

"是。"

于是毕登科不再说什么，开始爬回去。最后他同褐色的泥地融成一片，消失在迷雾中了。

只剩下高尔布诺夫一个人了。

"这'牧童'到底出什么事了？"他苦苦思索着这个哑谜。"嗯，这又有什么关系，"他又安慰自己，"德国人扣留了他。把他拉到警备队或者司令部里。嗯，他们会审问他，可是他们能从他身上弄到什么呢？德国人又找不到什么对凡尼亚不利的证据。小孩子到底是小孩子。把他关一关又会放的。要紧的是他从他们那里出来，我可别把他漏过了。这样我就可以带着他一起归队，就没有事了。"

但是，高尔布诺夫虽然这么宽慰自己，心底里却感到事情远不是这么简单，而是要糟得多。

总有一些高尔布诺夫所不知道和预见不到的事——可是究竟是什么呢？

确实有一件事高尔布诺夫不知道。他要是知道的话，准会吓得浑身发凉的。他不知道凡尼亚·宋采夫的性格，不知道他动脑筋的本领、想象的能力和纯粹孩子气的好胜心的程度——这些特点差点儿送了他的命。

他们出去侦察带凡尼亚当向导，他觉得不满足。他知道当向导是个光荣重要的任务，可是他觉得不够。他那过分热烈、不知满足的心，要求更多的东西。他想获得荣誉，使大家吃惊。

在出发去侦察以前，凡尼亚背着大家弄到一个指南针。后来才知道，他这指南针是从一个侦察兵那里拿来的，说得更确切些，是偷偷地从他床上拿来的，预备侦察回来再放回老地方。他完全不觉得做了错事，因为那个侦察兵常常让他玩指南针，还教过他怎样使用。铅笔凡尼亚原来就有。没有记事本，他决定用课本代替。

这样，"牧童"有了全副装备，他就像个正式的侦察兵那样行动起来。

在侦察的时候，高尔布诺夫和毕登科等着走在前头的凡尼亚，根本没想到这孩子背着他们在做些什么。他们以为他只是牵着马去"研究"地形，然后回来向他们报告，路上是不是通行无阻。

其实凡尼亚做的不止这些事。他模仿侦察兵们，进行独立观察。他鼻子里呼哧呼哧地响着，聚精会神地皱着眉头，摆弄着指南针，定着方位。他在课本的空白处草草地标上只有他自己明白的方位和目标。

最后,他甚至于想画一张地形图。他用各种记号画下道路、树丛、河流和沼泽,画得很拙劣,但相当准确。

他拿着指南针和课本,坐在小柞树丛里,正在地形图上画着河流和他确实在芦苇丛里发现的那座新桥。就在这时候,他被德国巡逻队撞见了。

以后发生的事是不难想象的。

凡尼亚勇敢地拼命抵抗。可是一个孩子怎么对付得了两个德军巡逻兵呢?

他们把凡尼亚的双手反剪了,用枪托推着他走过那座新桥,往山上的树林里押去。

到了那边,他们把他推进一个又深又黑的掩蔽部,锁上了门。

14

一会儿,来了一个兵士,把他带到另一个掩蔽部里去受审。

这个掩蔽部外面在松树干之间张着伪装网,里面又宽敞又暖和,电灯雪亮。角落里还有收音机在呜噜呜噜响着。

掩蔽部中央有张松木长桌钉在地上,旁边坐着一男一女。

男的是个德国军官,穿一件紧身军服,上面有黑丝绒的阔翻领,领上绣着银线,看上去有几分像丧服。德国人的脸凡尼亚看不见,因为被一只手遮住了,那只手上戴有一只很细的订婚戒指,指甲很脏。凡尼亚只看见他那火鸡般又粗又红的脖子、淡黄头发和扁平多肉的耳朵。

那军官似乎是由于缺少睡眠而极度疲劳,又被强烈的灯光刺激得烦躁不安。他身后的墙上挂着一顶黑呢军帽,帽缘宽阔,往上翘起,漆皮大帽檐像把铲子。

这顶帽子和他那中心长着一撮毛的年老肥胖的耳朵,给了凡尼亚一种冷酷可憎的印象。

那个女的呢,凡尼亚却看不出她是个什么角色,虽然不知怎的一见就觉得她像个"教师"。

她穿着一件田鼠皮旧短袄,领子上缀着一束布花,围着一条长到膝盖的绒线裙,脚上穿着一双灰色胶靴。她的淡黄头发,高高地挽成两个髻,突起在又高又窄的前额上。她那胖胖的鼻梁上留有珊瑚色的眼镜痕迹。她这时正在用一块麂皮擦眼镜。她生有一双淡蓝色的爆眼睛,眼光很尖锐。

凡尼亚被带到桌子前面。他立刻看到桌上放着他的指南针和课本,那课本就翻开在他打算画地形图的一页上。地形图上有河流、桥梁和矮树林——他此刻就在这座树林里。

那女人迅速地戴上无框的金丝脚、厚玻璃眼镜,拿块花边小手绢擤了擤鼻子,像只受过训练的八哥那样说着正确而生硬的俄语:

"过来,孩子,回答我的问题。你懂得我的话吗?我问你,你回答我。对不对?我们讲定了?"

但是凡尼亚不很明白人家对他说的话。自从跟德国兵搏斗之后,他的脑袋一直在嗡嗡作响,眼睛发黑。反剪着的双手肿了,臂肘痛得厉害。

"孩子,你痛吗?"

凡尼亚不作声。

"把这脏东西的手解开,"她迅速地说着德语,接着咧开嘴露出金牙齿用俄语说,"把这孩子的手解开。他答应要改正了。他不会再跟我们的兵士打架,不会再咬他们了。他刚才是发脾气。对不对,孩子?"

他们解开凡尼亚的双手,可是他迅速地偷偷向周围扫了一眼,还是不作声。

"那么,"德国女人又露了露金牙齿说,"那么,孩子,再过来一点。你不用害怕。我们只是问问你,你只要回答我们的话就行了。对不对?

好吧,你对我们讲讲:你是谁,你叫什么名字,你住在哪里,你爸爸妈妈是谁,你到这布防地区来干什么?"

凡尼亚老大不高兴地垂下眼睛。

"我什么也不知道。你们要我怎么样?我又没有惹过你们,"他呜呜咽咽地说,"我找我的马。好容易才找着。我来回走了整整一天一夜。我迷路了。我坐下来歇会儿。你们的兵士竟动手打我。他们有什么权力打人?"

"嗳,嗳,孩子。说话别这么粗里粗气。兵士,他们执行他们的职务,多少也有点脾气。就是这样。可是我们想知道:你是谁,你从哪里来的,你爸爸妈妈在什么地方?"

"我是个孤儿。"

"哦!多可怜的孩子!你的爸爸妈妈都死了,是吗?"

"他们不是自己死的。他们是被杀死的。是被你们的人杀死的,"凡尼亚一面说,一面脸上露出可怕的冷笑,眼睛看着德国女人的胖鼻梁,看见鼻梁上闪着细小的汗珠。

德国女人慌了手脚,用手绢擦着满是汗毛孔的鼻子。

"嗯,嗯,打仗就是这样,"德国女人连忙说,"这事很惨,可是你也不用难过。这不能怪谁,到处都是孤儿。哦,可怜的孩子!可是你别发愁。我们来教育你,培养你。我们送你进孤儿院。进顶呱呱的孤儿院。以后还可能送你上学。将来你可以弄到个干一辈子的好职业。你要吗?对不对?"

"摩勒太太,"那军官暴躁地说着德语,声音重浊而凶恶,同时不耐烦地用手指敲敲满是雀斑的前额,"别跟他噜苏了。谁也不愿意老听这一套。我就是要知道,这小流氓的指南针从哪儿来的,是谁派他来画我们的工事区图样的。"

"请稍微等一下,少校先生。您不懂得俄国孩子的心理,我可很熟悉他们。这事包在我身上。先让我摸透他的心,使他相信我,这样他就会把什么话都告诉我了。您可以相信我。我在俄国人中间住了有十年了。"

"好吧。就是别再噜苏了。我听够了。快把他的心摸透,让这小流氓说出来,是谁给了他指南针,教他来画我们的军事目标图的。我看他是专门干这一行的。干吧!"

"好,孩子,"德国女人说着俄语,沉住气,又笑眯眯地露出金牙齿,"你也明白,我很爱你,我是要你好。我的爸爸妈妈在俄国住了好多年,我在这里也住了十年多了。你看,我的俄语说得不错吧?要比你好多了。我完完全全是个俄国女人。你可以绝对相信我。你对我要像对亲阿姨一样老老实实。别害怕。你就叫我阿姨。我喜欢你这样叫我。那么,好,孩子,告诉我,你这指南针是哪儿来的?"

"捡来的。"

"啊——呀——呀!阿姨这么喜欢你,你骗她是不作兴的。你要明白,撒谎会降低人格。好,你再想想告诉我:这个指南针是哪里来的?"

"捡来的。"凡尼亚执拗地重复说。

"这么说来,指南针会像蘑菇那样从地上生出来了。"

"是谁丢了,我捡来的。"

"那么是谁丢失的呢?"

"哪一个兵士。"

"这里只有德国兵。德国兵用德国指南针。这个指南针可是俄国式的。孩子,你还有什么话说?"

凡尼亚不作声,懊恼地感到被人家抓住把柄了。

"喂,这到底是怎么一回事啊?"

"我不知道。"

"你不知道吗?好。我明白了。你不愿说出给你指南针的人来。你会隐瞒。这说明你这人很忠实。可是给你指南针的那些人,他们都是坏人。他们都是很坏的人。他们是有罪的人。你知道平常怎么对付有罪的人吗?你不是不愿意做个有罪的人吗?对不对?你告诉我们,指南针是谁给你的?"

"没有谁?"

"这怎么会?"

"捡来的。"

"好。我相信你。就算你说的是实话。那么你倒说说:是谁教会你画这么漂亮的图画的?"

"什么——图画?我不明白您问的是什么?"凡尼亚呆头呆脑地问,用衣袖擦擦鼻子。

"到这儿来。走近一点。别害怕。我不打你。这本书属于谁的?"

"什么'属于'?"凡尼亚说,呜呜咽咽哭起来,"您说的是什么呀,我不明白。"

"这是谁的书?"德国女人问,不耐烦起来了。

"课本吗?"

"是的,课本。是谁的?"

"是我的。"

"那么,谁在里面画的图?"

"画的什么?"

"嗳,孩子,你别装假了。这地图是谁画的?"

"什么地图?"凡尼亚又呜咽起来,"我可不知道你们的什么地图。我丢了马。白天黑夜的到处找。阿姨,您放了我吧。我惹着你们什么啦?"

"到这儿来,听见吗!"德国女人嚷道。她那双戴着眼镜的眼睛变得像穴乌眼睛一样凶恶。

她用铁钳般的手指一把捉住凡尼亚的肩膀,拉他到桌子边,把他的头按到鼻子碰着课本。

"你看这个。是谁画的?"

凡尼亚还有什么话可说呢?证据太清楚了。凡尼亚脸色发白,默默地望着那破烂的书页,只见在课文和插图上面的空白地方,有紫铅笔画成的简单地图,上面有小河、那座新建的桥和过河地点,画得虽然拙劣,倒也相当清楚。

凡尼亚自己感到特别得意的是那些过河地点。这都是他亲自侦察后,像侦察兵那样正确地画上的。在每个过河地点旁边都画了一条很粗的横线,横线上面端端正正写着"1"字,表示水深一米,横线下面写着一个字母,表示河底的土质。

凡尼亚明白没法抵赖,这回可完了。

"这是谁画的?"德国女人又问,声音颤动,好像绷紧的琴弦。

"我不知道。"凡尼亚说。

"你又不知道吗?"德国女人说。她的脸先是泛起一块块红斑,接着就整个变成暗红色,好像杨梅肥皂一般。

她突然用铁钳般的指爪扯住凡尼亚的双耳,用力使他抬头。

"张开嘴来。我命令你。马上张开嘴,把舌头伸出来。"

凡尼亚明白她的用意,就咬紧牙关。于是那德国女人就用非常强壮的双膝把他夹住,两只食指伸进他的腮帮,像钩子似地把他的嘴扯开。

凡尼亚痛得"喔唷"一声叫起来,顿时露了露舌头。德国女人看了看,得意地说:

"现在我们明白了。"

凡尼亚的舌头全部染成紫色,因为当他画地图的时候,拼命用口水蘸着紫铅笔。

"好,孩子,"德国女人说,嫌恶地拿自己又粗又红的手指在绒线裙子上擦着,"我们问你,你要回答我们。对不对?是谁教会你画地形图的?那些人在什么地方?怎样可以找到他们?你明白我的话吗?我们给你派三个有经验的人,你给他们带路。"

"我不知道您问我的是什么,"凡尼亚说。

这孩子靠桌子站着,拼命咬嘴唇。他的头倔强地低垂着。从他的眼睫毛上掉下一颗颗豌豆般的泪珠,掉在插图和课文之间画有地形图的空白地方。插画是一把斫在木头上的斧子,下面是两行漂亮的斜体字:"我们不是牛马。我们不做奴隶。"

"说吧。"德国女人低声说,鼻子里哼哼着。

"我不说。"凡尼亚声音更低地回答。

这时他看见德国军官那只戴有订婚戒指的手慢慢地滑下来,露出一张病态的雀斑脸、又尖又小的红鼻子和老太婆式的小下巴。

凡尼亚没看清楚军官的眼睛,因为那眼睛亮了亮,接着就是一记响亮的耳光把凡尼亚打到墙边。

凡尼亚的后脑勺撞在木头上,正要倒下去,却又被一把拉到桌子跟前。他又挨了一记耳光,跟刚才一样沉重。可是他又被拉到桌子跟前。

他摇摇晃晃地站在桌子前面,现在,血从他鼻孔里流出来,滴在课本上,淹没那两行字句:"我们不是牛马。我们不做奴隶。"

孩子的眼前金星乱飞,忽儿白,忽儿黑,交错成一片。耳朵里隆隆直响,仿佛他被关在一只空锅子里,有人用锤子在外面猛敲。他同时听见一种非常轻微非常遥远的声音:

"现在你说不说?"

"别打我,阿姨!"他恐怖地用双手抱住头,叫道。

"现在你说不说?"那遥远的声音比较温和地又问。

"我不说。"孩子勉强动动嘴唇,喃喃地说。

又是一记耳光把凡尼亚打到墙边,以后的事他就什么也不知道了。他不知道两个德国兵怎样把他拖出掩蔽部,那个德国女人怎样在他后面吆喝:

"等着吧,小宝贝!三天三夜不给你吃不给你喝,到那时你就会开口了。"

15

凡尼亚在一片漆黑中被天崩地裂的轰炸声惊醒了。他的身体被震得忽而往上抛,忽而从墙边弹出去,东摇西摆,团团打转。砂土从上面落下来:一会儿像溪水似地奔流,一会儿大块大块地崩塌下来。凡尼亚感到砂土的重量。他的半个身体已经埋在砂里了。他拼命划动两手想爬出来,把指甲都撕破了。他不知道他昏过去有多久。大概有好一会儿,因为醒来感到饿得有点恶心。

他浑身上下都被冰冷的潮气渗透。他的牙齿打战,手指冻得麻木,几乎伸都伸不直了。头还在痛,神智却很清楚。

凡尼亚明白,他是被关在受审前关过的掩蔽部里,外边正在轰炸。

他好容易摸到那抖动的墙壁,爬来爬去找门,找了半天才找到。可是门反锁着,打不开。

忽然一下猛烈的轰炸声,近得很,就在头上,刹那间把凡尼亚的耳朵都震聋了。有几根木柱掉下来,差点儿打中他的脑袋。

木门被震断铰链,击得粉碎。白昼的强烈光芒穿过木柱塌下的顶棚,刺着他的眼睛。附近传来许多机枪声,争先恐后,混成一片。

震塌囚禁凡尼亚的掩蔽部的炸弹,是最后一颗。在随后出现的寂静中,可以清清楚楚地听见一片激战的声音。凡尼亚恢复了听觉,他在那无情的枪炮的喧闹声中,还听出和谐的人的呐喊,好像有人在嚷:冲——啊——啊——啊!

凡尼亚不禁反复想到侦察兵们说过的那句话:"战场女王①出动了。"

他顺着倾塌的土踏级爬出掩蔽部,伏在地上。他看见不久前法西斯兵士把他拖进来的树林。当时这座树林整整齐齐,安安静静。各处都是铺着河砂的小路,像公园里一样;沟渠上都搭着漂亮的小桥,桥上还有白桦树枝做的栏杆;德军司令部的掩蔽部都罩着伪装网,网上还缝有方块绿布和松果;穿得很暖和的德军哨兵站在涂有条纹的岗亭下;四面八方都引着红色和黑色的电话线;端着食盒的姑娘们来来往往;树林深处有流动发电站在隆隆作响;司令部的大客车和小轿车停放在特地挖成的深坑里,上面盖着树枝。

这座设备齐全的德军司令部的树林,如今已经毁坏得面目全非了。

一个个冒烟的红褐色弹坑,旁边横着连根拔起的松树,五颜六色的汽车残片和裹着冒烟的大衣的德国兵尸体。树枝上高挂着伪装网的碎片。空气中弥漫着使人窒息的火药味。

枪弹好像短促的鞭声,嘘嘘地响着;擦掉树皮,削断树枝。

凡尼亚立刻明白,德国人已经撤出树林,我们的部队还没有开到。这是一段间歇,其实很短促,却使人感到长得难受。在这段时间里,炮兵连在匆匆地转移阵地,迫击炮手掮着迫击炮前进,电话兵迅速地推着

---

① 这是步兵的别号。

络车敷设电线,联络员坐着装甲车飞驰,地雷工兵拿着长长的探雷器在前面搜寻地雷,步兵们在五分钟前还被敌人占据的土地上端着枪冲锋,已经不再卧倒下来。

凡尼亚身子贴在地上,心扑扑地跳着,等候自己人到来。

他们终于来了。

首先出现的是一个身材高大的战士,披着一件又脏又破的雨衣。他在树干中间钻来钻去,忽然跪下来,敏捷地换了换自动枪弹盘,随即又卧下来瞄准。

凡尼亚觉得他瞄准了好一阵,其实他总共只瞄准了几秒钟。他在挑选目标。最后他按下扳机,带黑色弹盘的自动枪打了一梭子。

就在这一刹那,凡尼亚认出了那战士。原来就是高尔布诺夫。可是他的样子变得怎样啦!身体还是那么魁伟结实;像童话里的勇士,可是他那露出缺牙的和善的微笑却完全消失了。他那张长着淡黄睫毛的脸,满是烟灰,露出战斗的怒容,威风凛凛地望着前方。

此刻高尔布诺夫的样子跟凡尼亚平时看见的,真是大不相同——他总是脸刮得光光,面色白里透红,和蔼可亲的。

高尔布诺夫本来就长得不错,此刻可格外英俊了。

"高尔布诺夫叔叔!"凡尼亚尖声叫喊,竭力想盖过枪炮的响声。

就在这一刹那,他们的眼光碰在一起了。

高尔布诺夫脸上又浮起快乐的微笑,同本来一样开朗豪爽,露出缺牙。

"小牧童!凡尼亚!"高尔布诺夫对着整座树林喊道,他的嗓子又雄壮,又尖得有点像女高音,"嗨,你这小鬼!还活着!我还以为你完蛋了呢。我的好朋友,真是想不到,"他一边说,一边冲到凡尼亚跟前。

"唉,老弟,你叫我们好担心啊!"

他紧紧地抱住孩子,把他贴在身上,又拿两只热手捧住他的面孔,粗糙的嘴唇在他的嘴唇上吻了两下。

凡尼亚接触到高尔布诺夫浑身冒汗的温暖身体,感到说不出的幸福。

他觉得这一切好像做梦,太奇怪了。他很想紧贴住高尔布诺夫,躲在他的雨衣里,舒舒服服地坐着,哪怕坐上五小时。但他想到他是个战士,战士是不作兴干傻事的。

"高尔布诺夫叔叔,"他急急地说,"这座树林子里有个司令部的掩蔽部,他们在那里审问过我。那比我们原来点电石灯的掩蔽部好多了。要大上一倍。"

"真的吗?"

"可以凭炮兵的荣誉起誓。"

"暖和吗?"高尔布诺夫关心地问。

"嗬!不能再暖和了。他们那里还有一架无线电呢。一天到晚在唱歌。"

"无线电吗?我们太用得着了,"高尔布诺夫连忙说,安排生活的劲儿又来了,"那个掩蔽部在哪里呀,你指给我看!"

"离这儿不远。"

"那我们就去占领吧。不然会被别人占去的。我早就想给我们的侦察班弄个有无线电的掩蔽部了。我们的炮兵连走的正好是这条路。"

他们向掩蔽部奔去。

"这个吗?"高尔布诺夫问。

"这个。"凡尼亚说,眯细眼睛露出轻蔑的神气。

高尔布诺夫从马裤袋里摸出一块木炭(专门为这种用途而带的),飞快地在门上写了两行大字:

xx炮兵团无敌第一炮兵连指挥排侦察班接管。

上等兵高尔布诺夫

这时候,拖着76毫米口径轻炮的卡车已经开进树林,一辆辆在树干间兜来兜去。

叶纳基耶夫大尉的炮兵连占领了新阵地。

16

"喂,小牧童,你的问题解决了。你玩得也够了。现在我们要让你做个正的战士了。"

毕登科上等兵一边这么说,一边把一大包军服扔在床上。他解开紧捆着这包裹的新皮带,里面的东西就散了开来。凡尼亚看见崭新的马裤、带肩章的崭新军衣、布衬衫、包脚布、背囊、防毒面具、大衣、有红星的皮暖帽,特别重要的是一双皮靴。这双小小的皮靴,皮很柔软,底上钉有锉光的木钉,非常漂亮。

这一天凡尼亚等了很久了。他老是梦想能有这样的一天,常常想得出神。如今这一天真的来到了,他简直不相信自己的眼睛。他乐得喘不过气来。

这么些漂亮坚固的新东西,这么一大堆财物,如今都归他所有,他真有点不敢相信。

凡尼亚眼看着军服,却不敢去碰它。他特别想摸摸肩章上的黄铜小炮。一只手指碰了碰,立刻又缩回来,仿佛那些炮是烫手的。

凡尼亚眨动眼睫毛,忽而望望那些东西,忽而望望毕登科。

"这些全给我吗?"他终于怯怯地说。

"当然啰。"

"不,毕登科叔叔,请您说实话。"

"我说的是实话。"

"凭炮兵的荣誉吗?"

"凭炮兵的荣誉。"

"也凭侦察兵的荣誉吗?"

"这个当然,"毕登科说,皱起眉头忍住笑,"我还代你在领物单上签了字呢。"

"哦,这么多东西!"

"军人供给,"毕登科一本正经地说,"规定多少发多少。不多不少。"

在听到"领物单"、"军人供给",尤其是"规定"这些词儿之后,凡尼亚终于相信这不是做梦。东西确实是属于他的。

于是他不慌不忙地查看每一件东西,拿到亮处照照,好像一个精明的主人。

等到查看完毕,所有的东西都欣赏过了,凡尼亚说:

"军服可以穿起来吗?"

毕登科却摇摇头,笑起来。

"哦,你好性急。'穿起来'!喜欢了!不,老弟,我们得先带你去洗个澡,把你这头乱毛剪掉,再把你打扮成一个军人。"

凡尼亚深深地叹了一口气,但是没有说什么。尽管他想赶快穿上军服,变成真正的战士,他可不敢违背上级的意志。军纪的重要性他虽然还不很理解,却已经感觉到了。他已经学会无条件服从。他通过亲身体会懂得什么叫擅自行动,它会引起什么后果。那次他自作主张地画地形图,引起许多麻烦,使他一直觉得对不起毕登科和高尔布诺夫。当时高尔布诺夫为了找寻他,在那座德军的"司令部树林"里躲了两天两夜,冒着随时有被德军巡逻队抓住和丢掉性命的危险。

这一点凡尼亚是知道的。但是有许多事情他不知道。他不知道高尔布诺夫当时打定主意,一定要把他找着才归队。高尔布诺夫没有得到准许带凡尼亚去侦察,他要以脑袋向连长负责他的安全。凡尼亚也不知道,毕登科平安回到队里向上叔报告这事之后,叶纳基耶夫大尉怎样大发雷霆。他说要把指挥排排长谢迪赫中尉送交军事法庭,并且下令立刻派五人组成的侦察组去找寻孩子。幸亏当天开始了新的进攻,一切问题都自然而然地解决了。

这一次,德军战线被突破的缺口有一百多公里宽。第一天我们的军队推进了三十多公里,不让德国人有喘息和整顿队伍的机会。

因此,到了这天胜利前进的黄昏,"司令部树林"——地图上和情报上都这么叫法——已经是我们的大后方了,我们的军队又继续不停地向前推进,扩大战果,因此高尔布诺夫替自己的侦察班占领的掩蔽部就用不着了。

不过,凡尼亚还是到这可恶的掩蔽部里去了一次。德国人跑得十分匆忙,什么都来不及带走。连德国军官的那顶黑军帽都还挂在墙上。

尼亚凡从墙上拿下他的布袋,又拿了指南针和课本。那课本依旧翻开在那画有地形图的一页上,两行课文——上面凝结着干血。那两行课文写着"我们不是牛马。我们不做奴隶。"

进攻发展得很快。后勤部队落在后头了。因此凡尼亚的军服过了很久才领到。领到后又得照他的身材改过。可是在天天移动的情况下,这件事简直没法解决。不过,侦察兵们还是利用各种关系,在行军中找到一位好裁缝、一位鞋匠,又好容易找到一位带有剪发推子的理发师。

精明能干的高尔布诺夫不会舍不得请客。罐头猪肉、一百支缴获的纸烟、许多块糖和一壶空军用的酒精都拿了出来。

裁缝、鞋匠和理发师都是从第二梯队的近卫军迫击炮手那里找来的。侦察兵们像招待亲戚一样招待他们,非常慷慨。结果凡尼亚的军服很快就改好了,并且得到侦察兵们的同声赞美。这套军服小巧玲珑,十分合身。连附近几个掩蔽部里的战士都特地走来欣赏凡尼亚的小靴子。

现在剩下的事就是洗澡和理发了。

澡堂设在地窖里,水已经烧热,就等理发师带着推子来理发。最后,高尔布诺夫陪着理发师来了。

"喂,朋友们。请大家让开点儿,腾出块空地方来,不然理发师同志不好工作了。我们得给他创造必要的工作条件,"高尔布诺夫一边说,一边给理发师清出一块地方,把一只榴弹空箱放在狭小的地窖中央,"过来,凡尼亚。坐下。别害怕。理发师同志马上就要给你理发了。"

凡尼亚怀着一个人开始过美好的新生活时常有的激动心情,在箱子上坐下来,两手怯生生地放在膝盖上。

在这意义重大的时刻,大家的目光都盯在这个赤足的"小牧童"身上,因为眼看着他就要成为一个战士了。

理发师年纪已经不轻了,褐色的脸上老是现出感伤的微笑,一双善良的眼睛有点发炎。论军衔他是中士,但是看不见他的肩章,因为他的厚大衣上罩着一件短小得像孩子穿的布罩衫,罩衫侧面口袋上露着一把铝梳。

他是军人服务社的理发师,姓格拉兹,可是难得有人称呼他的姓,多半叫他"八块四"。

这个绰号是格拉兹中士有一次在奥廖尔附近得的,当时他给一位过路的作家理发。

他让作家坐在小山坡的草地上,背对敌人的炮火。这座小山当时在战报里就叫"铁路旱桥西北的无名高地"。

理发的地方离开德军前沿阵地大约五百米。德国人老是用迫击炮对这"无名高地"进行所谓骚扰射击。

格拉兹中士爱好新鲜空气,情愿在辽阔的野地里干活,却不愿在转身都很困难的避弹壕里受罪,何况德国人的骚扰射击通常是骚扰不了俄罗斯人的。

格拉兹中士给作家理发,特别用心,特别卖力,想让他知道军人服务社的理发师手艺很高明。他仔仔细细地给作家剃了两遍,一遍顺剃,一遍倒剃。他还想再剃一遍,可是作家说:

"不用了。"

然后格拉兹给作家稍稍修了修后脑勺上的头发,又问他喜欢留怎样的鬓角:直的,斜的,还是留一半络腮胡子的?

"随便。"作家一边说,一边倾听无名高地顶上迫击炮弹的爆炸声。

"那我就给您斜梳吧。我们这里的近卫军迫击炮手差不多都喜欢斜梳。"

"得了,就斜梳吧。"作家说。

"不痛吧?"格拉兹问,听出顾客说话有点情绪。

"我还有点急事呢。"作家说。

"再五分钟。不会多,"格拉兹说,"我要给您把鬓角修得漂漂亮亮,好让您知道军人服务社理发师的手艺。也许这还可以供您做写文章的材料。"

当格拉兹给作家修第二只鬓角的时候,有颗迫击炮弹在离他们不远的地方爆炸了。

"您放心好了,"格拉兹说,"这是敌人乱开炮,谁也不怕它。搽点香粉好吗?"

"你们连香粉都有吗?"作家觉得很奇怪。

"当然有。高级理发店的那一套我们都有。"

"哦,难道花露水也有吗?"作家越发惊奇了。

"当然有,"格拉兹说。"来一点吧?"

"好,来一点,"作家说。

格拉兹从口袋里摸出一只小瓶,插上一根皮管,在作家脸上喷了一些花露水。他刚拿起一条方格毛巾给作家擦脸,忽然侧耳一听,说:

"现在我劝你进避弹壕躲一躲。"

他们刚跳进避弹壕里,一颗迫击炮弹就在旁边爆炸了,一下子炸光了格拉兹留在草地上的全部工具:胡子刷、小杯子、磨刀石、胡子膏和镜子。

等风吹散了棕色的硝烟,作家带点幽默地说:

"该给多少您盼咐吧?"

理发师抬起发炎的眼睛望着天空,动了一会儿嘴唇,这才说:

"八块四。"①

---

① 原文是八卢布四十戈比。

这回来给"牧童"理发的就是这样一位人物。

他解开包着工具的方格毛巾,把理发用具一件一件整整齐齐地摆在空床上,把毛巾围在凡尼亚的脖子上。

"好久没洗澡了吧?"理发师认真地问他。

"1941年以后就没有洗过,"凡尼亚说。

"也不算太久。"八块四说。

大家都好心好意地笑起来。一下子看得出来,八块四是个有名的人物,在那一行中是把好手,能请到他是很有面子的。

"现在先来二两呢,还是等干完活喝?"高尔布诺夫一边问,一边把一瓶酒、一只杯子、两块面包和一罐开罐的猪肉放在床上。

"战前在我们家乡,聪明人总是先干活后喝酒的,"理发师忧郁地说,"我们得给这小伙子做点什么呀?"他用两个手指夹起凡尼亚后脑勺上的头发,问。

"得给这孩子剪剪发。"毕登科亲切地望着"牧童",用女人似的怜悯口吻说。

"这个当然,"八块四说,"问题是在于剪什么头?有各种样式:有光头,有平头,有朝后倒梳,有前面留一绺的。"

"前面留一绺的。"凡尼亚说。

"为什么要前面留一绺的呢?"

"我见过一个孩子,是个近卫军骑兵,也是他们那边团的儿子,叫伏兹聂森斯基上等兵,头发就是这种式样,漂亮得很!"

"知道。是我给他剪的。"理发师说。

"不,炮兵前面留一绺不合适,"毕登科一本正经地说,"骑兵行,炮兵可不合适。炮兵应该剃光头,要光溜溜地像个皮球。"

"不,老兄,我不同意,"高尔布诺夫说,"光头对步兵倒合适,炮兵可不行。要是他脑袋光溜溜,还像个什么战神呢?炮兵还是朝后倒梳好。这比较合适。"

"朝后倒梳对空军合适。"屋角有人反对。

"对空军合适吗?这话不错。那么还是剪平头吧。"

"那可太像个坦克兵了。"

"对,弟兄们!这会弄得我们的凡尼亚像辆平顶坦克了。这不行。要把他剪得人家一看就知道是个炮兵才好。"

全班侦察兵讨论凡尼亚的发式,讨论了半天。理发师耐心地等着。归根到底,谁也说不出炮兵的发式究竟怎样。于是八块四就像煞有介事地笑着说:

"好。那我就照我的想法剪吧。孩子,把头低下一点。"

说着他就从口袋里掏出那把铝梳来。

"我要前面留一绺的。"凡尼亚恳求说。

"别忘了鬓角要斜一点。"高尔布诺夫补充说。

"您放心好了。"理发师说。接着就高高地举起剪刀,苏苏地剪起来。

凡尼亚浓密的头发一簇簇落到方格毛巾上。

八块四在本行中是个了不起的好手。这一点大家都知道。这一次他干得格外卖力。他忽左忽右,忽前忽后,摆出种种姿势,使用一切手法。各种工具在他手里换来换去,像魔法师变戏法一样神速。一会儿剪刀闪闪发亮,一会儿推子苏苏作响,一会儿剃刀像闪电一般在鬓角晃动。

方格毛巾上的头发越积越多,孩子的头也越变越漂亮。

凡尼亚缩着脑袋,躲躲闪闪,因为头皮接触到冷冰冰的理发器具,忍不住吃吃地发笑。侦察兵们眼看他们的"牧童"在变成一个小小的兵,也好玩地笑着。

他那对耳朵由于剪去盖着的头发显得大了一点,脖子却细了一点,不过前额倒很开阔刚强,还复有一绺漂亮的额发。

这绺额发侦察兵们特别欣赏,正好合大家的意。它不像骑兵们的额发那么野气,而保持炮兵的规规矩矩的派头。

"哦,老兄,行了!"高尔布诺夫高兴地大声说,"把我们牧童的茅草顶揭掉了。"

凡尼亚巴不得立刻照照镜子,可是那理发师既像个出色的演员,又像个一丝不苟的艺术家,又忙了好一阵,再三修饰他的杰作。

最后他用刷子在凡尼亚头上刷了一遍,又给他喷了花露水。凡尼亚来不及闭上眼睛,花露水刺激到眼睛,刺激得眼泪都流出来了。

"好了,"理发师拉掉凡尼亚身上的毛巾,说,"欣赏欣赏吧。"

凡尼亚睁开眼睛,看见一面小镜子,镜背粘着糊墙的花纸,镜子里有一个又是陌生又是十分熟悉的孩子:亮光光的脑袋、大大的耳朵、小小的亚麻色额发和一双喜气洋洋的蓝眼睛。

凡尼亚用冷冷的手摸摸火热的头皮,手和头皮都觉得有点痒。

"一绺头发。"他兴奋地低声说,一只手指摸摸丝一般光滑的头发。

"不是一绺头发,是额发。"毕登科教他说。

"就算额发吧。"凡尼亚顺着他说,脸上露出亲切的微笑。

"好,老弟,现在洗澡去!"

17

大名鼎鼎的理发师包好器具,开始享用以诚实的劳动换得的烧酒和点心。这时候,高尔布诺夫和毕登科就领凡尼亚去洗澡。

这座澡堂设在德军的一所小掩蔽部里,只有一只用汽油桶改装的炉子和一只同样用汽油桶改装的锅子,因此热水带有点汽油味儿。虽然如此,对于三年没有洗澡的凡尼亚说来,这澡堂简直就是天堂。

高尔布诺夫和毕登科两位老朋友,洗澡都很内行。他们自己喜欢洗蒸汽浴,也喜欢给别人洗蒸汽浴。

他们好好地给凡尼亚洗了个澡。

高尔布诺夫有块香皂,藏在背囊底里两年了,这回却毫不吝惜地拿出来用。毕登科也从阿洪巴耶夫大尉步兵营的同乡那里弄来一块蒲席,揪下韧皮做成一个出色的擦子。

至于桦笤帚呢,爱好储藏东西的高尔布诺夫居然也有几把,这确实使凡尼亚感到惊奇。

澡堂里点着一盏马灯。热雾腾腾的空气里弥漫着桦树叶的浓香。两个侦察兵在孩子周围忙碌,他们低下头,生怕碰在圆木顶上。

他们高大的身影,好像两根柱子,插在雾气中。

他们精神抖擞地给凡尼亚洗了半小时光景,洗得他浑身上下干干净净,皮肤通红,好像烧红的铁炉子。

不过,洗到这样的程度当然不是那么容易。毕登科和高尔布诺夫使出他们巨人般的全部力气,才把孩子身上三年来的积垢洗净。他们用蒲席擦子轮流给他擦背,又给他浑身涂上浓浓的香皂,再拿大罐头盛了热水给他冲身子。然后把他放在滑溜溜的长凳上,各人拿一把桦笤帚在他身上敲打,很像木头玩具"农夫和狗熊",而高尔布诺夫的光身子仿佛用菩提木凿成,特别像头狗熊。

他们给凡尼亚冲了五次水,每次都重新涂一遍肥皂。

第一次在他身上冲下来的水,黑得有点发蓝,好像蓝黑墨水。

第二次是纯黑的。第三次是灰色的。第四次是淡蓝的。直到第五次,水冲在贝壳般光泽的身子上,才像珍珠一般洁净。

"嗐,老弟,你可把我累坏了,"高尔布诺夫擦着脸上的汗,说,"要把你弄干净,蒲席擦子还不顶事,最好用砂纸磨一磨。"

"或者就用锉刀,"毕登科凑着说,满意地打量着"牧童"瘦小而匀称的结实身体、他那双直而有劲的腿和尖尖的锁骨。

凡尼亚的肩胛骨突出在洁白的背上,好像两把小斧子,特别惹侦察兵们爱怜。

凡尼亚用自己的新毛巾擦干身子,在更衣室里穿上内衣:有锡扣子的衬衫衬裤。

接着就是极不平凡的时刻:凡尼亚终于穿上了军服。他穿上缝有白麻布衬领的呢军衣,就感觉到肩章的硬纸板和穿过特制小孔把肩章系在军衣上的线绳。

一感觉到肩上佩着肩章,凡尼亚就自豪地意识到,从此他不再是个普通孩子,而是名红军战士了。

他带着潮湿的额发赤足站在铺着柏枝的地上。他抬起眼睛望望两位保护人,仿佛在问:"怎么样?我穿得对吗?"

他们不作声,却全神贯注地看他穿衣服。凡尼亚仍旧斜眼望着这两位大汉,用泡得发皱的洁白手指扣着厚领子和紧袖口。

没有扣惯扣起来相当费事。带星花的铜扣钉得很牢,好容易才推进狭窄的扣眼里。扣眼常常从手指里滑掉。凡尼亚顽强地咬紧嘴唇,终于全部扣上了。

现在他的手腕被袖子紧紧地裹住,脖子也被领子箍得又硬又直。

剩下的事就是系皮带和穿靴子。

凡尼亚为难了。他不知道照"规定"应该先系皮带还是先穿靴子。他用询问的眼光望望毕登科和高尔布诺夫。他们不作声。凡尼亚想了想就动手穿靴子。

"对。"毕登科说。

凡尼亚穿上白线袜,迟疑地拿起包脚布。他从来没有用过包脚布。他不知道该怎么包。

高尔布诺夫用臂肘轻轻碰了碰毕登科。凡尼亚生气地皱起眉头,脸红了。他赶快把包脚布缠在脚上。高尔布诺夫和毕登科不作声。凡尼亚拿起一只靴子,把裹了包脚布的脚伸进靴子里去,可是在靴筒里卡住了。他动手把它倒拉,好容易才脱下。

"穿不进。"他喘吁吁地说。

侦察兵们不作声。凡尼亚的脸越发红了。

"真见鬼!"凡尼亚说,怒气冲冲地重新把脚往靴子里伸。

"穿不进吗?"毕登科同情地说。

"穿不进。"凡尼亚呼哧呼哧地说。

"这么说,太窄了。"高尔布诺夫说。

"是啊,"毕登科说,叹了一口气,"这双靴子不中用。该死的鞋匠把靴子糟蹋了。只好把它扔掉了。对吗,西伯利亚佬?"

"不错。凡尼亚,把靴子给我。我马上把它扔掉。"

凡尼亚恐惧地望望高尔布诺夫。

"不要,叔叔。让我不用包脚布试试。也许穿得进。"

"没有包脚布不行。不合规定。"

这铁面无情的"不合规定"四个字,使凡尼亚大大失望。他拿起靴子重又往脚上套。他伸到一半,怎么也伸不进去。于是他试着把靴子脱下来,可是脱也脱不下。脚紧紧地卡在靴里,穿也穿不进,脱也脱不下。

"糟了。"毕登科沉着地说。

"等一下,"高尔布诺夫说,"也许不是靴子太窄,是包脚布太厚了吧?"

"嗯!太厚了!"凡尼亚没有把握地说,感到问题完全不在乎靴子和包脚布,这里一定有着什么窍门。这窍门高尔布诺夫和毕登科都知道,只是不肯告诉他,因为他们要试试他。

孩子可怜相地望望这两位老师。他们也不想叫他苦恼太久。

"这么看来,牧童,"毕登科带着教训的口吻严肃地说,"你这人不能成为真正的战士,更不用说当炮兵了。你要是连照规定包包脚布都不会,还当得成什么炮兵呢?不成,好朋友。这样就只有一条路:让你仍旧换上老百姓的衣服,把你送到后方去。对不对?"

凡尼亚想到又要脱下军服到后方去,垂头丧气,一言不发。

"这么办吧,凡尼亚,"毕登科接着说,"我这只是说说的。我们当然不会把你送到后方去,因为上级已经命令接受你了,再说我们也跟你搞熟了。因此只有一条路:你得像个受过训练的军人,学会包包脚布。这就是你当兵的第一课。你看。"

说着毕登科就把自己的包脚布摊在地上,提起光脚稳稳地踩在上面。他的脚斜踩在布的边缘上,又把三角形的尖头塞在脚趾下,然后使劲拉紧包脚布长的一头,使它没有一丝皱纹。他稍稍欣赏了一下这幅绷紧的布,忽然像闪电般轻快而又利落地把它裹住脚,在脚跟上绕了一转,换一只手把它拉紧,折成一个锐角,把剩下的包脚布在踝骨上绕了两转。

现在他的脚包得紧紧的,没有一丝皱纹,好像婴孩的襁褓。

"一个布娃娃!"毕登科说,穿上靴子。

他穿上靴子,姿势洒脱地脚后跟往地上一顿。

"漂亮,"高尔布诺夫说,"这样你会吗?"

凡尼亚睁大眼睛钦佩地望着毕登科,不放过他的每一个动作。他觉得他完全能够照样做。不过,跟战士们住了这些日子,他已经学会他们的稳重作风。他不愿丢脸。

"来吧,毕登科叔叔,您再做给我看一次。"

"好,老弟。"

毕登科就把另一只脚也包了包脚布,穿上靴子,更敏捷更利落地顿了一下脚。

"看见了吗?"

"看见了。"凡尼亚说,显出十分严肃的神气。

他把他的包脚布摊在长凳上,做得跟毕登科一模一样。他先打量了好一阵,才把脚放上去。他露出惶惑甚至畏缩的神气。但这是他装出来的。他那双下垂的眼睛有时透过睫毛闪出淘气的蓝色光芒。

凡尼亚紧抿着浴后发青的嘴唇,不让人家看见他在微笑。

一转眼他就完全照规定包好一只脚,包得紧紧的,几乎没有一丝皱纹。

"一个布娃娃!"他大声叫道,穿上靴子,威风凛凛地脚后跟顿了一下。

"真行!"高尔布诺夫说,跟毕登科意味深长地交换了一个眼色。

他们一天比一天喜欢这孩子。他们没有看错人。他确实是个聪明伶俐的小家伙,什么事都一学就会。他将成为一个出色的兵士,这点现在谁也不怀疑了。

凡尼亚穿上靴子,系上吱吱响的崭新皮带,两个侦察兵都高兴得哈哈笑起来。这孩子两手贴住裤缝,闪动淘气的眼睛,站在他们面前,显得那么整齐,那么英俊。连鼻子上的雀斑都洗得亮光光的。

"好,"毕登科说,"真行,小牧童。现在你是个正式的军人了!"

但是,高尔布诺夫仔细向他打量了一下,却有点不满意。

"喂,过来。向前两步……走!"他叫着口令。

凡尼亚走到高尔布诺夫跟前,高尔布诺夫伸出一个拳头插进他的皮带里。

"老弟,这可不行。你的腰带荡来荡去,好像马鞍装在牛背上。整个拳头都伸得进去,照规定只许插进两只手指。解开来。"

凡尼亚迅速地解开皮带,把它抽紧了,可是没法扣,因为没有洞了。毕登科就从老大的马裤袋里掏出一把小刀,在凡尼亚的皮带上又钻了一个洞。现在凡尼亚系的腰带合乎规定了。

这孩子不等他们再批评,就把罩衣拉整齐,把所有的折纹都拉到身后去。

"对,"高尔布诺夫说,"这回可聪明了。"

凡尼亚穿着军衣走进侦察兵的掩蔽部里,大家看见都很高兴。侦察兵们还没欣赏够他们的儿子,叶果罗夫中士走了进来。

他迅速而用心地对孩子看了一眼,显然感到满意了,因为没有提什么意见。

"小牧童,"他说,"快准备一下。去见连长。"

在战场上什么都变化得很快。战士的命运常常突然改变,连眼睛都来不及眨一下。

两分钟以后,凡尼亚穿着崭新的大衣,刚理过发的头上低低地戴着崭新的皮帽,在炮兵连的驻地走着,找寻着连长的掩蔽部。

18

叶纳基耶夫大尉正在休息。他是难得有机会休息的。就是逢到有几天或者几小时的空闲,他也总是尽量利用来处理一些公事。

常常有许多事情在战斗的日子里没有功夫处理。这些事多半都很重要,虽然不是头等重要。叶纳基耶夫大尉从来没有忘记这些事,他只是把它们推延到较空的时间去处理。

说到私事,他简直就没有什么私事。自从全家遇难之后,他再也接不到谁的来信,再也不用写信给什么人。他没有亲戚,只剩下自己一个人。而他的性情又孤僻。团里几乎没有人知道他的不幸遭遇和他的孤独,只有少数几个人猜到这一点。

炮兵连成了叶纳基耶夫大尉的家。每个人家都有些家务。叶纳基耶夫大尉就往往利用休息日来处理他的"家务"。

凡尼亚·宋采夫的前途问题,就是其中的一项。

叶纳基耶夫大尉跟这孩子见面和谈话,总共只有一次。但是凡尼亚有种叫人一见就喜爱的特点。这个衣服破烂的乡下"牧童",背着一只布袋子,披着一头草屋顶般的乱头发,闪着一双明亮的蓝眼睛,确实很有一股吸引人的力量。

叶纳基耶夫大尉也像他手下的战士那样,一见就爱上了这孩子。

不过,侦察兵们喜欢凡尼亚是出于好玩,也许还带点轻率的成分。他们开玩笑地叫他儿子。其实,他不是他们的儿子,而是他们的小弟弟,是个淘气好玩的小家伙。他使他们枯燥的战斗生活增添许多乐趣。

至于叶纳基耶夫大尉呢,这孩子却在他心里唤起了更深挚的感情。凡尼亚触到了他心里还没收口的创伤。

叶纳基耶夫大尉答应侦察兵把凡尼亚留下以后,一直没有忘记他。每当谢迪赫中尉来报告指挥排的情况时,叶纳基耶夫大尉总要问到这孩子。

他常常想起他。一想到他,就会联想到他那个戴水手帽的孩子,要是在的话现在也该满七岁了,可是没有了,而且永远不会再有了。

凡尼亚是不是像他那个死去的儿子呢?不,一点也不像——相貌不像,年龄不同;性格更不同。当时他那个孩子还很小,还看不出性格来,而凡尼亚在性格上差不多已经定型了。不过,问题当然不在于像不像。问题在于叶纳基耶夫大尉真挚地爱着他那个死去的孩子。

孩子早已离开人间,父亲的爱却没有减弱。

那次,叶纳基耶夫大尉听说凡尼亚参加侦察活动,并且知道"司令部树林"里出的事,他实在气坏了。那时他才明白,这个雀斑脸的别人的孩子,在他是多么宝贝。他答应让凡尼亚留在侦察兵那里,但他绝没有答应他参加侦察工作。要不是后来平安无事,谢迪赫中尉可要倒霉了。

叶纳基耶夫大尉当时就下了决心,一有机会亲自来照顾凡尼亚。

凡尼亚根据指挥员住所常有的许多细小特征,按侦察兵的惯例不向任何人打听,很快就找到叶纳基耶夫大尉的掩蔽部。

凡尼亚穿着靴底光滑但微微突起的新皮靴,不习惯地顺着踏级走到指挥员的掩蔽部。

他也像一般战士奉召去见首长那样,感到兴奋、鼓舞,同时有点畏惧。

叶纳基耶夫大尉像在家里那样,没有穿靴子,敞开军服,露出里面淡蓝的羊毛衫,坐在铺着马衣的行军床上。

他的床铺跟侦察兵们的床铺只有一点不同:他的床上有一个枕头,还套着刚烫过的干净枕套。

连长不戴帽子,没穿大衣,军服上挂着几条磨旧的勋章带,鬓角有点花白,凡尼亚觉得连长似乎比上次老了些。

凡尼亚两手拉正帽子就说:

"叔叔,您好!"

叶纳基耶夫大尉那双周围满是皱纹的深色眼睛向他望望,眯得细一点。一个脚蹬皮靴、个儿显得相当高的端正的小兵,身上穿着带炮兵肩章和领章的崭新大衣,大衣的宽领子上露着强壮的圆脑袋,站在他面前。刚一看见,他简直认不出这就是"牧童"凡尼亚了。

"叔叔,您好!"凡尼亚眼睛里露出快乐的光芒,又说了一遍,仿佛在请连长注意他的服装。

叶纳基耶夫还是不作声,凡尼亚就小心地在门边一只箱子上坐下来,拉了拉靴子,然后把拿着皮帽的两手放在膝盖上。

"你是谁啊?"大尉终于冷冷地问。

再没有别的闲话比这句更使凡尼亚高兴的了。

"是我啊,凡尼亚,牧童,"他笑得咧开嘴说,"难道您不认识我了吗?"

但是,出乎凡尼亚的意外,大尉却一笑也不笑。相反,他的脸变得更冷了。

"凡尼亚?"他眯着眼睛说,"牧童?"

"对啦。"

"那么你穿的是什么服装?肩上戴的是什么东西?"

凡尼亚有点手足无措了。

"这是肩章。"他迟疑地说。

"戴着干什么?"

"是规定的。"

"噢,是规定的。那么规定做什么呀?"

"规定每个战士都得戴,"凡尼亚嘴里这么说,心里却奇怪大尉怎么这样外行。

"战士是应该戴的。难道你也算战士吗?"

"当然!"凡尼亚像煞有介事地说,"命令都下来了。供给今天也领到了。崭新的。真漂亮。"

"我没看见。"

"您怎么没看见,叔叔?这就是军服。靴子、大衣、肩章。您看,肩章上的小炮多好看。您看见吗?"

"肩章上的小炮我是看见的,可是兵却没有看见。"

"我就是兵啊。"凡尼亚被大尉冷冰冰的语气弄得莫名其妙,喃喃地说,同时脸上露出傻笑。

"不,我的朋友,你不是兵。"

叶纳基耶夫大尉叹了一口气,他的脸忽然变得严肃起来。他把一

本历史杂志扔在桌上,杂志里夹了一支铅笔,声音严厉得近乎吆喝:

"兵不是这么见连长的。站起来!"

凡尼亚嚯地一下跳起来,挺直身子,一动不动。

"出去!再进来!"

孩子这时才意识到,他一心想着这身军服,把别的事都忘记了:他是什么样人,现在在什么地方,奉召来见什么人的。

他连忙戴上帽子,拔脚跑到门外,整了整皮带,重新走进掩蔽部,姿态跟上次完全不同了。

他迈着正步进来,咯的一声碰响靴跟立正,举起右手往帽檐上一碰,又立刻放下。

"可以进来吗?"他用尖锐的童音问,自己也觉得这声音有点威风凛凛。

"进来。"

"大尉同志,红军战士宋采夫奉命来到。"

"这就不一样了,"叶纳基耶夫大尉说,只有眼睛里露出笑意,"您好,红军战士宋采夫。"

"大尉同志好!"凡尼亚雄赳赳地回答。

叶纳基耶夫大尉不再掩饰快乐和善良的微笑。

"真行!"他说的这句口头禅在前线很流行,凡尼亚听见高尔布诺夫、毕登科和别的侦察兵几次都这样称赞他,"现在我看你像个兵了,凡尼亚。坐下来,我们谈谈。索波列夫,茶好了吗?"叶纳基耶夫大尉大声说。

"是,好了。"索波列夫说,提着一把热气腾腾的大茶壶走来。

"倒两杯。一杯给我,一杯给红军战士宋采夫。不然他还以为我们的日子过得不如他那些侦察兵呢。对吗,索波列夫?"

"这也可能。"索波列夫说,语气里表示完全同意大尉的意见,他认为侦察兵能干虽然能干,却有喜欢吹嘘自己殷勤好客的毛病。

索波列夫把两只有银托子的玻璃杯放在桌上,倒出浓浓的红茶。屋子里立刻散发出热腾腾的香味。

凡尼亚这时才知道什么叫真正的阔气。

喝茶用的虽然不是块糖,而是砂糖,但索波列夫是用玻璃盘盛着端来。虽然没有马铃薯猪肉,但是叶纳基耶夫大尉拿出一盒红十月牌饼干和一大块运动牌巧克力糖放在桌上,这可把"牧童"乐得目瞪口呆了。

叶纳基耶夫大尉兴致勃勃地望着凡尼亚。

"喂,牧童,你说:我们这儿好,还是侦察兵那边好?"

凡尼亚觉得这里更好,但他不愿意得罪侦察兵,尤其不愿在背后说他们坏话。

他想了想,转弯抹角地说:

"大尉同志,你们这儿富裕些。"

"哈,凡尼亚,你这个孩子真调皮。你不愿得罪自己人。索波列夫,你说对吗?他不愿得罪自己人。"

"对。难道一个战士会得罪自己人吗?"

"嗯,好吧,索波列夫,现在没有你的事了。我要跟红军战士谈谈心。凡尼亚,是这样的,"等索波列夫走到隔壁去了,叶纳基耶夫大尉说,"问题就是:今后我该怎样安排你?"

凡尼亚害怕了,他以为又要把他送到后方去了。他嚯地一下从箱子上跳起来,立正了对连长说:

"是我错了,大尉同志。凭炮兵的荣誉起誓,以后再也不犯了。"

"犯什么呀?"

"进来不照规定。"

"是的,老弟。说实话,你刚才进来是不大对。但这是可以改正的。你学得会。你这孩子很伶俐。你站着干什么呀?坐下。我现在不是跟你谈公事,是谈家常。"

凡尼亚坐下来。

"我是说:我该怎样安排你?你年纪虽然不大,可是能独立生活了。对你来说,生活刚刚开始。这时候决不能走错路。是吗?"

叶纳基耶夫大尉又严肃又温柔地望着孩子,仿佛要看到他灵魂的最深处。

这个漂亮的小小的兵,露着被大衣粗领子磨红的像小姑娘一般娇嫩的脖子,比起上次在团部门口跟他谈话的那个蓬头赤脚的"牧童"来,是多么不同啊。经过这么短的时间,他变得叫人认不得了。他的心是不是也起了变化?从那时起它是不是也变得老练了,坚强了,勇敢了?它有没有准备好经受各种考验呢?

凡尼亚觉得此刻就要正式决定他的命运了。他变得异常严肃,连他那光洁的突出的前额,都像成年的战士那样布满皱纹。

此刻侦察兵们要是看见他,准不会相信这就是他们那个快乐淘气的"牧童"。这副神气,他们从来没有见过,在他恐怕也是有生以来第一遭吧。

凡尼亚显出这副神气,既不是由于听了叶纳基耶夫大尉那几句关于生活的正经话,也不是由于看到他那从布满皱纹的疲倦眼睛里射出来的严肃而又温柔的光芒,而是大尉那种亲切真挚的父爱,感动了凡尼亚这颗长期孤独的心。他是多么需要这样的爱,多么渴望这样的爱啊!

他们两人,连长和凡尼亚,被一种强烈的感情连结在一起,沉默了好半天。

"嗳,凡尼亚,你说怎么样?"大尉终于说。

"照您的命令办好了。"凡尼亚低声说,垂下睫毛。

"叫我命令是不难的。可是我想知道你自己怎么打算。"

"还要打算什么呢?我已经打算定了。"

"那你打算怎么样?"

"在您这里当个炮兵。"

"这问题很大。本该征求一下你父母的意见。可是你恐怕没有什么亲人了吧?"

"是的。我没有爹妈。亲人全被法西斯鬼子杀害了。一个也没有了。"

"这么说,只好靠自己的脑袋了?"

"是的,大尉同志,只好靠自己的脑袋。"

"我也是全靠自己的脑袋。"叶纳基耶夫大尉不禁苦笑着说,但立刻省悟过来,又开玩笑地加了一句:"一个脑袋不错,两个脑袋更妙。对不对,小牧童?"

叶纳基耶夫大尉皱起眉头,若有所思地沉默了好一阵,同时用食指抚弄着小胡子。这是他平时作出最后决定之前常有的姿势。

"好吧,"他断然地说,轻轻地拍了一下桌子,"你做侦察工作还太早。你就在我这里当通讯员吧。索波列夫!"他快乐而坚决地喊道,"你到侦察兵那儿去一下,把红军战士宋采夫的铺盖行李拿到我这里来。"

这样,凡尼亚的命运又起了一个急剧的变化。这种情况在战争中是常有的。

19

从这天起,凡尼亚基本上住在叶纳基耶夫大尉的地方。

不过,叶纳基耶夫大尉把凡尼亚留在身边,绝不是真要他当通讯员。他有更远大的打算。他要亲自教育他。

叶纳基耶夫大尉做事一向很认真,他本着这种精神制订了一个教育计划。他考虑得十分周到,就像他考虑炮兵连的作战方案一样。但是,在从容不迫地全面制订计划之后,实施起来他却非常迅速坚决。

按照这计划,凡尼亚首先应当逐步学会炮手班中每个炮手的职务。

因此,叶纳基耶夫大尉跟司务长商量了一下,就派凡尼亚到一排一炮班去当预备炮手。

开头几天,这孩子很想念他那些侦察兵朋友。起初他以为他又失去了亲爱的家,但不久就发现新的家一点也不比原来的家差。这新的一家人很快就像亲人一样对待他。

凡尼亚还不知道战士是消息最灵通的人。战士们知道一切。不论什么新闻他们总是一转眼就知道,所谓"通过战士广播电台"。

凡尼亚来到一炮班,就感到非常惊奇,因为那里的人全知道他了。

炮手们都熟悉他的故事。他们知道侦察兵们怎样在树林里找到他,他怎样从毕登科手里逃走,怎样牵着一匹瞎马去进行侦察,怎样落在德国人手里,又怎样得救。总之,他们什么都知道,连指南针和那印有"我们不是牛马。我们不做奴隶。"的课本,也都知道。

炮手们对他从毕登科手里逃走这件事,特别感兴趣。

他们老是叫凡尼亚原原本本地讲这件事。当他讲到系绳子那一段时,他们都像孩子一样哈哈大笑。他们一个个把头靠在别人肩上,拳头捶着别人的背,用袖子擦着眼泪。他们笑得话都说不上来。

"听见吗,尼基塔,那家伙拉拉拴着他的绳子,他却假装睡着了。你想得到吗?"

"哈,真该死!"

"真像俗话说的,魔鬼缠上小娃娃,看错对象了。"

"对,就是看错对象了。那家伙拉拉他,他却打呼噜。等到那家伙再拉拉他,他已经影踪全无了。你再也别想找着他了。"

"啊呀,小牧童!啊呀,好朋友!居然把这么赫赫有名的侦察兵都骗上了。这可得有本领。"

"是啊,没话说的。真行!"

侦察兵是炮兵连中的贵族。他们的日子确实过得很阔气。光说他们那把著名的茶壶就十分名贵!不过,炮手们的日子过得也不错。是的,他们没有那种不平常的茶壶,说到战利品,也远不如在前头开路的侦察兵丰富。

但是,他们有一只上等的大搪瓷锅,可以用它来做极好吃的晚餐。他们常常留下午餐口粮中的牛肉,和荞麦饭一起用牛油炒来吃。

炮手们生活过得像个和睦的家庭。他们之间的关系恐怕比侦察兵更融洽。这是很自然的。侦察兵们难得全体待在一起,炮手们却经常聚集在大炮周围。他们在这里作战,在这里休息,在这里吃饭,甚至在这里唱歌。

他们的歌确实唱得出色,因为他们的嗓子有高有低,配得非常理想。

此外,他们还有一张王牌压倒侦察兵。他们有一架漂亮名贵的手风琴,这是1942年来炮兵连慰劳的乌拉尔人送的礼物。而且,他们还有一位全师闻名的手风琴手,炮手长马特维耶夫中士。因此,每次进攻,炮兵连转移阵地的时候,一炮前进总是有音乐伴奏。炮手们坐在卡车上大声合唱,马特维耶夫中士把军帽低低地拉到眉毛上,敞开大衣,翘着凶相的黑色小胡子,叉开两腿稳稳地站在车上,拉着这送来的手风琴,引得步兵都不由自主地让到路旁,目送着这辆拖着大炮、扬起尘埃的快乐的卡车,并且带着尊敬的口气叫道:

"你们好,战神①!给他们点厉害瞧瞧。加一把火力!"

"马上就给,"马特维耶夫回答,更使劲地拉开手风琴,"你们出烟,我们点火。再见了,战场女王。回头战场上见!"

不过,这些当然不是主要的问题。主要的是叶纳基耶夫大尉炮兵连一排一炮班的炮手们的发炮技术,也像侦察班那样,是全师闻名的。

一炮班以射击准确和开炮神速出名。别的炮——就连那些优秀的炮在内——才开了两炮,一炮已经开了三炮。这说明整个炮手班工作出色,炮手个个技术高明。

特别出名的是柯华廖夫。他是整个方面军最优秀的瞄准手,又是

---

① "战神"是炮兵的别号。

苏联英雄。

这个接受凡尼亚参加的新家庭,确实很有名,很受人尊敬。凡尼亚很快就感觉到这一点,虽然炮手们为人都很谦虚,难得谈到自己的战斗事迹。

凡尼亚现在很以一炮班自豪,就同原来以侦察班自豪一样。这也最清楚地说明,他生有一颗真正战士的心,因为没有一个优秀的战士不以自己的队伍自豪的。

不过,是什么东西特别有力地引起孩子的想象,使他比较容易忍受离开侦察兵的痛苦呢?是炮。

对凡尼亚说来,光是这个"炮"字就很威严,很有诱惑力。这是他所接触到的军事术语中最威武的一个。

军事术语多得很:掩蔽部啦,机枪啦,进攻啦,战斗啦,侦察啦,方位角啦,空军啦,步枪啦,火力点啦,数也数不清!但是其中没有一个能那么清楚地表达出战斗的喧哗,炮弹的呼啸,钢铁的铿锵。凡尼亚知道炮兵被称为"战神"。他模糊地想象着这个威武巨大的神,却清楚地听见这个神说着一个字:炮。

凡尼亚常常听见人家说到"炮",却难得有机会走近炮去看看它,更没有机会摸摸它。炮本身具有一种难以捉摸的神秘性,特别是在战场上。几百门,甚至几千门炮在四面八方轰响。炮火染红天空,一分钟也不消失。大家必须互相凑着耳朵叫喊,才听得见。炮弹川流不息地在头上飞过,发出好像极大的磨刀石磨刀的声音。成吨的黑土被炸得往上直抛。而造成这一切的炮本身却看不见。到处都是炮,可是一门也看不到。

如今凡尼亚不但看见炮近在眼前,不但可以摸摸它,他还要帮助炮手打炮。

这是一排的一炮,因此凡尼亚也有份。

"牧童"一辈子也不会忘记第一次接近炮的那个日子。

叶纳基耶夫大尉的炮兵连共有四门炮。它们摆成一排,每门相隔四十米光景。这几门炮都一模一样。虽说这样,但是凡尼亚怯生生地去接近的那门炮,却与众不同,因为全世界只有这一门是"自己的"。

这门炮摆在半圆形的小掩体里,炮口朝西,炮尾的驻锄牢牢支在土坑里。凡尼亚畏怯地绕炮走了一圈,目光迷离地一直盯着它看。尽管炮口上戴着盖子般的小小帆布套,凡尼亚走过它面前的时候还是加快脚步,低下头,生怕它会突然打响。

不过,炮的样子倒十分宁静,十分整洁。一望而知,大家都很爱护它,保养得很好。整座炮擦得干干净净,油光闪亮,每个部分都收拾得很道地,好像一个整洁的战士。被弹片打穿或者擦坏的地方,都经过仔细的填补,并且涂上了漆。

除了炮口套之外,炮上还有两个帆布套。一个套着炮闩,另一个套着一件竖在护板旁边的奇怪玩意。

炮上再有一些轮子、箱子之类的东西。炮架上还紧紧地拴着铁铲、十字镐和斧头。显然,大炮照"规定"必须有许多附件。

事实上还不止这些东西。大炮好比一座完备的集体农庄的主要建筑物,周围还有各种附属建筑物。车轮半陷在地里的弹药车,就在大炮旁边,在凡尼亚看来就像总办公室;打开的扁木箱密密地装着铜弹头的各色条纹的炮弹,无疑就像消防仓;电话兵的掩体好像澡堂;炮手藏身的壕沟就像粮仓周围的土墙;几个抛在一旁的熏黑的炮弹壳就像待修的农具;伪装用的罗汉松好像庭园。

在这幅宁静的景象中却有一种威胁人的东西。

起初这孩子怎么也弄不懂是什么东西在威胁人,后来才懂得了。这是弹坑,是炮周围的几十个弹坑。他因为看惯弹坑,开头并没有注意。

这是些新近炸成的弹坑,被炸开的泥土撒落在发黑的草地上,还没有变硬,松松散散的仿佛还有点温暖。这说明德国的炮弹不久前曾打到这里,也许就是早晨的事。不用说,他们的目标就是这门炮。

以前,凡尼亚差不多不去理会路上的弹坑。它们不干他的事,他总是若无其事地在旁边走过,他知道事情已经过去,炮弹已经爆炸,危险已经没有了。

这回他忽然看见那些弹坑,感觉就完全不同了。德军的炮弹刚打到过炮兵连,在大炮周围爆炸,留下惊心动魄的痕迹。但是炮兵连并没有离开这地方。大炮还是摆在原地方。前线没有发生什么变化。这就是说,德军的炮弹随时都可能再打到这里来,还可能给人带来死亡。

连周围的空气,秋天的冷冷的空气,似乎也带有死亡的气息。那乌云、那些罗汉松、那地面仿佛都笼罩着死的阴影。炮手们却若无其事。

战士们在大炮周围各人忙各人的事。有人把钢盔推到脑后,嘴里蘸着紫铅笔,在松木炮弹箱上写信;有人坐在炮架上,钉着大衣上的扣子;有人在读炮兵小报;有人卷了纸烟,打着火石,把自制的火绒吹得冒白烟。

凡尼亚同侦察兵在一起的时候,常常从各方面观察战场,因此看惯战争的各种景象。道路啦,树林啦,沼泽啦,桥梁啦,爬行的坦克啦,冲锋的步兵啦,地雷兵啦,聚集在峡谷里的步兵啦,这些他都看得多了。

在这里,炮垒也是战场,只是局限在一小块土地上,除了大炮和它的一套配备、伪装用的罗汉松和紧接着秋天的灰色天空的山坡之外,就什么也没有了,连旁边的大炮都看不见。至于山那边有些什么,凡尼亚就不知道了,虽然常常听见双方在那边开炮对射。

凡尼亚站在同他一样高的炮车轮子旁边,仔细看着大炮倾斜的护板上贴着的一张纸。纸上用墨汁写着些粗大的号码和数字,可是凡尼亚一点也不懂。

"喂,凡尼亚,你喜欢我们的炮吗?"他听见背后有个和气的粗嗓子问。

他转过身去,看见是瞄准手柯华廖夫。

"是,柯华廖夫同志,很喜欢。"凡尼亚很快地回答,同时立正敬礼。

显然,叶纳基耶夫大尉给他上的那一课没有白上。如今凡尼亚一见上级,总是先立正,并且精神百倍地回答问话。在瞄准手柯华廖夫面前甚至有点过火了。他举手敬礼,往往忘记把手放下。

"得了,把手放下。稍息。"柯华廖夫说,满意地打量着这个小兵的漂亮身材。

柯华廖夫是个英勇无畏的战士,是苏联英雄,又是整个方面军最优秀的瞄准手,可是他的外表跟这些概念很难联起来。

首先他年纪已经不轻了。在凡尼亚的心目中,他已经不是个"叔叔",而是个"爷爷"了。战前他是一个规模很大的家禽饲养场的场长。他本来可以不上前线,但是在战争爆发的那天他就自动报名参军了。

在第一次世界大战时他就在炮兵里服务,那时就算得上是个出色的瞄准手了。因此这次打仗他也要求参加炮兵队伍当瞄准手。在炮兵连里开头大家不相信他是把好手,因为他的样子实在和气,完全像个老百姓。但是,在第一次战斗中他就大显身手,证明确实精通这一行,从此再也没有人对他抱怀疑态度了。

他的瞄准技术达到最高峰。炮兵队伍里有高明的瞄准手,有优秀的瞄准手,有杰出的瞄准手,可他是个天才的瞄准手。最奇怪的是,两次世界大战相隔二十多年,他的技术在这期间不但没有荒疏,而且越发高明了。新的战争向炮兵提出许多新的任务。它使老瞄准手柯华廖夫发挥了在上次战争中无法发挥的才华。

他在直接瞄准射击上是没有敌手的。他常常跟炮手们一起把炮拖到没有掩蔽的阵地上,在猛烈的弹雨下镇定、准确而又异常迅速地用霰弹轰击德军散兵线,或者用穿甲弹打德军的坦克。

在这种场合,光有技术是不够的,哪怕技术有多高明。在这种场合需要有奋不顾身的勇气。柯华廖夫就有这种勇气,虽然他的外表完全像个老百姓。

逢到危急关头,他的样子就不同了。他心头燃起仇恨的怒火。他一步也不后退,英勇地打到最后一颗炮弹。等到炮弹完了,他就在炮旁边卧倒下来,用自动枪继续射击。等到一盘盘子弹都打完了,他又镇定地把手榴弹箱拖到身边,眯细眼睛,把手榴弹一个接一个扔出去,直到德军后退才罢休。

群众中间勇敢的人有的是。但是勇敢的人要有意识地热爱祖国,才能成为英雄。柯华廖夫是个真正的英雄。他热烈而又深沉地爱祖国,痛恨祖国的一切敌人。而他跟德国人还有一笔旧账要算。1916年他中了德军的窒息性毒气,从此就有点咳嗽。谈到德国人,他总是简单地说:

"我很熟悉他们。都是些混账东西。跟他们谈话只有一种方式——急射。别的他们是不懂的。"

他的三个儿子都参了军。其中一个已经牺牲。他老婆是医生,也在部队里。家里一个人也不剩。部队就是他的家。

上级几次三番要提升柯华廖夫,可他总是要求让他继续当瞄准手,不离开大炮。

"当瞄准手,这是我的老本行,"他说,"干别的工作就不那么合适。我说的是实话。我不在乎军衔。我本来是瞄准手,我愿意当瞄准手当到战争结束。当指挥员我已经不合适了。老了。应该给年轻人让路。我衷心请求您。"

上级终于不去麻烦他了。也许柯华廖夫是对的。人人都是最适宜于干本行。对工作来说,多一个杰出的瞄准手毕竟比多一个平庸的排长强。

这些事情凡尼亚都知道,因此他看见这位大名鼎鼎的柯华廖夫,总是又畏怯又尊敬。

柯华廖夫个儿又高又瘦,披着一件新棉袄,棉袄上已经沾满炮油了。他跟在家里一样,不戴帽子。他也像一般刚开始秃顶的男人那样,喜欢把头剃得精光。他的脖子被风吹得红红的,满是错综的粗皱纹,而淡褐色的小胡子和刮得光光的下巴,却显出战士的派头。

他的仪表虽然很端庄,具有炮兵的整洁,但是有几分老派,留有"上次战争"的痕迹。这表现在他自己带来的那条黑呢马裤上,也表现在那只带有被烟熏黑的洋铁盖的涂色烟斗上。

凡尼亚有许多事想问柯华廖夫,譬如:炮怎样瞄准,怎样射击,转轮上的柄作什么用,套子里套着什么东西,护板上的那张纸写着什么,是不是快要开炮了,等等。

可是军纪不许他在上级面前先开口。

20

"你喜欢我们的炮,这很好,"瞄准手柯华廖夫说,"是门好炮。内行人懂得它是无价之宝。干起来可真行。"

他拍拍炮筒,仿佛它是一匹马,接着看看手掌,发现手有点脏,就从口袋里掏出一块干净的抹布,亲切地把炮擦了擦。

"我这门炮爱清洁,"他说,仿佛在为自己的琐碎表示抱歉,"那么,是连长派你到我们这儿来学习的吗?"

"是,中士同志。"

"别老是举手行礼。没关系。不用立正了。好吧,来学习是对的。倘若要做个好炮兵,就得从小在炮旁边学着干,干惯了,就是到头发白也不会忘记。"

他在炮架上坐下来,一面动手用平嘴钳修理自己的眼镜,一面用非常和蔼而又锐利的远视眼望着凡尼亚。

"对了,好小子。要从小就爱炮。当年我参加炮兵连,跟你现在差不多,也是个小伙子。嗯,我的老弟,不多不少刚好三十年。时间不算短了。可是我什么都记得清清楚楚。我那时当然比你要大些。有岁了。我是自己去参军的。可到底还是个孩子。真想不到会有这样的巧事：当时我们炮兵连的阵地就在这一带。你看，我这辈子兜了个怎样的圈子？地方现在当然认不出来了。"

他四下里望了望，挥了挥手。

"从那时起地面的变化可大了。原来是树林，现在变了田野。原来是田野，现在长起了树木。但总在这一带。在德国边界上。那时我们后退，现在我们进攻。只有这一点差别。"

这两句话使凡尼亚大为惊奇。他当然听人家谈到过许多次：我军现在在进攻东普鲁士，东普鲁士就是德国，苏军很快就要踏上德国土地了。

凡尼亚象部队里所有的人一样，坚决相信他们最后一定会踏上德国土地。不过，现在他听见"德国边界"这几个想望已久的字，不知怎的反而觉得不很了解柯华廖夫的话。他兴奋极了，竟至于忍不住叫起柯华廖夫"叔叔"来。

"叔叔，德国到底在哪里？边界在哪里？"

"喏，就在那边，"柯华廖夫说，用平嘴钳指指背后，就像给一个迷路的行人指点一条熟悉的胡同，"就在这高地后面。离这里大约五公里，不会再多了。"

"叔叔，是真的吗？您不骗我吧？"凡尼亚可怜相地说，他凭经验知道有些战士喜欢跟他开玩笑。

但是柯华廖夫的眼神一本正经。

"我说的是实话，"他说，"那边有条河，过了河就是德国了。"

"凭炮兵的荣誉起誓行吗？"凡尼亚连忙问。

"还用得着起什么誓，我们刚才就朝那边试过炮了。你没看见有多少目标试射过了?"

说着柯华廖夫用平嘴钳指指大炮护板上那张有号码的纸条。

凡尼亚却还有些怀疑。他很难相信再过去四五公里就是德国了。

"叔叔,您别骗我!"凡尼亚说,差点儿要哭了。

"嘻,你不相信,那也没有办法,"柯华廖夫笑着说,"其实又有什么了不起呢?我们的侦察兵昨天去了德国,今天早晨才回来。他们说,那边乱得一团糟。"

"什么!侦察兵到过德国了?"

柯华廖夫简直想不到,他的话会给凡尼亚这么大的打击。原来侦察兵已经去过德国了。毕登科和高尔布诺夫很可能也已经去过德国了;至于叶果罗夫中士,他一定去过。这样看来,要是凡尼亚没有调到炮旁边来,他也可能去过德国了。他会要求侦察兵,他们会带他去的。这不成问题。凡尼亚觉得委屈难当。他认为自己还是个侦察兵。自尊心使他受不了。

确实是受不了!所有的侦察兵都去过了,就是他没有去过。他噘着嘴,脸涨得通红,又咬咬嘴唇,垂下睫毛,睫毛上挂着眼泪。

"我要是到了德国,我要好好收拾他们。"他忽然咬牙切齿地说,眼睛里射出青色的火花。

柯华廖夫好奇地望望这孩子,但是没有笑。要是换别的战士,准会说:"啊,牧童老弟,你好凶啊!"但是他没有说。他了解凡尼亚这时的心情。他摸出烟斗,装上烟,点上火,嗒的一声扣上盖子,接着从胡子缝里吐出香喷喷的白烟来,一本正经地说:

"耐心点,小牧童。在部队里就得服从命令。你的岗位现在就在炮旁边。你将跟着炮到德国去。"

为了使凡尼亚不至于感到他的话太生硬,太带有教训人的口吻,他笑眯眯地加了一句:

"还有音乐伴送呢!"

这当儿,从伪装的罗汉松后面传来响亮的口令声:

"炮兵连,准备战斗! 一炮射击!"

马特维耶夫从电话兵掩体里窜出来,一边跑,一边扣着钮扣,整理着有黑领章的揉皱的大衣。他那年轻的脸容光焕发,拖长声地使劲叫道:

"一炮,准备战斗! 十四号目标。榴弹。瞬发信管。右八〇〇。表尺一百十。"

凡尼亚觉得这些话好像神秘的咒语。马特维耶夫的话还没有完,刹那间周围的一切都起了变化。人也罢,炮也罢,周围的东西也罢,甚至连近处地平线上的天空,全变得严厉可怕,好像光滑闪亮的钢铁。

瞄准手柯华廖夫第一个变了样。

不等凡尼亚闪开身子,想到:"这下子开始了!"柯华廖夫已经跳过炮尾的托架,一手戴着不知从哪儿抓来的钢盔,一手拉下护板旁那个高高的玩意上的帆布套子。这玩意凡尼亚早就注意到了。

现在套子一拉掉,这玩意显得比凡尼亚想象的更漂亮更神秘。它的样子有点象望远镜,又有点象炮队镜——炮队镜凡尼亚见得多了——上面还装有一架钢环和一个鼓轮上刻有许多大小数字的机器。这机器立刻使凡尼亚联想到一个名词:"算术"。此外还有一样黑漆漆的蓝钢制的东西,装有凸镜、斜面镜和扁平有孔的黑盒子。这使他联想起另一个名词:"照相机"。

瞄准手柯华廖夫弯下腰,叉开微曲的两腿站稳了,像雕象似的一动不动,一只眼睛贴着黑管子,同时双手飞快地在那仪器上忽上忽下,细长的手指摆弄着鼓轮和钢环。

凡尼亚眼花缭乱,不知道看什么好。

首先,不知谁一下子拉掉第二个套子,凡尼亚就看见了炮闩。这是一样巨大沉重、擦得发亮的钢制的玩意,带有铝制的把手和象颚骨一样弯弯的粗大钢杠杆。

不过,最重要的是凡尼亚看见了拉火绳。这是一条包皮已经磨旧的钢链。他一见就知道这是什么。只要把这条皮腊肠拉一拉,炮就打响了。

发射手(凡尼亚一见就知道他是发射手)一拉把手,沉重的炮闩就不出声地滑开来,露出正中有撞针的锯齿钢圆筒和镜子般光亮的有螺旋槽的空炮膛。这时凡尼亚的注意力就被炮弹吸引了。

炮弹已经从箱子里取出,象戴着钢盔的战士,整整齐齐地排列在地上,而且根据条纹的颜色分了类:黑的归黑的,黄的归黄的,红的归红的。有个战士(弹药手)右膝跪在地上,左膝上搁着一颗炮弹,正在摆弄着炮弹头上的什么东西。这时候,另一个战士已经把一颗准备好的炮弹捧到炮跟前,敏捷地把它塞进炮膛,又用一只手推了推。不等炮弹往回退,发射手就砰地一声关上炮闩。

炮闩喀嚓响了一声。柯华廖夫眼睛不离黑管子,一手抓住拉火绳,一手向上举起,说:

"好!"

"放!"马特维耶夫中士使劲用手一劈,喊道。

凡尼亚还没弄明白是怎么一回事,瞄准手柯华廖夫已经神情坚决地拉了拉"腊肠",立刻甩开手,免得受炮闩后坐力的打击。

这炮打得那么猛烈,凡尼亚觉得仿佛有许多嗡嗡作响的红圈向四面八方扩散开去。同时凡尼亚感到嘴里有火药的味儿。

刹那间大家都一动不动,倾听着那颗飞到德国去的炮弹的微弱响声。接着柯华廖夫又凑近瞄准镜,手指在鼓轮上移来移去,发射手拉了拉炮闩,就有一个冒烟的铜弹头跳出来,哗啷啷地在地上滚了几转。

凡尼亚站在旁边,被刚才这幕奇怪的景象——开炮,弄得目瞪口呆。随后,他看到大家都在忙碌,只有他一个人没有事干,觉得有点不好意思。他拿起一个失去光泽的暖烘烘的空弹壳,把它搬到边上,放在空弹壳堆上。当他拿着这个象不倒翁似的身体很薄很轻而底部很厚很重的弹壳时,他仿佛觉得它还在嗡嗡作响。

"做得对,宋采夫,"马特维耶夫中士一边说,一边拿着铅笔在破旧的笔记本上记着什么,同时留神地望着电话兵掩体,等着新的口令,"现在你就收拾收拾弹壳,免得散在地上碍事。"

"是。"凡尼亚快乐地说,立正了,感到现在他也参加了一项很重要很光荣的工作,那就是在前方人人敬重的:"炮兵火力"。

"射击完毕之后你数一下,把它们放在弹药夹里。"马特维耶夫补充说。

"是。"凡尼亚更加起劲地回答,虽然不很明白弹药夹是什么东西。

凡尼亚把所有的空弹壳放在旁边,理得整整齐齐,欣赏了一下自己干的活。因为手头没有事做,就走到柯华廖夫跟前。

"叔叔,"他说,可是一想到自己是在执行战斗任务,连忙改口道,"中士同志,报告。"

"说吧。"柯华廖夫说。

"我想问您:您刚才往哪儿开了一炮?是往德国开的吗?"

"是往德国开的。"

"您先是瞄准了一下吗?"

"先是瞄准了一下。"

"您是用一只眼睛瞄准的吗?通过这个黑管子吗?"

"一点不错。"

凡尼亚沉默了一阵。他有点不敢说下去。他觉得他要提出来的要求太大胆了。提这样的要求,说不定会被收回军服,送到后方去的。但是好奇心毕竟克服了顾虑。

"叔叔,"凡尼亚用最动人最婉转的口气说,"叔叔,您可别骂我啊。要是照规定不可以,那就不用了。我不在乎。您就答应我一次,就只一次,好叔叔!望一望您瞄准的那个管子。"

"行,没问题。你看吧。可是得留心。别动了我的瞄准点。"

凡尼亚连气都不敢透一口,踮着脚尖走到柯华廖夫让给他的位置上。他伸开两臂,免得无意中碰到瞄准点,小心地把一只眼睛凑到还留有柯华廖夫体温的目镜上。他看见一个清晰的圆圈,其中沼地景色和参差不齐的青灰色树林都显得又光亮又接近。两条细线,一横一竖,交叉在圆圈里,使景色显得格外清楚,好像一幅临摹的风景画。就在两线交叉的地方,凡尼亚看见一棵高高的松树顶梢,突出在树林上面。

"喂,怎么样,看见什么没有?"柯华廖夫问。

"看见了。"

"看见什么了?"

"看见地,看见树林。真好看!"

"交叉线看见没有?"

"嗯,看见。"

"你看见那棵突出的树吗?正好在交叉线上。"

"看见。"

"我就是在瞄准这棵松树。"

"叔叔,"凡尼亚低声说,"那边就是德国吗?"

"哪里?"

"我望着的地方。"

"不,老弟。那边根本不是德国。这里看不见德国的。德国在那边,在前面。你看见的是后边。"

"什么——后边?叔叔,那您不是往那边瞄准的吗?"

"是那边。"

"那么,那边就是德国了。"

"你恰好猜错了。我往那边瞄准,这是对的。拿松树来瞄准。可炮是向另一个方向打的。"

凡尼亚睁大眼睛望着柯华廖夫,不明白他是在开玩笑还是说正经。向前开炮,却要向后瞄准,这是怎么搞的?真是怪事。他用心打量着柯华廖夫的脸色,想在他脸上找到隐藏的狡猾神气。可是柯华廖夫的脸是一本正经的。

凡尼亚因为解不开这个哑谜很苦恼,两脚不停地交替踏着。

"柯华廖夫叔叔,"凡尼亚终于说,洁净的眉头皱得很厉害,"那么,炮弹不是飞到德国去的吗?"

"是飞到德国去的。"

"是在那边开花的吗?"

"是在那边开花的。"

"您在管子里看见它开花吗?"

"不。看不见。"

"唉!"凡尼亚失望地说,"这么说来,您是把炮弹随便乱打的!"

"怎么能这样说呢,"柯华廖夫一边咳嗽,一边偷偷笑着说,"我们不乱打。观察所里有人望着我们怎样打。要是我们打得不准,他们那边立刻用电话告诉我们应该怎么打。我们就矫正。"

"有谁在那里望着啊?"

"观察员,上级军官。有时候是排长。不一定。譬如今天是叶纳基耶夫大尉亲自在指挥射击。"

"叶纳基耶夫大尉那里也看得见德国吗?"

"当然!"

"也看见我们打炮吗?"

"当然。你等一下。他马上会告诉我们打得怎么样。"

凡尼亚不作声。他的思想乱得很。向后瞄准,却向前开炮,而叶纳基耶夫大尉一个人什么都看见,什么都知道。这究竟是怎么一回事?他无法理解,也无法想象。

"左〇三!"马特维耶夫中士喊道,"杀伤榴弹。表尺一百十八。"

一双强大有力的手把凡尼亚举起来,越过轮子,放在一旁,柯华廖夫又回到凡尼亚站过的瞄准镜旁,一只眼睛贴到黑色的目镜上。

这回一切都做得比第一次更快了。动作虽然这样快得出奇,柯华廖夫还来得及向凡尼亚转过脸来,说:

"你看。打得偏了一点。这下子行了。"

"放!"马特维耶夫叫道,更加有劲地用手劈了一下。

炮声响了。不过这次射击已经不那么使凡尼亚吃惊了。他牢牢地记着自己的战斗任务,飞快地绕过大炮。炮筒后坐了一下,又灵活地回复原状。热烘烘的弹壳从炮里跳出来,正好被他接住。

"了不起,宋采夫,"马特维耶夫说,匆忙地又在笔记本上记着什么,笔记本就搁在弯曲的膝盖上,"打了几发炮弹了?"

"两发杀伤榴弹!"凡尼亚神气活现地叫道。

"了不起!"马特维耶夫说。

凡尼亚想回答:"为祖国服务",可是想到光为这些事就用这么堂皇的话,未免有点不好意思。

"没什么。"他羞答答地低声说。

"加油干,小牧童!"柯华廖夫快乐地嚷道,托了托眼镜,"现在你得赶快收拾。我们马上要给你堆成一座山了。"

果然,一转眼电话兵的绿色钢盔就从掩体里伸出来,马特维耶夫中士用洪亮、高昂而庄严的声音叫道:

"四发急射!朝德国。放!"

四发炮弹简直是连续发出去的,凡尼亚手忙脚乱,勉强接住这四颗空弹壳,并且把它们摆得整整齐齐。

从这时走,大炮连续不断地射击,速度快得惊人。

凡尼亚精神抖擞地跑来跑去搬弹壳,同时留神地听着,断定射击的不仅是一炮。到处是响亮的口令声,炮闩的撞击声,大炮的隆隆声。如今叶纳基耶夫大尉的整个炮兵连都在作战了。

炮弹一颗接着一颗,有时两三颗一起,带着逐渐降低的啸声,不断地越过山头,飞到德国去。那边的天空看上去已经不是俄罗斯天空,而是一种晦暗、讨厌、死气沉沉的德国天空了。

炮手们一个个挨次跑到柯华廖夫跟前,他让每人都拉一两下拉火绳,向德国开一两炮。他们一边开炮,一边叫道:

"向德国土地开炮!放!"

"等着吧,德国!放!"

"为了祖国!放!"

"打死希特勒!放!"

"吃得消我们吗,混蛋?放!"

凡尼亚跑到柯华廖夫跟前,从后面拉拉他的棉袄。

"柯华廖夫叔叔,让我也向德国打一炮吧。"

他唯恐柯华廖夫拒绝他,紧张得脸色发白,呼吸急促,鼻孔张得象狐狸一样圆。可是柯华廖夫没有注意到他。凡尼亚一下子脸涨得通红,怒气冲冲地跺了跺脚,坚决而哆嗦地大声叫道,竭力想压倒炮声:

"中士同志!报告。让我向德国开一炮。我也有资格了。您看,我把空弹壳都收拾好了,没有漏掉一颗。"

这时柯华廖夫才注意到他。

"来吧,小牧童,小牧童。打吧。不过手得赶快拿开,不然会被炮闩打着的。"

"我知道。"凡尼亚急急地说,几乎是从柯华廖夫的手里抢过拉火绳。

他握得那么使劲,连小拳头上的骨头都变白了。看来世界上没有一种力量此刻能够把这条尾上有环的皮"腊肠"从他手里夺下。他的心怦怦地乱跳。在这一刹那间,他只担心着一件事:别打不响。

"放!"马特维耶夫叫道。

"拉,"柯华廖夫低声说。

他这一提醒其实是多余的。

"来啦！吃这一炮！"凡尼亚叫道,怒气冲冲地拼着所有的力气拉了拉"腊肠"。

他觉得在这一刹那间,大炮象动物一般在他身边抖动了一下,往前一冲,打响了。炮口里喷出一团火。他的脑袋嗡嗡地响起来。

凡尼亚打的炮弹在远处树林上空响着,飞到德国去了。

21

叶纳基耶夫大尉冷得缩着身子,克制地打了个呵欠。

"哦,今天天亮得多晚啊。"

"那有什么,秋天了。"阿洪巴耶夫说。

"'秋深了,白嘴鸦飞了,树林秃了,田野荒了。'"叶纳基耶夫又打着呵欠说。

"写得真漂亮,"阿洪巴耶夫说,"把秋天的景色写得美极了。"

阿洪巴耶夫大尉在迅速地吸两口烟之间这么赞叹着。他匆匆地吸完一支压坏的德国纸烟,皱着眉头挥手驱散烟雾,免得飘浮在战壕上太明显。但是这样的谨慎是多余的。天刚开始发亮,周围还是灰蒙蒙雾腾腾的。

这个德军的旧战壕在马铃薯田的边上,阿洪巴耶夫大尉就把它用做临时指挥所。

从战壕里眼睛平望出去,只见发黑的茎叶上闪动着白晃晃冷冰冰的小水珠。右边是一条公路,被两边的老榆树遮得看不见了。榆树的粗干和秃枝朦胧地衬着黎明前白茫茫的天空,好像衬着一块毛玻璃。

左边有几座被毁的哥特式尖屋顶,望过去也迷迷蒙蒙。

前面是一片又黑又湿的马铃薯田,斜斜地伸展到迷漫着蓝郁郁雾气的洼地。洼地再下去又是高地,但此刻一点也看不见。高地上是德军的阵地,阿洪巴耶夫大尉的步兵营应当在叶纳基耶夫大尉炮兵连的支持下,在天亮时开始进攻,然后占领它。

阿洪巴耶夫凭着他的急性子迅速地制订了进攻计划,这计划大体上是这样的。

两个连应该在天亮之前悄悄地绕到德军右侧,截断德军的交通线,尽可能不开火,特别是决不能暴露自己的兵力。然后再派一个连在炮兵支持下正面攻打德军阵地。再有一个连留做预备队。阿洪巴耶夫大尉估计,用一个连攻打敌人阵地——根据侦察情报,敌军约有一个营——就可以便德军从战壕里出来迎战。等到他们出来迎战,那两个派去包抄的连就可以从侧翼甚至从后方打击敌人。这样一来,德国人就被紧夹在老虎钳里,不得不在侧翼猛烈的炮火下改变战斗队形,结果必定会造成重大损失,最后放弃阵地。就算他们继续正面作战,也只能用预备队掩护后方。那时阿洪巴耶夫大尉就可以把做预备队的那个连调上去增援在敌人后方活动的两个连,用优势兵力从后方攻占敌军阵地,而把德国人装进口袋里。

这个计划订得很好,从敌军士气低落、阿洪巴耶夫的步兵英勇善战这点上考虑,更是完全可能实现的。

但是,叶纳基耶夫大尉一向做事非常仔细,考虑特别周到,他觉得这个计划里还有一点疑问,那就是德军预备队究竟有多少兵力。根据侦察到的情报看,他们的预备队,兵力不大。可是,谁能担保敌人没有在夜里调到强大的援兵呢?说不定德军步兵此刻正在通过哪里的交通壕,来增援阿洪巴耶夫大尉准备进攻的那座高地。这样,阿洪巴耶夫大尉只有一连预备队就太少了,事情也就可能变得很不利。

不过,叶纳基耶夫大尉的这些猜疑,都没有确凿的事实根据,纯粹是一种假定,因此在听完全部计划,接受战斗任务后,他只干巴巴地回答说:

"是。"

事实上也没有别的办法了。阿洪巴耶夫的几个连已经来到出发地点,进攻虽然还看不出来,但是已经发动了。再说叶纳基耶夫大尉也明白,一旦作出决定,决不能再有任何改变。但是他知道这将是一场激烈的战斗,万一德军调到新的预备队,那就只能靠他的炮火打得准确和迅速了。

他看了看笔记本,算了算现存弹药的数目,皱了皱眉头,打电话命令赶快再送一个基数①的弹药到发射阵地上去。

现在一切都准备好了,只等规定的时间了。

"好吧,大尉,我要告辞了。"叶纳基耶夫说,把戴着麂皮手套的手伸给阿洪巴耶夫。

"您到哪里去啊?"

"到我的观察所去。您呢?"

"在预备连里。"

他们紧紧地握了握手。同平时分手时一样,对了对表。阿洪巴耶夫大尉的表是六点十二分,叶纳基耶夫大尉的表是六点零九分。

"您慢了。"阿洪巴耶夫大尉说。

---

① "基数"是弹药的计算单位,各种炮种的弹药基数各各不同。

"您快了。"叶纳基耶夫大尉一字一顿地说。

他们稍微争论了一下谁的表准。其实这争论纯粹是一种习惯。阿洪巴耶夫知道叶纳基耶夫的表总是绝对准确的。

"就照您的吧,"阿洪巴耶夫说,快乐地闪动乌黑有神的眼睛,把自己的表拨慢三分钟,"那就全靠您了。"

"好吧。"

"别舍不得炮弹。"

"我们一定卖力干,"叶纳基耶夫心不在焉地说,又脱口而出地加了一句战士的口头禅,"你们出烟,我们点火。"

"最重要的是您别落后。"

"不会的。"

"那么,在德军防线上再见吧。"

"也许更早些。"

"好,一路平安,"阿洪巴耶夫带点命令的口吻断然地说,"干去吧。"

"是。"

他们又握了握手就分别了。

叶纳基耶夫大尉首先爬出战壕。他命令电话兵离开这里,把电话线拉到指挥员的观察所,自己就去视察炮兵连。

黎明前刮着阴湿的寒风,地上的冰被靴子踏得飒飒响。周围一片寂静,只有西方有时出现德军的照明弹,忽而这里,忽而那里,在空中摇摇晃晃,在鱼肚色天空的衬托下,显得格外苍白。

叶纳基耶夫大尉在索波列夫——他脖子上挂着自动枪——护送下来到炮兵连阵地,这时东方的迷雾已经淡淡地染上玫瑰色,风刮得更紧了。

炮兵连的发射阵地设在一座规模很大的苹果园里,前面有一道长长的单调的黄褐色石墙掩蔽着。石墙被炮弹打了几个缺口。叶纳基耶夫大尉打其中的一个缺口走到花园里。

大炮排列在对称地种着的老苹果树中间,在地里埋得很深,彼此保持相当距离,上面罩着伪装网,即使在近处也不容易发现。但是,从苹果树的秃枝中间望去,却远远地可以望见花园后面有一座单调的黄褐色庄园,上面盖着一长排瓦屋顶,房子上的窗框都没有了,但房子里还亮着一个暗淡无光的灯火——夜的标志。它表明炮兵连驻在这里。

哨兵端着自动枪,模糊的脸上还留有夜的阴影。他拦住叶纳基耶夫大尉的路,但是一认出是自己的连长,就闪到一旁立正了。

大尉走到一炮旁边。

炮手们已经做好各种战斗准备,头戴钢盔,身带武器,就睡在各人的岗位上,有的枕着空弹壳,有的枕着炮弹箱,有的枕着饭盒,有的干脆枕着手臂躺在地上。

叶纳基耶夫大尉在这群睡着的人中间发现了凡尼亚的小小身体。这孩子睡在炮架上,缩着两腿,戴钢盔的头枕着一只拳头,拳头里紧捏着一把时间信管扳子。他的嘴唇因黎明时分的寒气冻得有点发青,但不知是哪个好心肠,把一件油腻的棉袄盖在他身上,因此这孩子在睡梦中也露出淘气的微笑。

看到他这笑容,叶纳基耶夫大尉忍不住也笑了,但是一看见马特维耶夫中士走过来报告,他就收起笑容,板起面孔来。

"嗯,这孩子怎么样?"他听完这位值班炮长的报告,打个招呼之后问。

"孩子不错,大尉同志,"中士报告说,恭敬而又潇洒地用手指顺顺新近剪过的黑色八字胡子和鬓角。

"他在工作吗?"

"是。"

"在炮旁担任什么职务?"

"到昨天为止他在我这里堆空弹壳。今天,或者说得更确切些,昨天晚上,我让他当六炮手的助手。"

"怎么样?干得了吗?"

"不错。卸保护帽卸得很利落,不误事。要叫炮手们起来吗?"

"不用了。让他们休息吧。今天有很多活要干呢。弹药运到了吗?"

"是,运到了。"

"好。这里的墙有几处坏了。遇到必要的时候,能不能从这些缺口里把炮拖出去,你们试过没有?"

"是。试过了。能拖出去。"

"好。注意这件事。跟各个观察所的联系正常吗?"

"正常。"

"右侧观察所谁在值班?"

"我不知道。"

"去打听一下再来报告。你叫他们派一辆汽车到这里来。"

"是。"

除了马特维耶夫中士和电话兵之外,一炮班里还有一个人没有睡觉,那就是瞄准手柯华廖夫。在炮兵连里,叶纳基耶夫大尉只有对他一个人是不拘礼的。

"喂,事情怎么样,柯华廖夫同志?"叶纳基耶夫大尉说,傍着柯华廖夫在炮座边上坐下。

"我看不坏,叶纳基耶夫大尉。我们已经来到东普鲁士了。"

"是啊,到了德国了,"叶纳基耶夫大尉心不在焉地说,眼睛望着这座单调的大果园,园里满是一条条涂白的树干和一捆捆包扎果树过冬用的干草。

其实,叶纳基耶夫大尉去到炮兵连阵地并没有什么事。不过,每次战斗之前,他总是要到阵地上去一下,哪怕只待几分钟,亲自检查一下人和炮有没有做好战斗准备。不这么去检查一下,他总觉得不放心。

他只要向一门炮扫视一下,就能准确地断定他的整个炮兵连准备得怎样了。此刻他就能断定,准备工作做得很好。他这么断定是根据以下的事实:他的战士们都全副武装,在各自的岗位上睡得很安宁;存放弹药的掩体已经敞开,炮弹已经准备好;炮上的伪装网张得整整齐齐;供夜间瞄准用的小灯在庄园屋顶下点得很亮。不过,他当即命令把小灯熄掉,因为天已经亮了,冷冷的曙光低低地笼罩着树木疏落的果园,把落满枯叶和烂果子的地面抹上一层极淡的金色。

这景象使人觉得,初升的太阳只在雾霭中露一露脸,马上就要躲到浓云后面去,整天不再出现。

叶纳基耶夫大尉看了看表。是到观察所去的时候了。可是这一次他不知怎的有点舍不得离开连队。他很想在大炮旁边跟他所敬爱的柯华廖夫并排再坐三五分钟。他似乎有一种预感,今天他得使出全部体力和毅力,而他就在利用这最后几分钟养精蓄锐。

"大尉同志,报告。右侧观察所值班的是阿列尼科夫上士,"马特维耶夫走到他跟前说,"汽车来了。"

"好。让它等一下。你去吧。"

22

叶纳基耶夫大尉从皮烟盒里取出两支纸烟,一支给了柯华廖夫。他们抽起烟来。

"怎么样?那孩子还不错吧?"叶纳基耶夫大尉问。

"是个好孩子,"柯华廖夫一本正经地说,"有价值。"

"您认为有价值吗?"叶纳基耶夫接口问,眯细眼睛朝柯华廖夫望望。

"我看有价值。"

"有出息吗?"

"准有出息。"

"我也这么想。"

"前几天我稍微指点了他一下怎样看瞄准镜,他居然什么都懂。简直叫人惊奇,真是个天生的瞄准手。"

叶纳基耶夫大尉笑了。

"可是侦察兵们说他是个天生的侦察兵呢。您说究竟怎么样?一句话,他在我们这里干什么都行,都有天赋。对吗?"

"真是个天生的炮兵。"

"干脆说,是个天生的军人。"

"一点不错。"

"说实在的,柯华廖夫同志,"叶纳基耶夫大尉忽然说,同时用变得象孩子一样信任人的眼睛打量着柯华廖夫,"我想收他做儿子。您看怎么样?"

"这很值得,叶纳基耶夫大尉,"瞄准手脱口而出地说,仿佛早就料到这问题了。

"归根到底,我是个孤零零的人。我没有家了。有过一个儿子,四岁那年……您也知道,是吗?"

柯华廖夫深深地低下头。他是知道的。整个炮兵连里只有他一个人知道这件事。叶纳基耶夫大尉不作声,他眯细眼睛望着前方,仿佛远处有个戴蓝色水手帽的小男孩。这孩子要是在的话,该满七岁了。

"要他来代替那一个当然是代替不了的,这不用说得,"他深深地叹了一口气说,并不想在柯华廖夫面前掩饰自己的叹息,"可是……可是……柯华廖夫同志,有两个儿子不是也可以吗?您说是不是?"

"就是有三个也可以。"柯华廖夫忧郁地说,他也不加掩饰地叹了一口气。

"嗯,我很高兴您这么劝我。说实话,我已经向营长打了报告,好办理收养手续。让我有个聪明伶俐的好儿子,您说好吗?"

叶纳基耶夫大尉深深地吸了一口烟,慢慢地从嘴里吐出来,依旧沉思默想地透过这烟雾望着远方。忽然他的脸色变了。他把耳朵稍稍转向前沿阵地,皱起眉头。他仿佛听得在右翼的远方,在德军防线深处,响起了密集的步枪声和迫击炮声。叶纳基耶夫大尉询问似地向柯华廖夫望望。

"是。打起来了。火力相当猛。"柯华廖夫取出耳朵里的棉花团,说。

叶纳基耶夫大尉又倾耳细听。但现在不用心也听得出了。在步枪声和迫击炮声中又加上隆隆的炮声。炮声那么响亮,惊醒了好几个战士。他们一骨碌爬起来,坐在地上,拉正钢盔。

叶纳基耶夫大尉立刻懂得右翼这突如其来的猛烈炮火的意义。他所设想的最坏情况发生了。德军调到了强大的预备队,这些预备队现在正在攻击派去包抄他们的阿洪巴耶夫的两个连。

叶纳基耶夫大尉向电话掩体奔去,想跟阿洪巴耶夫联系一下。就在这当儿,马特维耶夫中士迎着他从掩体里跳出来,嘴里叫道:

"炮兵连,准备战斗!"

大尉猛地把他推开,跳到掩体里。

"接指挥员观察所,"他急急地说。

"接上了。"电话兵说,用袖子擦了擦耳机递给他。

"我是六号,"叶纳基耶夫大尉说,竭力保持镇静,"你们那边情况怎么样?"

"八号目标区发现敌人活动紧张。看来是在准备进攻。在集结兵力。"

"多少兵力?"

"近一个营。"

"好。我就来,"叶纳基耶夫大尉说,他想把耳机扔掉,但及时克制住自己的激动,不慌不忙地把它交给电话兵。

八号目标正好在阿洪巴耶夫大尉准备正面进攻的那座高地上。现在整个局面已经清清楚楚了。发生了设想中最坏的情况。德国人识破阿洪巴耶夫的计划,而且先下了手。

叶纳基耶夫大尉坐上吉普车——他在前沿阵地难得骑马——穿过沟渠和菜地向指挥所飞驰。这时他听见他的炮兵连在后面开始急射,炮弹低低地在他头上呼啸,而步兵已经在前面交锋了。

23

指挥员观察所搬得离火线很近,在那里肉眼都看得清战场的情景。

叶纳基耶夫大尉只要从枪眼里望出去,整个形势就一目了然。德军的步兵营从高地上下来,针对着阿洪巴耶夫大尉那个准备正面进攻,但还没有展开队形的步兵连。

照这局面看来,阿洪巴耶夫大尉只有两种办法。或者稍稍后退一点,在陆地这边德军弃下的旧战壕里占据比较有利的防御阵地,这是十分稳当的办法;或者接受优势敌人的遭遇战,并立刻把唯一的预备连投入战斗,这是勇敢而近乎轻率的办法。

叶纳基耶夫大尉是摸透他朋友阿洪巴耶夫的脾气的。没有疑问,他会挑选打遭遇战。果然,叶纳基耶夫还在考虑,电话兵就从下面的壁坑里把耳机递给他。叶纳基耶夫在掩体里蹲下来,免得炮声妨碍谈话。他听见阿洪巴耶夫快乐兴奋的声音:

"你是谁?是你吗,六号?"

"是六号。"

"你听得出我的声音吗?"

"听得出。"

"好极了。情况你明白吗?"

"完全明白。"

"我在使用预备队了。我在进攻。请你支持。"

"是。"

"要等多久?"

"十五分钟。"

"太多了。"

"不能再快了。"

"你慢了,孩子。"阿洪巴耶夫开玩笑说。

形势虽然十分紧张,叶纳基耶夫还是接受了他的玩笑。

"我没有慢,你总是太快,"叶纳基耶夫虽然不很高兴,还是回了他一个玩笑。"你现在在哪里?"

"在你地图上那个蓝图带箭头的地方。"

"明白了。那我们是邻居了。"

"荣幸之至。"

"我们马上就可以碰头了。"

"欢迎得很。"

"再见了。"

"吻你,拥抱你和你的一伙人。"

电话里这场轻松愉快的谈话,旁人听来也许觉得很空洞,其实却是意味深长的。这是说阿洪巴耶夫要求炮火配合他的步兵挺进,而叶纳基耶夫同意了。同时还表明:阿洪巴耶夫问:"老朋友,你不会在这紧要关头叫我倒霉吧?"而叶纳基耶夫回答说:"你放心吧,有我在。在战斗中我们永远在一起。我们将一起取得胜利,要死也死在一起。"

随后,叶纳基耶夫大尉就在电话里命令炮兵连一排,不耽搁一秒钟,立刻离开原阵地,向前移动,能用卡车就用卡车拉,不能用卡车就用手推,一直移动到连的战斗队形那边。他命令二排不停地射击,掩护阿洪巴耶夫大尉主攻一连暴露的两翼。

这时他才想起凡尼亚在一排里。最初一刹那,他想改变命令把二排调上去,留下一排来掩护侧翼。他伸手要去拿耳机,忽然又坚决地转过身,委托另一位军官指挥炮火,自己带着两个电话兵和两个侦察兵到阿洪巴耶夫的指挥所去了。

他们弯着身子走了一段路,剩下一段路只能匍匐前进,因为这一带地形平坦,不知哪里的一挺机枪已经向他们扫过几次了。

阿洪巴耶夫的指挥所设在一片荒芜的马铃薯田里(这一带到处都是马铃薯田),前面有两大堆被雨水淋黑的马铃薯茎叶掩盖着。

但是,阿洪巴耶夫大尉已经不在这里了。他留下一个通讯员和一个电话兵,自己同预备连一起前进了。

叶纳基耶夫对阿洪巴耶夫行动的神速感到吃惊。他觉得情况已经不那么危急了。当然,两个连跟一个营的遭遇战是不容易打的。但是,有了像阿洪巴耶夫这样刚强勇敢的军官,胜利是有把握的。除了这些之外,派去包抄敌人侧翼的两个连的情况还不清楚。最后的消息说是他们被包围了。后来联络断了。很可能他们已经突围出来,从后方打击德军,而这就会决定战斗的胜败。

叶纳基耶夫大尉派侦察兵去接一排,领他们打从最近最隐蔽的路把大炮拉到步兵阵地上,自己就在一堆马铃薯茎叶后面躺下来,摊开地图,等阿洪巴耶夫一起来决定怎样行动。

这时候,凡尼亚正同炮手们乘卡车赶往叶纳基耶夫大尉指定的地点。拉二炮的卡车吃力地跟在他们后面飞跑。两辆卡车都开足了马力。但是,照例站在车上的马特维耶夫中士仍不时用枪托敲敲司机室,大声叫道:

"喂,你这是怎么啦,科斯嘉!加把劲儿!快,快,快!"

挂在卡车后面的大炮和前车,猛烈地颠簸,跳动,好像一件玩具。拐弯的时候,战士们都被摇晃得东倒西歪。他们头上的钢盔磕碰着,大家互相用手抓住身体。但是没有一个人发笑。也听不见往常在这种场合可以听见的玩笑。

大家都板着脸,没有表情,像木头雕出来一样。绿色的钢盔低低地拉到眼睛上,在刮风的阴暗的晨光中看上去近乎黑色。

凡尼亚不知道把他们送到哪里去。他们开拔得那么仓促,弄得他来不及向谁打听一下。他只知道他们是赶去参加已经开始的战斗,在这次战斗中他们的行动将跟往常不一样。

凡尼亚受到大家这种严肃而又急躁的情绪的影响,坐在车上,一只手紧紧地抓住凳子,一只手不住在口袋里摸弄着时间信管扳子。

他的嘴闭得紧紧的,眼睛里露出严肃的、询问的神色向两旁瞧瞧,小小的脸在大钢盔下显得越发瘦小,但也跟别的战士一样,好像是木头雕成的。

汽车在没有路的、翻耕过的田地和菜地上走了近两公里,向洼地开去,洼地上有个高个子战士迎着他们跑来,老远把两手举到头上做着手势。

前面那辆卡车放慢速度,那战士就跳上踏板。

"快,快,"他一面急急地对司机说,一面用又黑又大的手指点方向,"开足马力,别停。得很快地冲过前面那高地。看见吗?敌人的迫击炮打得到那边的。"

司机猛地把操纵杆一扳,水箱上喷满蒸汽,汽车就发出紧张痛苦的声音,向山上爬去。

"喂,那边情况怎么样?"马特维耶夫中士问站在踏板上引路的战士。

"他们出动了整整一个营来对付我们的两个连。打得可厉害。步兵要求炮火配合。"

"是谁的步兵啊?"

"是阿洪巴耶夫的。"

马特维耶夫中士满意地点点头说:

"我们马上就开炮。"

凡尼亚向那兵看看,认出他就是毕登科。

"毕登科叔叔!"他快乐地叫道,"您看,我也在这里呀。在当六炮手。我连装信管的扳子都有呢。看,扳子!"

凡尼亚从口袋里掏出时间信管扳子。毕登科却没有注意到凡尼亚。就在这当儿,卡车开上了危险的高地,用全速率向前飞驰。司机还是拼命加油,一面咬着牙齿骂,一面使劲扳着操纵杆。

有四颗迫击炮弹在卡车周围同时炸开来。由于弹药箱的磕碰声、马达的隆隆声和大炮在高低不平的地上颠簸的响声,凡尼亚没有听见炮弹的呼啸,也没有听见它们爆炸。他只看见一大堆黑土忽然从马铃薯田里往上直冲。他感到身子被气浪猛推了一下。

这四颗迫击炮弹的爆炸,并没有使卡车受到什么损失。一会儿卡车窜过危险地带。现在它已经在飞快地驶下山去,整个山顶却被爆炸的褐色浓烟罩住了。

"哼,如今他们会对着空地轰到天黑了。"马特维耶夫轻蔑地说,摸摸漂亮的小胡子和鬓角,仿佛要让自己相信毛发都完整无缺,没有被炮火轰掉一根。

"停。"毕登科说。

卡车一下子掉过头来,炮口对着敌人停住了。炮手们跳下车,把大炮从前车上卸下来。这时毕登科才看到凡尼亚。

"哦,小牧童吗?亲爱的朋友!你也在这里吗?"

他用他那双强壮的手抱住孩子,把他从高高的卡车上抱下来放到地上。

"看,毕登科叔叔,您看。"凡尼亚兴奋地说,举起时间信管扳子给他看。

"嘻,你可变成一个炮兵迷啦!"

毕登科向凡尼亚望望,又高兴又有点妒意。他仔细察看炮兵们在这孩子身上作了些什么改进。他只发现一点:炮兵们让孩子戴上了钢盔。这样一来,凡尼亚就更像个老资格的战士了。别的都跟过去一样。不错,凡尼亚的军服已经不像原来那样新得耀眼了。军服揉皱了,磨旧了,皮靴上有了粗折纹,靴筒下陷,大衣袖子上有一块油迹。

看到这些变化,毕登科心底里反而感到高兴。他心爱的孩子越发英俊,越像个军人了。但他还是忍不住唠叨说:

"嘻,把一身衣服都穿旧了,弄脏了。真丢人。"

"叔叔,这可不能怪我。有时候得穿着衣服在大炮旁边过夜,只好睡在地上。"

"在大炮旁边……"毕登科不愉快地说,"怕还是我们那边干净吧。

不论怎么说,穿公家衣服总得整整齐齐。"

凡尼亚明白毕登科这话是随便说说的。他觉得毕登科依旧很爱他。他的心立刻温暖了,他真想把最近一连串快乐而重要的事全讲给毕登科听,譬如他已经亲自开过一次炮了,昨天起他已经当上六炮手,叶纳基耶夫大尉要收他做儿子,并且专门为这事向营长打了报告了。

他很想向毕登科打听打听高尔布诺夫的情况,他们那边有些什么好消息,有些什么新的战利品。

可是没有时间说这些个了。周围正在进行战斗。每秒钟都像黄金一样宝贵,不许可闲聊天。

大炮才从前车上卸下,弹药箱才从卡车上搬下来——这些事花不到一分半钟——马特维耶夫中士就下了一个凡尼亚从没听见过的口令:

"推炮!"

24

　　炮手们立刻围住大炮，抬起炮架尾，身子伏在轮子上（每个轮子两个人），把皮带扣在轮轴头上，嘴里吭唷吭唷地叫着，迅速地把大炮朝毕登科指点的方向推去。

　　余下的战士就抓住弹药箱，拖着紧跟住大炮。

　　谁也没有对凡尼亚说过什么，可是凡尼亚懂得他该做什么。他抓住弹药箱上的粗绳子拉手，要把它拉走，可是箱子太重了。凡尼亚想了一想，就用扳子撬开箱盖，拿出两颗涂着一层厚油的长长的炮弹，分搁在两肩上，压得弯下身子，跟着大家往前跑。

　　等他跑到大炮跟前，那炮已经停在一大堆马铃薯茎叶旁准备战斗了。另一门炮摆在不远的地方。

　　叶纳基耶夫大尉也在这里。

　　大尉此刻这副样子，凡尼亚从来没有见过。他像个普通战士那样卧在地上，头上戴着钢盔，叉开两腿，双肘紧紧地支在地上。他用望远镜望着前方。

　　在他旁边，阿洪巴耶夫大尉披着花纹斑驳的雨衣，雨衣带子紧系在脖子上,臂肘支着自动枪,身子斜倚在地上。身旁摊着一张地图,好像一条餐巾。凡尼亚看见图上画着两个很粗的红色箭头,指向一点。这里还卧着两个人,一个是瞄准手柯华廖夫,一个是二炮的瞄准手——凡尼亚还不知道他姓什么。他们两人也随着连长望着同一个方向。

"看得清楚吗?"叶纳基耶夫大尉问。

"是。"两个瞄准手回答。

"照你们看来,离目标有多少米?"

"大约七百米。"

"对。七百三十米。就向那里打。"

"是。"

"要瞄得准。打得快。速度要匀。别脱离步兵。不再另发口令了。"

叶纳基耶夫大尉说得简短,干脆,一句一顿,斩钉截铁。阿洪巴耶夫对每句话都点头表示赞成,脸上浮起古怪的微笑,显得不很愉快,但仍露出整齐光洁的牙齿。

"总的信号一发,立刻开火。"叶纳基耶夫大尉说。

"一颗红色信号弹,"阿洪巴耶夫一边把地图塞到图囊里,一边急急地说,"我自己发。请注意。"

"是。"

阿洪巴耶夫把图囊上的皮带穿到金属扣里,用力一拉。

"我走了!"他断然地说,也不向谁告别,就迈开大步向着枪声越来越紧的方向跑去。

"没有问题了?"叶纳基耶夫大尉问瞄准手。

"没有了。"

"各就各位!"

两个瞄准手向各自的大炮爬去。这时凡尼亚才发现,周围所有的人——人数相当多,有炮兵,有步兵,有两个背救护包的女医务员,有几个带皮盒子和络车的电话兵,还有一个手臂和脑袋都扎着绷带的伤员——都卧倒在地上,遇到必要就在地上爬行。

此外,凡尼亚还发现空中有一种声音,很象清脆而响亮的鸟叫。这时他才明白这是流弹在呼啸。他知道步兵散兵线离他们不远,马上就能看见了。

凡尼亚早就看见前面马铃薯田里有好些个小丘,他还以为是堆着的马铃薯茎叶。现在他才看清楚,这就是步兵散兵线。在散兵线的那一边没有一个自己人,只有德国人。

他小心地弯着身子走到自己那门炮跟前,把炮弹放在地上,在弹药箱旁边六炮手位置上卧倒下来。

凡尼亚觉得那天什么事都进行得很慢,慢得叫人难受。其实正好相反,一切都进行得非常快。

凡尼亚真想引叶纳基耶夫大尉注意他,向他笑笑,给他看看时间信管扳子,并且对他说:"大尉同志好!"总之,要让他知道他凡尼亚也跟着自己的大炮来到了这里,而且跟所有别的战士一样在作战。可是不等他这么做,前面就响起一下微弱的枪声,接着一颗红色信号弹飞上天空。

"对准进攻的德军散兵线。直接瞄准。放!"叶纳基耶夫大尉一跃而起,简短、清楚而威严地叫道。

"放!"马特维耶夫中士喊道。

就在这一刹那,甚至比口令声更早,两门炮都打响了。接着一炮又一炮连续不断地放着。发射声和爆炸声混成一片。大炮周围不断地发出隆隆的响声。辛辣而窒息的火药味象芥末一样刺激得人直淌眼泪。凡尼亚连嘴里都感到酸涩的金属味儿。

冒烟的弹壳接二连三地从炮膛里跳出来,打在地上,又跳跳蹦蹦地滚开去。但是现在没有人去捡了。大家把它们随便踢开就算了。

凡尼亚光是把炮弹从木箱里取出来,卸掉保护帽都忙不过来。

柯华廖夫干活一向很快,此刻他的动作格外迅速,象闪电一样叫人难以捉摸。他眼睛不离瞄准镜,两手同时飞快地转动高低机和方向机,忽而往这边转,忽而往那边转。他不时用牙齿咬住胡子,怒气冲冲地拉着拉火绳。大炮就不断一伸一缩地抽动,周围笼罩着透明的硝烟。

叶纳基耶夫大尉跟柯华廖夫并排站在炮轮的另一边,聚精会神地用望远镜观察我方炮弹的爆炸。有时为了看得更清楚起见,他就走到一旁,有时向前跑几步,卧倒在地上。有一次他还极其轻悄地爬到一堆马铃薯茎叶上,挺直身子站了一会儿,虽然附近有几颗迫击炮弹爆炸,还有一块弹片打在大炮护板上。

"对,对。好。再来一下,"叶纳基耶夫大尉急急地说,重又回到大炮旁边,给柯华廖夫作着指示,"现在向右两度。你看,他们那边有门迫击炮。朝那边打。三发。放!"

大炮又一伸一缩地抽动起来。叶纳基耶夫大尉眼睛不离望远镜,很快地说:

"对,对,对。你真行,柯华廖夫同志,刚好打中。不响了,那混蛋。现在请你再打步兵。啊哈,鬼东西!贴在地上抬不起头来了。再给他们几下,柯华廖夫同志。"

有一炮打得特别出色,叶纳基耶夫大尉忍不住哈哈大笑,丢下望远镜,拍起手来。

凡尼亚从没看见连长这么矫捷活泼,生气勃勃。他一向为他感到自豪,就像一般战士为自己的指挥员感到自豪那样。但是,此刻在这种战士的自豪感中还夹有另一种感情——儿子为父亲感到自豪。

忽然,叶纳基耶夫大尉举起一只手,两门炮就都静下来。这时凡尼亚听见一阵急促的格格声:至少有十挺机枪,从一个地方同时射击起来。凡尼亚听了浑身发凉。他不明白这是表示形势好还是坏。他向叶纳基耶夫大尉望望,立刻明白形势很好。

事后凡尼亚才知道这是阿洪巴耶夫的十二挺机枪。它们先是隐蔽着,直到德军十分近了,才打破沉默,一下子同时开起火来。

"啊哈,他们跑了,"叶纳基耶夫大尉说,"现在用榴霰弹对准后退的德军散兵线。表尺三十五,信管三十五。放!"他大声叫道,每门大炮就各打了六发;他又轻快地做了个手势,叫大炮停止发射。

机枪还在格格地响着,不过,现在除了这互相呼应的机械的响声以外,还听见从战场的各个角落传来许多人熟悉的呐喊:"冲……啊!……"

"前进!"叶纳基耶夫大尉说,头也不回地向前跑去。

"推炮!"马特维耶夫中士颊上流着血,大声喊道。

于是大炮又向前滚去。现在它们滚得更快了。几个步兵战斗得情绪昂扬,迎面跑来,大家热烈地大声欢呼着,帮助炮兵推炮。有几个就帮助炮兵背或者拖弹药箱。

这当儿,阿洪巴耶夫大尉继续追击德军,不让他们歇下来挖壕沟。十二挺机枪并不是阿洪巴耶夫为敌人预备的唯一礼物。他还有一个迫击炮连预备着,隐蔽得很严密,还一炮也没有放过。

这下子,趁大炮正在移动,不能发射的时候,迫击炮连就出动了。几门迫击炮立刻对逃跑的德军集中火力猛轰。德国人跑得那么快,弄得追击的步兵和大炮好半天停不下来。

叶纳基耶夫的大炮一停不停地推到高地中央,从那里一伸手就可以达到德军的主要阵地。德军在这里菜地的一条长沟里埋伏下来。他们刚动手挖战壕,我们的大炮就赶到了。战斗进行得越发激烈了。

现在大炮就停在步兵散兵坑之间。凡尼亚看见左右都有步兵趴在地上射击。他看见弹药手拖着锌制弹药箱飞快地跑着,卧倒在射击手的后面。

凡尼亚听见军官们命令齐射的叫喊声。

地上到处都是冒烟的弹坑,还乱七八糟地撒着些带铁弹壳的用过的机枪子弹带、压扁的德国军用水壶、带着锌制挂钩和扣子的皮件残片、没有爆炸的迫击炮弹、撕成片片的德军雨衣、血迹斑斑的破布、照片、明信片,以及在刚经过战斗的战场上常见的各种触目惊心的废物。

几具穿着窄小的草绿色军服和灰色大胶靴的德国兵尸体,横在离大炮不远的地方。

起初凡尼亚以为要在这里待好久。

但是,阿洪巴耶夫大尉看见进攻受到挫折,他就把他的第三张也是最后一张王牌打出来。这是一个精力充沛、原封未动的步兵排,是阿洪巴耶夫大尉留在最紧急关头用的。他悄悄地带着这一排人,十分迅速而巧妙地把他们展开来,亲自率领他们经过叶纳基耶夫的大炮,向还没有挖好战壕的德军中心猛冲。

这是庄严的时刻,但它也跟这天早晨发生的一切事情那样,一转眼就过去了。

炮手们刚拿超铁铲,想赶快把新阵地巩固下来,凡尼亚忽然发现形势起了变化。隆隆的炮声刚静下来,就出现一种危险甚至不祥的迹象。

叶纳基耶夫大尉身子靠在大炮护板上,眯细眼睛望着远方。凡尼亚从来没见过他的脸色这么阴郁。

柯华廖夫站在旁边,一只手指着前方。他们在低声谈话。凡尼亚用心细听,觉得他们好像在玩数数目游戏。

"一、二、三。"柯华廖夫说。

"四、五。"叶纳基耶夫大尉接下去说。

"六。"柯华廖夫又说。

凡尼亚也向连长和瞄准手望的方向望了望。他只看见阴沉沉灰蒙蒙的地平线,地平线上有几个高高的尖屋顶、凡株老树和铁路水塔的轮廓。别的什么也没有看见。

这时候,阿洪巴耶夫大尉走了过来。他的脸又热又红,显得越发阔了。夹着煤烟的黑汗流过双颊,从透出西红柿般光泽的下巴上滴下来。他用雨衣衣襟擦着汗。

"五辆坦克,"他喘吁吁地说,"向水塔开来。距离三千米。"

"六辆,"叶纳基耶夫大尉说,"距离两千八百。"

"可能。"阿洪巴耶夫说。

叶纳基耶夫大尉用望远镜望了望,说:

"后面还有步兵。"

阿洪巴耶夫大尉从他手里抢过望远镜,也望了望。他顺着地平线望了好一阵。最后他把望远镜还给叶纳基耶夫。

"近两连步兵。"阿洪巴耶夫说。

"差不多,"叶纳基耶夫大尉说,"您还有多少人?"

阿洪巴耶夫没有直接回答这问题。

"损失很大。"他恼火地说,接着重新系了系脖子上的雨衣带子,拉了拉坐下去的靴子,挥动自动枪,阔步向前跑去。

这场谈话尽管声音很低,可是"坦克"两个字一转眼就在两门大炮旁边传开了。

战士们不约而同地开始更加劲挖土,五炮手和六炮手急急地把穿甲弹从弹药箱里拣出来,摆在一边。凡尼亚牢牢地记住自己的岗位,向炮弹奔去。

这时候,叶纳基耶夫大尉才发现这孩子。

"什么!你在这里?"他说,"你在这里干什么?"

凡尼亚立刻收住脚步,挺直身子立正了。

"当一炮的六炮手,大尉同志,"他利落地报告,一只手举到钢盔边上。钢盔上的皮带在他的小下巴底下荡动,怎么也扣不住。

说实在的,凡尼亚这下子可有点不老实。他并不是六炮手。他只是六炮手的预备员。可是他那么想当六炮手,那么想在连长兼义父面前显得自己有出息,不由得撒了个谎。

他直挺挺地站在叶纳基耶夫面前,睁大一双蓝眼睛望着连长,眼睛里露出幸福的光芒,因为连长终于注意到他了。

他想告诉大尉他怎样跟在大炮后面搬炮弹,怎样卸去保护帽,一颗迫击炮弹怎样落在离他不远的地方而他并不害怕。他想告诉他一切,得到他的称赞,听到他说出轻松的军人口头禅:"真行!"

可是叶纳基耶夫这回却没有心思跟他谈话。

"你是疯了还是怎么的?"叶纳基耶夫大尉吃惊地说。

他想对他叫嚷:"你难道不明白吗?坦克向我们冲过来了。小傻

瓜,你在这里会被打死的。快跑!"可是他忍住了。他严厉地皱起眉头,咬着牙齿断断续续地说:

"马上离开这里。"

"上哪儿去?"凡尼亚问。

"回去。到连里去。到二排去。到侦察兵那里去。你高兴到哪里就到哪里去。"

凡尼亚望望叶纳基耶夫大尉的眼睛,什么都明白了。他的嘴唇哆嗦起来。他的身子挺得更直了。

"不去。"他说。

"什么?"叶纳基耶夫大尉惊奇地问。

"不去。"孩子固执地重复说,垂下眼睛望着地面。

"我命令你,听见吗?"叶纳基耶夫大尉低声说。

"不去。"凡尼亚说的时候语气那么紧张,连眼泪都在睫毛上滚动了。

叶纳基耶夫大尉一下子明白了这个小家伙——他的战士和他的儿子的心情。他明白跟他争辩没有意思,也不起作用,而主要的是没有功夫了。

一道年轻而调皮的微笑在他嘴唇上掠过。他从图囊里取出一张打报告用的灰纸,把它按在大炮护板上,用紫铅笔飞快地写了几句话。然后他把信装在一个灰色小信封里,封好了。

"红军战士宋采夫!"他大声叫道,使大家都能听见。

凡尼亚正步走到他跟前,咯的一声碰响靴子后跟。

"有,大尉同志。"

"战斗任务。立刻把这封信送到营指挥所,交给参谋长。明白吗?"

"是。"

"说一遍看。"

"立刻把这封信送到营指挥所,交给参谋长。"凡尼亚机械地复述了一遍。

"对。"

叶纳基耶夫大尉把信交给他。凡尼亚同样机械地凑过来。他解开大衣,把信深深地塞进军便服口袋里。

"可以走了吗?"

叶柄基耶夫大尉不作声,用心细听远处马达的响声。他忽然回过头来,急急地说:

"怎么?你怎么还不走?快去!"

可是凡尼亚仍旧挺直身子站着,那双光亮的眼睛怎么也离不开大尉。

"你这是怎么了?啊?"叶纳基耶夫大尉亲切地说。

他把孩子拉到身边,忽然感情冲动地把他紧搂在怀里。

"去执行任务吧,好儿子。"他说,用套着旧麂皮手套的手轻轻地把凡尼亚推开。

凡尼亚照规矩来了个向后转,正了正钢盔,头也不回地拔脚跑去。他还没有跑出一百米,就听见背后响起了炮声。这是叶纳基耶夫大尉的炮在迎击坦克了。

25

凡尼亚满头大汗,气喘吁吁地跑到炮兵阵地,终于找到了营指挥所。这时,在他跟叶纳基耶夫大尉分手的那个高地上,早已在进行激战了。

整个高地笼罩着硝烟,白的、黑的、灰的混成一片,浓密而卷曲,好像一张新羊皮。

硝烟中闪亮着爆炸的火光。大地在哆嗦。空气在原野上空震荡,仿佛什么地方有两扇大门不停地在打开关拢。

我方远近几个炮兵连都在向这高地射击,每一刹那间都有几十颗炮弹在头上飞过。

参谋长眼睛不望凡尼亚,接过信看了一遍,皱起眉头说:

"是的。我已经知道了。"

说着就把信放进战况报告的文件夹里。

凡尼亚走出司令部的掩蔽部,就往回跑去。这时他才发现战斗不仅在叶纳基耶夫大尉所在的高地上进行着。战斗已经扩大到整个战线,慢慢地在向西方转移。

凡尼亚跑着。摩托化步兵的卡车在他旁边飞驰过去;坦克象鸭子似地侧着身子越过深沟;自动推进炮的履带发出格格的响声,看上去似乎行动缓慢,其实却跑得很快;电话兵带着木杆和络车,一边跑一边敷设电线;一位戴红顶的烟灰色皮帽的将军,手里拿着一份象报纸般摊开的地图,乘着颠簸的吉普车飞跑过去。

一句话,周围的一切都在转移,都在行动,都在急急地往前赶。

凡尼亚吃力地辨认着熟悉的地形,他觉得地形也变了,变得陌生而古怪。凡尼亚不知道他离开他的炮有多久了。他觉得仿佛只有几分钟,其实已经过了几小时。他以为高地上战斗还在进行,因此急急忙忙赶回去。

他不知道那边的战斗早已结束:敌人的坦克被击毁了,敌人的进攻被击退了,这座被我军占领的高地已经加强了防御工事,原来摆着大炮的地方差不多已经成为后方了。他更不知道这一切的经过情况。他不知道,叶纳基耶夫大尉的两门炮和阿洪巴耶夫营剩下的步兵,在炮弹和子弹打完之后,用手榴弹抵抗包围他们的敌人达四十分钟,等到手榴弹用完了,他们就拿刺刀、铁铲和一切顺手拿到的东西跟敌人搏斗。可是德国人继续猛攻,叶纳基耶夫大尉就打电话到师部,要求炮兵营各连的炮火同时向自己所在的地方射击。

这一切凡尼亚都不知道。但是,当他走近那个熟地方的时候,一种莫名其妙的惊慌渐渐揪住他的心。

事实上,这地方现在也变得陌生了。凡尼亚吃力地辨认着。

喏,这是他们第一次直接瞄准的地点。凡尼亚是从那堆马铃薯茎叶上认出来的,因为当叶纳基耶夫大尉攀登上去的时候把它踩塌了一部分。旁边那只空弹药箱还在这里。但不知为什么有人把里面带半圆槽的炮弹隔板拉出来,弃在旁边上冻的地上。此外就没有什么熟悉的东西了。主要是原来待在这里而使这地方变得熟悉的人,现在都不见了。

凡尼亚往前走去。

在阿洪巴耶夫的步兵曾经展开散兵线的田野上,现在有一辆烧焦的卡车在冒烟,周围全是炸得四散的炮弹片。凡尼亚猜想这就是给叶纳基耶夫大尉运弹药来的卡车。

再往前去,凡尼亚看见两辆被击毁的德国坦克,这是原来所没有的。从一辆打烂的坦克里露出来一条人腿,上面打着烧焦的灰色绑腿,脚上穿着铁钉磨损的厚皮鞋。另一辆的炮筒被炸破了,旁边的弹坑里有一只象电灯泡似的破玻璃瓶。玻璃瓶里有一道透明的浓液渐渐流出来,燃成一个黄色的暗淡火焰,一动不动,好像黄磷。

再下去,整个田野密密麻麻地布满弹坑。大大小小的弹坑彼此离得那么近,简直找不到可以落脚的平地,只好不断地在弹坑上爬上爬下。凡尼亚在这片田野上走了三十步光景,就精疲力尽了。

他头上戴着沉重的钢盔,热汗淋漓,双层也觉得被大衣压得很累。

有几个不认识的炮兵在凡尼亚旁边走过,其中一个背着一只装有绿色天线的绿箱子,那天线就像一根有三片狭长叶子的芦苇。

有个不认识的炮兵大尉,骑着一匹不认识的高大黑马跑过,后面跟着一个脖子上挂自动枪的不认识的侦察兵。

周围的一切都是陌生的,不认识的。在这阴沉沉的天空下,寒风送来了初雪。

凡尼亚忽然看见自己的炮。那炮略微歪向一边,不知怎的少了一个轮子,却用几只弹药箱叠起来支撑着。

离大炮不远的地方停着一辆车帮放下的卡车,有几个人在小心翼翼地把什么东西装到车上去。

凡尼亚走近去,吃惊得心脏都几乎停止跳动了。大炮前面的地上盖满德军的尸体。各处狼藉着成堆的弹壳、机枪子弹带、踩坏的信管、染血的铁铲、背囊、压扁的弹壳、撕碎的信件和文件。

在各种被毁得不成样子的东西中间,只有这门熟悉的炮还算受害最小。炮架上就坐着叶纳基耶夫大尉,低低地垂下头和双手,整个身子斜倚在拉开的炮闩上。

凡尼亚以为叶纳基耶夫大尉睡着了。他想向他扑过去,可是一股难以理解的强大力量止住他的脚步,并且使他变得象个木头人。

他一动不动地望着叶纳基耶夫大尉,越望越被眼前的景象吓呆了。

叶纳基耶夫大尉那件整洁而合身的大衣撕破了,上面血迹斑斑,仿佛是被一群恶狗咬坏的。钢盔掉在地上,风微微地吹动叶纳基耶夫大尉的灰色头发,头发上已经积了一些雪花。

叶纳基耶夫大尉的脸看不见,因为他的头垂得太低了。但是脸上不断有血往下滴。炮架底下已经积了一大摊血。

叶纳基耶夫大尉不知怎的手上没有戴手套。一只手看得特别清楚。手白得象纸,手指上也没有一点血色,指甲发青。

同时,他那穿着擦得很亮的旧皮靴的双腿,不自然地伸得很直,仿佛马上要脚跟擦着地面滑开去。

凡尼亚望着他,想来也知道这就是叶纳基耶夫大尉,可是他又不相信,也不能相信这真的就是他。不,这个样子古怪、一动不动的人,完全是另外一个人,对凡尼亚是陌生的,就像此刻他周围所有别的东西一样。

忽然不知谁的一只手沉重而又温柔地落到凡尼亚的肩章上。

凡尼亚抬起眼睛就看到了毕登科。这个高大的侦察兵站在他旁边,笑眯眯地望着他,显得那么和蔼可亲。

他那双强有力的手,一只放在凡尼亚肩上,另一只缠着厚厚的绷带,用血污的布片裹着,他象抱婴儿似地把它笨拙地抱在胸前。

忽然,凡尼亚心里象有样东西翻腾了一下,裂开来了。他扑在毕登科身上,两手抱住他的大腿,脸紧贴住他那件带火药味的粗糙大衣,眼泪就不由自主地涌出来。

"毕登科叔叔……毕登科叔叔……"他连声叫着,浑身哆嗦,哭得哽住了。

毕登科小心地替他摘下沉重的钢盔,用那只扎绷带的手抚摸着他那剪过的暖烘烘的头,惶惑地说:

"不要紧,小牧童。这是可以的。当兵的有时也会哭的。有什么办法呢。打仗嘛。"

26

在牺牲的叶纳基耶夫大尉的口袋里发现一张字条。这是他在叫炮火向自己这边射击之前写的。虽然写得很匆忙,但是可以相信,叶纳基耶夫大尉在掩蔽部里写的时候,心里十分镇定。字条写得规规矩矩,清清楚楚,没有一处涂改。

事实上,在他写字条的那个可怕的最后时刻,他身边几乎一个人也不剩了。

阿洪巴耶夫大尉横在地上,两只手从雨衣底下伸出来。一颗子弹不偏不倚穿过他那宽阔刚毅的前额的中心。柯华廖夫刚一坐下来,摆出象要脱去靴子、重新扎一扎包脚布的姿势,可是身子立刻又歪着倒下来,再也不动一动了。

但是,叶纳基耶夫大尉在字条上并没有忘记写日期,连钟点也没有漏掉。他还写明了地点:"于八号目标区"。在签上名之后也没有忘记加个句号。

字条折成三角形,放在军衣的外面口袋里,使人家容易发现。

叶纳基耶夫大尉在字条里向他的炮兵连告别,向他所有的战友致敬,并且请求上级给他最后一次军人的荣誉——不要把他葬在德国,而把他葬在亲爱的苏维埃祖国。

此外,他还请求多多照顾他的义子凡尼亚·宋采夫,并且把他培养成一个优秀的战士,将来做个受人尊敬的军官。

叶纳基耶夫大尉的最后愿望实现了。他被埋葬在苏维埃的土地上。

在叶纳基耶夫大尉的坟墓盖上初雪之后,凡尼亚·宋采夫被召到团指挥所去见团长。凡尼亚又听到了那句对战士说来总是意味着调动工作的话。

团长向凡尼亚宣布要把他送到苏沃洛夫军校去学习,接着说:

"去准备一下吧。"

四天以后,凡尼亚·宋采夫在毕登科上等兵伴送下,从火车站下来,顺着那座俄罗斯古城一条宽阔而崎岖的街道向市中心走去。

他们不慌不忙地走着,脸上现出庄严而又隐藏着几分不满的神气——刚从前线归来的战士,走在后方城市的街上,看到那种平静而又缺乏秩序的景象,往往会感到惊奇和不满。

毕登科一身轻装,那只手用三角巾吊着。凡尼亚背着一只绿色的背囊。

这只背囊里装有许多需要和不需要的东西,都是侦察兵和炮兵送给他的礼物,是他们一同为自己的儿子出远门准备的行装。

背囊里还放着那只装有课本和指南针的出名的马料袋。背囊里有一块装在粉红色赛璐珞皂盒里的上等香皂,有一支套在有孔的绿色赛璐珞套子里的牙刷。还有牙膏、针线、鞋刷、鞋油。还有一罐猪肉,一袋块糖、一火柴盒子食盐和一火柴盒子茶叶。还有一只杯子、一支口琴、一个缴获的打火机、几块锯齿形的弹片和两颗德军的大口径机枪弹——一颗带黄弹头,一颗带黑弹头。还有一大块面包和一百卢布的钞票。

不过,背囊里最宝贵的是叶纳基耶夫大尉的肩章。这肩章仔细地用《苏沃洛夫突击报》包着,外面再加一条手巾,是团长临别时交给凡尼亚留着纪念叶纳基耶夫大尉的。团长还叮嘱凡尼亚要象保护眼珠那样好好保护它,也许将来有一天他也能把它佩在肩上。

团长把叶纳基耶夫大尉的肩章交给他的时候,这么说:

"你是你亲生父母的好儿子。你是侦察兵们和炮兵们的好儿子。你善良,勇敢,勤勉,不愧是叶纳基耶夫大尉的好儿子。现在我们整个炮兵团也把你当做我们的儿子。你要记住。现在你要去学习了,我希望你不会给自己的团丢脸的。我相信你会做个好学生,将来当个好军官。可是你得记住:随时随地你要做个祖国的忠实儿子。再见了,凡尼亚·宋采夫,等你成了军官,再回到团里来。我们等着你,我们将象接待亲人那样接待你。现在去准备一下吧。"

凡尼亚和毕登科穿过积雪累累的城市,在一所有圆柱和拱门的叶卡德琳娜时代的大房子前面站住了。

1942年,这座城市一度沦陷在德国人手里,这所房子因此还留有一些火灾的遗迹。

有花纹的铁栅栏盖着一层霜花。房子周围有几株上百年的老桦树。一簇簇轻盈的树枝托着一个个黑色的乌鸦窠,也盖着霜花,在淡红的柔和曙光中看上去好像变成了蓝色。

太阳低低地飘浮在一片寒雾中,没有光芒,好像一个鸡蛋黄。鸦群在古老的火警望楼上空盘旋飞翔,望楼的高墙也被战火烧坏了。

毕登科和凡尼亚走过岗亭。在宽大的拱形门廊里，毕登科把凡尼亚和一封文件交给值班军官，自己就在高大拱门下一只古旧的大木箱上坐下来等。

他等了好一阵。一个年轻的号手从楼梯下出来几次，看看钟，吹起号来。号声象裂帛似地震耳欲聋，在这石墙和石板地的宽大门廊里咆哮。号声又顺着有铜栏杆的巨大石楼梯往上传，渐渐地沉静下来，只有微弱的回声还久久地荡漾在走廊、教室和大厅里。

这里一切活动都照号声进行。号声指挥着这所房子里面的生活。号声忽然引起几百个嗓子汇成一片的叫嚷，或是几百双脚走路的沙沙声。号声忽然又带来一片肃静，除了盥洗室面盆里的滴水声和楼梯下大钟的滴答声之外，什么声音也听不见。一会儿，号声命令连队集合，毕登科在寂静中听见他们在什么地方排队，一二报数，成双行，向右转，接着几百双皮鞋迈着整齐的步伐，很快地走着："一二，一二，一二……左右左！左右左！"

一会儿，有个红褐色头发的小男孩，穿着黑制服和裤缝镶有红条子的长裤，出现在第二个楼梯台上。看他那副蹑手蹑脚的神态，可以断定他不是按号声走出来，而是没有得到许可溜出来的。

那孩子以为这里没有人，就肚子贴在栏杆上滑下来，塌鼻子的雀斑脸上露出怡然自得的神气。可是一看见毕登科，立刻窘态毕露，就拉拉上衣，在光滑的石板地上迈着正步，逃到侧门里去了。

毕登科却闷闷不乐地坐着，抚摸着那只每到傍晚隐隐作痛的伤手。他舍不得跟凡尼亚分手，因为他觉得他们要从此离开了。

第一个楼梯台上挂着一幅油画，占满整面墙壁。油画上画着一座白楼梯，很象下面的真楼梯。画中的楼梯好像是跟真楼梯连接的，两旁还画着大炮、战鼓、旗帜和军号。一个穿黑制服、佩红肩章的小男孩正沿着梯级走上去。苏沃洛夫身披灰色斗篷,脚穿带踢马刺的高统靴,胸前戴着星形钻石勋章,又高又瘦的前额上挂着一绺花白的头发,他从上面向这孩子伸出一只手。

毕登科仿佛觉得这孩子就是他的凡尼亚,他的"小牧童"。他在军号和旗帜中顺着楼梯大步上去,而苏沃洛夫向他伸出一只手。

就在这时侧门开了,那值班军官和凡尼亚走到门廊里。毕登科从木箱上跳起来,立正了。毕登科以为凡尼亚已经换上军校制服了,可是凡尼亚依旧穿着那身灰军服,只是大衣已经脱下,那绺额发也已经剪掉了。

"学员宋采夫,你可以跟陪你来的人告别了。"值班军官说着走开了。

凡尼亚走到毕登科跟前。他们沉默了一会儿,不知道做什么好。

这当儿,凡尼亚的头脑里掠过了他过去的全部生活。他明白这生活从此结束了,如今他要开始过另一种生活了,那是跟过去完全不同的。

"再见了,小牧童。"毕登科终于说。

"一路平安。"凡尼亚说。

他很想扑在毕登科身上,像那次在八号目标区被击毁的大炮旁那样,紧紧地抱住他,把脸贴在烧焦的大衣上哭一场。可是有一种难以理解的强大力量制止了他——这力量早就开始在指导他的生活了。

毕登科默默地向他伸出手去。凡尼亚第一次握着这只粗大的手,感到它又强壮又温柔。这时候毕登科再也克制不住感情了,他又像在八号目标区那样用那只扎着绷带的手抚摸着凡尼亚剃光了的头。

"毕登科叔叔,再见了!"当毕登科推开带铜弹簧的重甸甸大门时,凡尼亚忽然拼着所有的力气叫道。

可是侦察兵却头也不回地走出门去。

27

  几小时以后,凡尼亚在管理员那里领到制服,试了试,预备明天一早就穿起来。随后,他按照号声,跟别的学员一起走到一个温暖的大房间里,在一张单人床上睡下来,盖上一条崭新的毛毯。

  黎明,快要起床的时候,一向醒得最早的军校校长,一位上了年纪的将军,照例要巡视寝室,看看孩子们睡得怎样。

  他在凡尼亚的床边停下来,站了好一阵,观察着这孩子。凡尼亚睡得很熟,可是很不安宁,毛毯掀在一边,手脚伸得很开。脸上的表情一刻不停地在改变,反映着他不同的梦境。

  这孩子的心灵游荡在梦境中,远远地离开身体,因此校长替他盖好毯子,拉正枕头,他也一点不觉得。

  老将军望着他那生气勃勃的睡着的脸,他真想深入这个小小的战士的心,深入到他心灵的深处,去了解他最最隐秘的感情。

  凡尼亚的全部经历,将军知道得很详细。他当然也知道在炮兵连里大家都叫他"小牧童"。将军特别喜欢这个绰号,因为他自己也是普通农民家庭出身的。他有时爱回忆自己的童年。

这会儿,老将军眼望着这个睡着的"牧童",也像那次毕登科上等兵一样,不由得回想起自己的童年来:乡村的清晨、牛群、弥漫在绿油油草地上的乳白色迷雾、色彩缤纷的露珠——紫的、蓝的、红的、黄的,还记得他手里拿着一支接骨木做的小笛子,吹出那么清脆婉转、单调悦耳的声音。

他不由得望望这孩子伸到毯子外面来的那只手。小小的手指在梦中微微动着,仿佛在按着笛子的孔。

于是,这位身经百战的老将军,这位国内战争时在察里津、喀琅施塔得、奥廖尔作过战,在卫国战争时再次在奥廖尔和现在改名斯大林格勒的察里津作过战的老英雄,这个头发又白又秃、满脸皱纹、双眼炯炯有光的严厉刚强的人,忽然垂下头,摸摸花白的小胡子,温柔地笑了笑。

这时,起床号从楼下顺着走廊和大厅传来。

凡尼亚立刻听见这嘹亮、庄严的命令似的号声,可是一下子醒不过来。他闭着眼睛又躺了一会儿,还不能立刻摆脱梦境。

于是老将军俯下身去,轻轻地拉了拉他的手。

这当儿,凡尼亚正在做着黎明前最后的一个梦。他梦见的是不久以前一件真实的事。

他梦见一条白雪皑皑的漫长道路,一辆积雪的卡车载着吐纳基耶夫大尉的遗体在路上行驶。周围是一片茂密的俄罗斯松林,披着银色的冬装,美得好像神话世界。四个脖子上挂着自动枪的战士站在棺材的四角,棺材上盖着团旗。凡尼亚是第五个护送灵柩的人,他站在头上。

这是在夜里。整座树林充满冰块裂开的格格声。百年古松的梢头在星光下闪闪发亮,并且象擦上一层磷似的在冒烟。

古松屹立在没膝的积雪中,高耸云霄。电线杆跟它们比起来,就像火柴杆一样渺小。不过,比松树更高的是冬天星光灿烂的天空。前面是向后飞驰的雪白的三角形道路,上面连接着黑丝绒般的三角形天空,那边星星闪烁得格外美丽。那边有几个纯洁的大星座特别明亮,特别耀眼,仿佛是用世界上最大最好的金刚钻琢成的。

有时,探照灯射出一道冷光,扫过繁星闪烁的天空。但它既不能盖过星星,也不能使星星失色。星星显得更明亮更美丽了。

周围是一片广漠的寂静,它仿佛比松树更高,比星星更高,甚至比无际的天空更高。

忽然,在黑暗的树林深处传来一个遥远的声音。凡尼亚立刻听出来了:这是庄严嘹亮的号声。号声在召唤他。一下子什么都像着了魔法似的变了。路旁的松树变成了将军们的灰色斗篷和毛茸茸的毡靴。树林变成了明亮的大厅。道路变成了阔大的大理石楼梯,两边摆着大炮、战鼓和军号。

凡尼亚就顺着这楼梯跑上去。

他跑得有点吃力。这时,有一个老人,身披灰色斗篷,脚穿带踢马刺的高统皮靴,胸前佩着星形钻石勋章,清瘦的前额上挂着一绺花白头发,从上面向他伸出一只手来。

他拉住凡尼亚的手,领着他一级一级上去,嘴里说:

"来吧,小牧童……勇敢地前进!"

1944 年
莫斯科

图书在版编目（CIP）数据

草婴译著全集. 第二十一卷/(苏)卡达耶夫等著；草婴译.
-- 上海：上海文艺出版社, 2018
ISBN 978-7-5321-6932-0

Ⅰ.①草… Ⅱ.①卡… ②草… Ⅲ.①小说集－苏联 Ⅳ.①I11
中国版本图书馆CIP数据核字（2018）第258635号

发 行 人：陈　徵
策　　划：姜逸青　郑　理
责任编辑：夏　宁
装帧设计：周志武

书　　名：草婴译著全集. 第二十一卷
作　　者：(苏)卡达耶夫 等
译　　者：草　婴
出　　版：上海世纪出版集团　上海文艺出版社
地　　址：上海绍兴路7号　200020
发　　行：上海文艺出版社发行中心发行
　　　　　上海市绍兴路50号　200020　www.ewen.co
印　　刷：上海文艺大一印刷有限公司
开　　本：890×1240　1/32
印　　张：11.5
插　　页：6
字　　数：265,000
印　　次：2019年2月第1版　2019年2月第1次印刷
Ｉ Ｓ Ｂ Ｎ：978-7-5321-6932-0/I·5535
定　　价：69.00元
告 读 者：如发现本书有质量问题请与印刷厂质量科联系　T: 021-57780459